Jeff Lindsay

Dexters Donkere Demonen

Uitgeverij Luitingh

Mixed Sources
Productgroep uit goed beheerde bossen
en andere gecontroleerde bronnen
www.fsc.org Cert no. SCS-COC-001256
© 1996 Forest Stewardship Council

Uitgeverij Luitingh en Drukkerij HooibergHaasbeek vinden het belangrijk om op
milieuvriendelijke en verantwoorde wijze met natuurlijke bronnen om te gaan

© 2005 Jeff Lindsay
Published by Vintage Books, a division of Random House, Inc.,
New York
All rights reserved
Published by arrangement with The Nicholas Ellison Agency c/o Sanford
J. Greenburger Associates
© 2010 Nederlandse vertaling
Uitgeverij Luitingh ~ Sijthoff B.V., Amsterdam
Alle rechten voorbehouden
Oorspronkelijke titel: *Dearly Devoted Dexter*
Vertaling: Meindert Burger; Fanneke Cnossen
Omslagontwerp: Edd, Amsterdam
Omslagfotografie: Frits van den Assem

ISBN 978 90 245 3273 5
NUR 332

www.boekenwereld.com
www.uitgeverijluitingh.nl
www.watleesjij.nu

Voor Tommie en Gus,
die zonder meer lang genoeg hebben gewacht

1

Daar heb je die maan weer, zwaar en laag in de tropische nacht geslingerd, luidkeels roepend in een gestolde hemel, die die goeie ouwe stem uit de schaduwen, de Zwarte Ruiter, knus genesteld op de achterbank van de Dodge-gezinswagen van Dexters hypothetische ziel, huiverend de oren doet spitsen.

Die schurk van een maan, die luidruchtige, verlekkerd loerende Lucifer, die vanuit de lege hemel roept tot de duistere harten van de nachtmonsters daar beneden, en hen wegroept naar hun dartele speelweiden. Sterker nog, hij roept naar het monster recht voor me, achter de oleander, met tijgerstrepen van het tussen de bladeren door schijnende maanlicht, al zijn zintuigen op scherp terwijl hij op het juiste moment zit te wachten om uit de schaduwen tevoorschijn te springen. Het is Dexter in het Donker die luistert naar de gefluisterde zinspelingen die ademloos over mijn beschaduwde schuilplaats worden uitgestort.

Mijn dierbare, duistere tweede ik spoort me aan om toe te slaan – nu – en mijn maanverlichte hoektanden in het o zo kwetsbare vlees achter de heg te laten zinken. Maar de tijd is nog niet rijp en dus wacht ik, kijk ik behoedzaam toe hoe mijn nietsvermoedende slachtoffer langs kruipt, met wijd open ogen, wetend dat iets hem gadeslaat maar niet beseffend dat ik híér ben, op nog geen meter van hem af in de heg. Ik zou er gemakkelijk uit kunnen glippen, als het meslemmet dat ik ben, en mijn wonderlijke toverkunsten vertonen – maar ik wacht, verdacht maar ongezien.

Het ene lange, heimelijke ogenblik glijdt zachtjes in het andere over en ik wacht nog steeds op het juiste moment; de sprong, de uitgestrekte arm, de koude verrukking als ik zie dat de doodsangst zich over het gezicht van mijn slachtoffer verspreidt...

Maar nee. Er klopt iets niet.

En nu is het Dexters beurt om misselijkmakende blikken in zijn rug te voelen prikken, de siddering van de angst naarmate ik er zekerder van word dat ik nu zélf achtervolgd word. Een andere nachtsluiper voelt het bitse innerlijk geleuter terwijl hij míj ergens dichtbij in de gaten houdt – en die gedachte staat me helemaal niet aan.

Als een donderslagje komt de vrolijke hand uit het niets tevoorschijn en landt verblindend snel op míj, en ik zie nog net de glanzende tanden van een negenjarig buurjongetje. 'Hebbes! Een, twee, drie, Dexter is 'm!' En met de wilde snelheid van de jeugd is de rest er ook, ze giechelen uitgelaten en jouwen me uit, terwijl ik vernederd in de bosjes sta. Het is voorbij. De zesjarige Cody staart me aan, teleurgesteld, alsof Dexter de Nachtgod zijn hogepriester in de steek heeft gelaten. Astor, zijn negenjarige zusje, doet mee met het gejoel van de kinderen voordat ze zich opnieuw in het donker verspreiden, naar nieuwe en ingewikkelder schuilplaatsen, mij geheel alleen met mijn schaamte achterlatend.

Dexter is af. En nu is Dexter 'm. Alweer.

Je vraagt je wellicht af hoe dat kan? Waardoor is Dexters nachtelijke jacht tot zoiets gereduceerd? Eerder was er altijd wel een schuw geschift roofdier dat de heel speciale aandacht van de schuw geschifte Dexter kon verwachten – en hier ben ik dan, besluip ik een leeg ravioliblikje dat aan niets anders schuldig is dan een milde saus. Hier ben ik dan, verspil ik kostbare tijd aan het verliezen van een spel dat ik sinds mijn tiende niet meer heb gespeeld. Erger nog, ik ben 'm.

'Een. Twee. Drie,' roep ik, als altijd de rechtvaardige en eerlijke spelletjesman.

Hoe kan dit? Hoe kan Dexter de Demon het gewicht van die maan voelen en niet midden tussen de ingewanden zitten, terwijl hij plakje voor plakje het leven uit iemand wegsnijdt die absoluut het lemmet van Dexters scherpe oordeelsvermogen moet voelen? Hoe is het mogelijk dat in een nacht als deze de Koude Wreker geen ritje met de Zwarte Ruiter wil maken?

'Vier. Vijf. Zes.'

Harry, mijn wijze pleegvader, had mij onderwezen in het wankele evenwicht tussen Noodzaak en Mes. Hij had zich ontfermd over een jongen in wie hij de onstuitbare noodzaak tot doden herkende – daar was niets aan te doen – en Harry had hem omgevormd tot een man die alleen moordenaars doodde; Dexter de non-bloed-

8

hond, die zich achter een schijnbaar menselijk gezicht verschool en de echt gemene seriemoordenaars opspoorde, die zonder gedragscode moordden. En ik zou een van hen zijn geweest als het Plan Harry er niet was geweest. Er zijn er genoeg die het verdienen, Dexter, had mijn geweldige politieagent-pleegvader gezegd. 'Zeven. Acht. Negen.'

Hij had me geleerd hoe ik die speciale speelkameraadjes moest vinden, hoe ik me ervan moest verzekeren dat ze een bezoekje van mij en mijn Zwarte Ruiter verdienden. En beter nog, hij had me geleerd hoe ik ermee kon wegkomen, zoals alleen een politieagent dat kon. Hij had me geholpen om een geloofwaardig schuilhol van mijn leven te maken en erop gehamerd dat ik altijd in het plaatje moest blijven passen, in alles niet-aflatend normaal moest zijn.

En zo had ik dus geleerd om me netjes te kleden, te lachen en mijn tanden te poetsen. Ik was een perfecte namaakmens geworden die dezelfde stomme en zinloze dingen zei als alle andere mensen de hele dag door tegen elkaar zeiden. Niemand had er een idee van wat er achter mijn perfecte imitatieglimlach schuilging. Niemand, behalve mijn pleegzus Deborah natuurlijk, maar zij was me gaandeweg in mijn ware gedaante gaan accepteren. Ik had tenslotte veel erger kunnen zijn. Ik had een gruwelijk geschift monster kunnen zijn geweest dat in het wilde weg doodde en bergen rottend vlees in mijn kielzog achterliet. Maar in plaats daarvan stond ik aan de kant van de waarheid, rechtvaardigheid en de Amerikaanse manier van doen. Natuurlijk nog altijd een monster, maar na afloop ruimde ik netjes mijn rommel op en ik was óns monster, gekleed in rood-wit-blauwe, honderd procent synthetische, deugd. En in die nachten waarin de maan het luidruchtigst is, spoor ik de anderen op, zij die jagen op de onschuldigen en de regels aan hun laars lappen, en ik zorg dat ze in kleine, zorgvuldig ingepakte stukjes verdwijnen.

Dit elegante recept had gedurende vele gelukkige jaren van onmenselijkheid uitstekend gewerkt. Tussen de afspraken met mijn speelkameraadjes door leidde ik een volmaakt doorsneeleven op een uitdrukkelijke doorsneeflat. Ik kwam nooit te laat op mijn werk, maakte de juiste grappen met mijn collega's en was in alles wat ik deed dienstbaar en discreet, precies zoals Harry me had geleerd. Mijn leven als androïde was netjes, in balans en vervulde een werkelijk bevrijdende sociale waarde.

Tot nu. Op de een of andere manier speelde ik op een precies goede avond verstoppertje met een kudde kinderen in plaats van dat ik met een zorgvuldig uitgekozen vriend Hak de Hakker speelde. En straks, als het spel voorbij was, zou ik Cody en Astor naar het huis van hun moeder Rita brengen, en zou ze me een blikje bier geven, de kinderen onder de wol stoppen en naast me op de bank komen zitten.

Hoe kon dit? Ging de Zwarte Ruiter soms langzamerhand met vervroegd pensioen? Was Dexter week geworden? Was ik op de een of andere manier in de lange, donkere gang de hoek omgegaan en er aan de verkeerde kant als Dexter de Degelijke uit gekomen? Zou ik ooit nog die ene druppel bloed op dat keurige glasplaatje leggen, zoals ik altijd deed – mijn jachttrofee?

'Tien, wie niet weg is, is gezien! Ik kom!'

Ja, inderdaad. Ik kwam.

Maar tot wat?

Het was natuurlijk allemaal begonnen met brigadier Doakes. Iedere superheld moet een aartsvijand hebben en hij was de mijne. Ik had hem absoluut niets aangedaan, maar toch had hij de jacht op me geopend, bestookte me en hield me van mijn mooie werk af. Mij en mijn schaduw. En het ironische was: ik was een hardwerkende bloedspatpatroonanalist bij precies hetzelfde politiekorps als waar hij werkte, we zaten in hetzelfde team. Was het wel rechtvaardig dat hij me zo achtervolgde, alleen maar omdat ik zo nu en dan graag wat bijkluste?

Ik kende brigadier Doakes veel beter dan ik eigenlijk wilde, veel beter dan alleen van onze werkrelatie. Ik wilde per se meer over hem te weten te komen, om één simpele reden: hij had me nooit gemogen, ondanks het feit dat ik er prat op ga dat ik ongelooflijk charmant en opgewekt ben. Maar het was bijna alsof Doakes doorhad dat het allemaal nep was; al mijn zelfgemaakte hartelijkheid ketste op hem af als junikevers op een voorruit.

Daardoor werd ik uiteraard nieuwsgierig. Ik bedoel, echt, wat voor soort mens kon nou een hekel aan me hebben? Ik deed dus een beetje speurwerk en ontdekte het. Het soort mens dat een hekel aan Montere Dexter kon hebben was een achtenveertigjarige Afro-Amerikaan, en houder van het bankdrukrecord van de afdeling. Volgens de losse roddels die ik had opgevangen was hij een legerveteraan en sinds zijn komst op onze afdeling was hij betrokken geweest bij verschillende fatale schietpartijen die door Interne Zaken allemaal als rechtmatig waren beoordeeld.

Maar nog belangrijker was dat ik uit eerste hand had ontdekt dat zich ergens achter de diepe woede, die altijd in zijn ogen smeulde, een gniffelende echo schuilhield van mijn eigen Zwarte Ruiter. Het was slechts een heel zacht getinkel van een heel kleine klok, maar het was er absoluut. Doakes deelde zijn ruimte met iets anders, net als ik. Het was niet hetzelfde, maar het leek er sterk op, een panter waar ik een tijger had. Doakes was een smeris, maar ook een koelbloedig moordenaar. Ik had er geen echt bewijs van maar ik wist het zo zeker als wat, en zonder dat ik hem het strottenhoofd van een of andere roekeloze voetganger had zien vermorzelen.

Een redelijk wezen zou kunnen denken dat we iets gemeen hadden; we zouden een kop koffie kunnen drinken en onze Ruiters vergelijken, over ons vak kunnen praten en babbelen over amputatietechnieken. Maar nee: Doakes wilde mij dood hebben. En ik kon zijn standpunt moeilijk delen.

Doakes had met inspecteur LaGuerta gewerkt tijdens haar enigszins verdachte dood, en sindsdien waren zijn gevoelens jegens mij wat sterker geworden dan gewone afkeer. Doakes was ervan overtuigd dat ik iets met de dood van LaGuerta te maken had gehad. Dat was helemaal niet waar en volslagen oneerlijk. Het enige wat ik gedaan had, was toekijken – wat steekt daar nou voor kwaad in? Natuurlijk had ik de echte moordenaar helpen ontsnappen, maar wat verwacht je nou? Wat voor iemand zou zijn eigen broer aangeven? Zeker niet nadat hij zulk keurig werk had afgeleverd.

Nou ja, leven en laten leven, zeg ik altijd maar. Of in elk geval heel vaak. Brigadier Doakes mocht denken wat hij wilde, ik vond het prima. Er zijn nog steeds maar heel weinig wetten die denken verbieden, hoewel ik zeker weet dat ze daar in Washington heel hard aan werken. Nee, waar de beste brigadier me ook van verdacht, hij deed maar. Maar nu hij had besloten om zijn onreine gedachten in daden om te zetten, was mijn leven een bende. Gederailleerde Dexter was snel Demente Dexter aan het worden.

En waarom? Hoe was die hele nare toestand ontstaan? Ik wilde alleen maar mezelf zijn.

2

Zo nu en dan zijn er nachten waarin de Zwarte Ruiter echt buiten moet spelen. Het is hetzelfde als de hond uitlaten. Je kunt tot op een bepaald moment negeren dat hij staat te blaffen en aan de deur krabt, maar uiteindelijk moet je toch met het beest naar buiten.

Niet al te lang na de begrafenis van detective LaGuerta was het moment aangebroken dat het acceptabel leek om naar de fluisteringen vanaf de achterbank te luisteren en een avontuurtje op poten te zetten.

Ik had een perfect speelkameraadje in het vizier gekregen, een heel geloofwaardig overkomende onroerendgoedmakelaar die MacGregor heette. Hij was een opgeruimde, vrolijke man die dolgraag huizen verkocht aan gezinnen met jonge kinderen. Vooral met jonge jongens; MacGregor was buitengewoon verzot op jongetjes tussen de vijf en zeven jaar. Ik wist zeker dat hij op vijf van hen dodelijk verzot was geweest, en heel waarschijnlijk nog wel een paar meer ook. Hij ging slim en voorzichtig te werk, en zonder een bezoek van Duistere Verkenner Dexter zou hij waarschijnlijk nog lange tijd gelukkig zijn geweest. Je kunt moeilijk de politie de schuld geven. Deze keer niet, althans. Als een jong kind vermist raakt, zouden tenslotte maar heel weinig mensen zeggen: 'Aha! Wie heeft het huis aan dit gezin verkocht?'

Maar er zijn dan ook maar heel weinig mensen Dexter. Dat is over het algemeen een goede zaak, maar in dit geval kwam het goed uit dat ik mijzelf was. Ik had in de krant een bericht over een vermist jongetje gelezen en vier maanden later las ik een vergelijkbaar verhaal. De jongetjes waren even oud; bij zulke details gaat er altijd een belletje rinkelen en sijpelt er een Mister-Rogerachtig gefluister door mijn hersens: 'Hallo, buurman.'

Dus pakte ik het eerste verhaal erbij en vergeleek ze. Het viel me op dat de krant het verdriet van de gezinnen uitmolk met de mededeling dat ze net verhuisd waren; ik hoorde iets in de schaduwen gniffelen en las het nog eens goed.

Eigenlijk was het behoorlijk subtiel. Dexter de Detective moest behoorlijk diep spitten, want op het eerste gezicht leek er geen enkel verband te zijn. De gezinnen in kwestie woonden niet bij elkaar in de buurt, waardoor er al heel veel mogelijkheden afvielen. Ze gingen naar een andere kerk, andere school en hadden verschillende verhuisbedrijven ingeschakeld. Maar als de Zwarte Ruiter lacht, komt dat meestal doordat iemand iets grappigs doet. En eindelijk vond ik het verband; beide huizen hadden bij hetzelfde makelaarskantoor in de verkoop gestaan, een klein bureau in South Miami met maar één makelaar, een vrolijke en vriendelijke man die Randy MacGregor heette.

Ik groef nog wat verder. MacGregor was gescheiden en woonde op zichzelf in een klein, betonnen huis in Old Cutler Road in South Miami. Hij hield er een kajuitboot van zesentwintig voet op na in de jachthaven Matheson Hammock, betrekkelijk dicht bij zijn huis. Die boot zou ook een extreem handige babybox kunnen zijn, een manier om zijn vriendjes in zijn eentje mee naartoe te kunnen nemen, ver van het vasteland waar hij niet gezien en niet gehoord op ontdekkingsreis ging, als een ware Columbus van pijn. En bovendien was het een schitterende manier om zich van de smerige restjes te ontdoen; slechts een paar mijl uit de kust van Miami leverde de golfstroom een vrijwel bodemloze dumpplaats. Geen wonder dat de lichamen van de jongetjes nooit waren gevonden.

Het was zo'n logische techniek dat ik me afvroeg waarom ik er niet aan had gedacht om mijn eigen restjes te recyclen. Sufferd die ik was; ik gebruikte mijn bootje alleen maar om te vissen en in de baai rond te varen. En die MacGregor had een heel nieuwe manier bedacht voor een plezierige avond op het water. Het was een keurig net idee, en ik zette MacGregor direct boven aan mijn lijst. Noem me onredelijk, onlogisch zelfs, want over het algemeen moet ik niets hebben van mensen, maar op de een of andere manier geef ik wel om kinderen. Als ik iemand tegen het lijf loop die op kinderen aast, dan is dat net alsof ze de Donkere Maître twintig dollar hebben toegestopt om vooraan in de rij te mogen staan. Ik zou met alle liefde het fluwelen koord losknopen en MacGregor onmiddellijk aangeven – aangenomen dat hij inderdaad deed wat hij leek te doen. Natuurlijk moest ik daar absoluut zeker van zijn. Ik heb altijd mijn best gedaan om niet de verkeerde in mootjes te hakken en het zou beschamend zijn als ik daar nu mee zou beginnen; al was hij dan een onroerendgoedmakelaar. Mij leek dat ik daar het beste achter kon komen door een bezoekje aan de bewuste kajuitboot te brengen.

Gelukkig regende het de volgende dag, zoals het in juli bijna elke dag regent. Maar deze keer zag het ernaar uit dat de storm de hele dag zou aanhouden, en dat was precies het weer dat Dexter had besteld. Ik ging vroeg weg van mijn werk op het forensisch politielaboratorium van Miami-Dade en stak door naar LeJeune, die ik helemaal tot Old Cutler Road uitreed. Ik sloeg links af naar Matheson Hammock; zoals ik had gehoopt leek die verlaten. Maar ik wist dat er na zo'n honderd meter een wachthuisje stond waar iemand popelend zat te wachten om me vier dollar afhandig te maken voor het grote voorrecht om het parkeerterrein op te mogen rijden. Het leek me geen goed idee om bij het wachthuisje mijn opwachting te maken. Uiteraard was het heel belangrijk om die vier dollars in mijn zak te houden, maar belangrijker nog was het feit dat ik op een regenachtige dag midden in de week wellicht wat in de gaten liep, wat ik altijd probeer te voorkomen, zeker als het om de uitoefening van mijn hobby gaat.

Aan de linkerkant van de weg lag naast de picknickplaats een parkeerterreintje. Naast een meer rechts ervan stond een koraalstenen picknickhuisje. Ik parkeerde mijn auto en trok een felgeel windjack aan. Door de jas voelde ik me helemaal een bootjesman, precies de juiste kleding als je in de boot van een moorddadige pedofiel ging inbreken. Daardoor viel ik ook extra op, maar daar maakte ik me niet erg druk over. Ik zou het fietspad naast de weg nemen. Dat werd afgeschermd door wortelbomen en in het onwaarschijnlijke geval dat de parkeerwachter zijn hoofd uit het huisje in de regen zou steken, zou hij niets anders zien dan een joggende felgele vlek. Gewoon een vastbesloten hardloper op z'n middagrondje, weer of geen weer.

En joggen deed ik, ongeveer een halve kilometer over het pad. Zoals ik hoopte was er geen teken van leven in het wachthuisje en ik rende verder naar de grote parkeerplaats aan het water. Langs de laatste rij steigers rechts lag een verzameling boten die iets kleiner waren dan de grote sportvissersvaartuigen, en de speeltjes van de miljonairs lagen dichter bij de weg aangemeerd. MacGregors bescheiden zesentwintigvoeter, de *Osprey*, lag bijna aan het eind van de steiger.

De jachthaven was verlaten en ik stapte zorgeloos door het hek, waaraan een bord hing waarop JACHTHAVEN, ALLEEN TOEGANG VOOR BOOTEIGENAREN stond. Ik probeerde me schuldig te voelen dat ik zo'n zwaarwegend gebod in de wind sloeg, maar dat was niet aan me besteed. Op de onderste helft van het bord stond: VERBODEN TE VIS-SEN VANAF DE STEIGERS OF IN HET HAVENGEBIED en ik beloofde mezelf dat ik tot elke prijs vissen zou vermijden, waardoor het feit dat ik de eerste regel overtrad minder erg leek.

De *Osprey* was vijf of zes jaar oud en had zo te zien weinig te lijden van het weer in Florida. Het dek en de gangboorden waren schoon geschrobd en ik zorgde er zorgvuldig voor om geen vuile voetafdrukken achter te laten toen ik aan boord stapte. Om een of andere reden zijn bootsloten nooit erg ingewikkeld. Misschien zijn zeelui eerlijker dan landrotten. Hoe dan ook, het kostte me slechts een paar seconden om het slot open te maken en de *Osprey* binnen te glippen. In de cabine hing niet die muffe stank van gebakken schimmel, zoals bij zoveel schepen het geval is wanneer ze zelfs maar een paar uur in de subtropische zon hermetisch worden afgesloten. In plaats daarvan rook het er licht naar een scherp ruikend schoonmaakmiddel, alsof iemand zó grondig had geboend dat geen bacterie of geurtje het mocht overleven.

Er was een tafeltje en een kleine kombuis, en op een plank met opstaande rand stond zo'n klein tv'tje met ingebouwde videospeler en een stapel films: *Spider-Man, Brother Bear, Finding Nemo*. Ik vroeg me af hoeveel jongens MacGregor overboord had gegooid om Nemo te vinden. Ik hoopte oprecht dat Nemo hém snel zou vinden. Ik liep naar de kombuis en trok de laden open. Eentje zat vol met snoep, de volgende met plastic actiefiguren. De derde zat helemaal volgepropt met rollen *duct* tape.

Duct tape is een geweldige uitvinding en zoals ik maar al te goed weet, kan het voor vele opmerkelijke en nuttige zaken worden gebruikt. Maar in mijn ogen waren tien rollen, weggestopt in een la op je boot, enigszins overdreven. Tenzij je het natuurlijk voor een speciaal doel gebruikte en je grote hoeveelheden nodig had. Misschien een wetenschappelijk project waar een veelvoud aan jonge jongens bij betrokken was? Het was maar een vaag idee, natuurlijk, gebaseerd op de manier waarop ik het zelf gebruikte; niet voor kleine jongetjes, natuurlijk, maar voor flink uit de kluiten gewassen burgers zoals bijvoorbeeld... MacGregor. Het feit dat hij schuldig was, leek nu heel waarschijnlijk te worden en de Zwarte Ruiter flitste verwachtingsvol met zijn droge hagedissentong.

Ik ging de trap af naar het kleine vooronder dat de verkoper waarschijnlijk een 'luxehut' noemde. Het bed was niet erg elegant, slechts een dun schuimrubber matras op een verhoogde plank. Ik voelde aan de matras en die kraakte onder de stof, een plastic hoes. Ik rolde de matras op een kant. Er zaten vier ringbouten in de plank geschroefd, in iedere hoek een. Ik tilde het handvat onder de matras op.

Op een boot mag je redelijkerwijs aannemen dat je daar een zekere hoeveelheid kettingen aantreft. Maar de handboeien die erbij lagen, behoorden volgens mij bepaald niet tot een watersportuitrusting. Natuurlijk zou er een heel goede verklaring voor kunnen zijn. Misschien gebruikte MacGregor ze wel voor twistzieke vissen.

Onder de kettingen en de handboeien lagen vijf ankers. Dat zou een heel goed idee kunnen zijn op een jacht dat de hele wereld over ging, maar het leek me wat veel voor een kleine weekendboot. Waar dienden die in hemelsnaam voor? Als ik af en toe met mijn bootje alleen maar naar diep water hoefde te varen, waar ik me netjes en geheel en al van een aantal lijkjes wilde ontdoen, wat moest ik dan met zoveel ankers? Nou ja, als je het uiteraard zo stelde, leek het voor de hand te liggen dat wanneer MacGregor de volgende keer met een vriendje uit varen ging, hij met slechts vier ankers in de kooi zou terugkomen.

Ik verzamelde nu absoluut zoveel kleine details dat er een heel interessant plaatje tevoorschijn kwam. Stilleven zonder kinderen. Maar tot nu toe had ik niets gevonden wat niet als stom toeval afgedaan kon worden – en ik moest honderd procent zeker van mijn zaak zijn. Ik moest één overweldigend, doorslaggevend bewijsstuk vinden, iets zo volstrekt eenduidigs dat het voldeed aan de Wet van Harry.

Dat vond ik in een la rechts van de matras.

Er waren drie laatjes in het voorondeschot ingebouwd. Het binnenste van het onderste laatje leek een paar centimeter korter dan de andere twee. Het kon zijn dat dat zo hoorde, dat het korter was gemaakt in verband met de ronding van de boeg. Maar ik heb nu al vele jaren mensen bestudeerd en daar ben ik erg achterdochtig van geworden. Ik trok de la helemaal uit en ja hoor, aan de achterkant van de la zat een kleine, geheime ruimte. En in die geheime ruimte...

Doordat ik geen echt menselijk wezen ben, blijven mijn emotionele reacties gewoonlijk beperkt tot wat ik heb geleerd te veinzen. Ik was dus niet geschokt, woedend, boos of zelfs bitter vastbesloten. Dat zijn heel moeilijke emoties om overtuigend over te brengen, en er was toch geen publiek, dus waarom zou ik? Wat ik wel voelde was een trage, koude luchtstroom vanaf de Donkere Achterbank die langs mijn ruggengraat omhoog zwiepte en dorre bladeren over de bodem van mijn reptielenbrein blies.

In de stapel foto's kon ik vijf verschillende naakte jongens onderscheiden, in diverse houdingen neergezet, alsof MacGregor nog steeds naar een definitieve stijl zocht. En inderdaad, hij sprong kwistig om met duct tape. Op een van de foto's leek de jongen wel in een zilvergrijze cocon te zitten waarbij slechts bepaalde delen te zien waren. Welke dat waren, zei een heleboel over MacGregor zelf. Zoals ik al vermoedde, was hij niet het soort man dat de meeste ouders als de ideale hopman wensten.

Technisch gesproken waren de foto's van goede kwaliteit en vanuit verschillende hoeken genomen. Een bepaalde serie trok in het bijzonder mijn aandacht. Naast de strak ingetapete jongen stond een bleke, kwabbige, naakte man met een zwarte kap op, alsof hij een trofee fotografeerde. Afgaande op de vorm en kleur van het lichaam was ik er vrij zeker van dat het MacGregor was, ook al had hij die kap over zijn gezicht. Toen ik de foto's doorbladerde, kwamen er twee buitengewoon interessante gedachten in me op. De eerste was: Aha! Wat uiteraard inhield dat er absoluut geen twijfel bestond over wat MacGregor had gedaan en dat hij nu de gelukkige winnaar was geworden van de hoofdprijs in de Zwarte Ruiters Clearinghouse Sweepstakes.

Maar de tweede, enigszins zorgwekkender gedachte was: wie heeft die foto's genomen?

De foto's waren uit te veel verschillende hoeken genomen om met de zelfontspanner te zijn gemaakt. En toen ik er nog eens doorheen ging, viel op twee van bovenaf genomen foto's me de puntige teen op van iets wat eruitzag als een rode cowboylaars.

MacGregor had een handlanger. Het klonk heel erg politieserieachtig, maar ik kon er geen ander woord voor verzinnen. Hij had dit niet allemaal in z'n eentje gedaan. Iemand had meegedaan, of anders toegekeken en foto's genomen.

Ik moet blozend toegeven dat ik enige bescheiden kennis en talent heb op het gebied van semi-regelmatige verminking, maar zoiets was ik nog nooit tegengekomen. Foto's van trofeeën, ja, tenslotte had ik zelf ook mijn kistje vol glasplaatjes met op elk daarvan een enkele druppel bloed, als aandenken aan mijn avonturen. Volkomen normaal om souvenirs te bewaren.

Maar door het feit dat er nog iemand bij was, die toekeek en foto's maakte, werd een intieme daad een soort voorstelling. Het was zonder meer ongepast; de man was pervers. Als ik tot morele verontwaardiging in staat was, dan weet ik vrij zeker dat ik daar nu vol mee zou zitten. Maar zoals het er nu voorstond, merkte ik dat ik meer dan ooit stond te popelen om met MacGregors ingewanden kennis te maken.

Het was snikheet in de boot en mijn prachtige chique windjack hielp niet. Ik voelde me net een felgeel theezakje. Ik koos een paar van de duidelijkste foto's uit en stopte ze in mijn zak. De andere stopte ik terug in hun vakje, ruimde de kooi op en liep achteruit naar de kajuit terug. Voor zover ik het door een raampje – of moest ik het een patrijspoort noemen? – kon bekijken, hing er niemand rond die me heimelijk gadesloeg. Ik glipte door de deur, verzekerde me ervan dat die achter me in het slot viel en kuierde door de regen weg.

Uit de vele films die ik in de loop der jaren heb gezien, weet ik heel goed dat lopen in de regen de juiste achtergrond is om over menselijke trouweloosheid te mijmeren, en dat deed ik dan ook. O, die verdorven MacGregor en zijn vriendje de amateurfotograaf. Hoe konden ze zulke vileine ellendelingen zijn? Dat klonk wel goed, en het was het enige wat in me opkwam; ik hoopte dat het genoeg was om aan het concept te voldoen. Want het was veel leuker om over mijn eigen perfiditeit te mijmeren en hoe ik die kon versterken door een datum te organiseren om met MacGregor te spelen. Ik voelde een vloed van donkere verrukking door de diepste kerkers van Slot Dexter oprijzen en zich in de afvoerkanalen opbouwen. Het zou nu niet lang meer duren voordat MacGregor daardoor zou worden overstroomd.

Er was natuurlijk geen enkele ruimte meer voor twijfel. Harry zou erkennen dat de foto's meer dan genoeg bewijs waren, en een gretig gegniffel vanaf de Donkere Achterbank rechtvaardigde het project. MacGregor en ik zouden samen op ontdekkingsreis gaan. En daarna de speciale bonus door zijn makker met de cowboylaarzen op te sporen – hij zou uiteraard snel na MacGregor aan de beurt moeten komen; geen rust voor de verdorvenen. Het is net als twee voor de prijs van een, absoluut onweerstaanbaar.

Vervuld van mijn tevreden gedachten merkte ik de regen niet eens toen ik manhaftig en vlug naar mijn auto terugliep. Ik had een heleboel te doen.

3

Het is altijd een slecht idee om een vaste routine te volgen, vooral als je een moorddadige pedofiel bent die de aandacht heeft getrokken van Dexter de Wreker. Gelukkig voor mij had niemand MacGregor ooit van dit cruciale stukje informatie op de hoogte gebracht en dus was het een koud kunstje om te zien dat hij om halfzeven zijn kantoor verliet, zoals hij elke dag deed. Hij nam de achterdeur, deed die op slot en stapte in zijn grote Ford-suv; een ideaal voertuig om met mensen rond te rijden om naar huizen te kijken, of ingepakte jongetjes naar de haven te vervoeren. Hij voegde zich in het verkeer en ik volgde hem naar zijn huis, een bescheiden optrekje van gasbeton aan S.W. 80th Street.

Er reed aardig wat verkeer langs het huis. Ik reed een half blok verderop een zijstraat in en parkeerde op een onopvallende plek vanwaar ik goed uitzicht had. Aan het verste uiteinde van zijn terrein stond een hoge, dichte heg zodat de buren niets konden zien van wat er zich in zijn tuin afspeelde. Ik zat in mijn auto en deed zo'n tien minuten lang alsof ik een kaart bestudeerde, net lang genoeg om een plan uit te broeden en er zeker van te zijn dat hij nergens naartoe ging. Toen hij buiten kwam en in zijn tuin ging rondscharrelen, zonder shirt en in gerafelde madras sportbroek, wist ik hoe ik te werk zou gaan.

Ondanks het feit dat ik normaal gesproken een flinke en gezonde eetlust heb, vind ik het altijd moeilijk om vóór een van mijn avontuurtjes te eten. Mijn innerlijke kameraad siddert steeds verwachtingsvoller, de maan klotst luider en luider door mijn aderen en de nacht glijdt over de stad, en dan begint de gedachte aan voedsel wel heel afgezaagd te worden.

Dus in plaats van ontspannen van een eiwitrijk avondmaal te genieten, ijsbeerde ik door mijn flat, popelend om te beginnen, maar nog altijd wel zo kalm dat ik kon wachten, waarbij ik Dagmens Dexter rustig naar de achtergrond liet verdwijnen en de bedwelmende golf van kracht voelde toen de Zwarte Ruiter langzaam het stuur overnam en de instrumenten controleerde. Het was altijd een stimulerende sensatie als ik mezelf op de achterbank terugtrok en het rijden aan de Ruiter overliet. De schaduwen lijken scherpere randen te vormen en de duisternis vervaagt tot een levendig grijs waardoor alles veel scherper wordt. Kleine geluiden worden luid en duidelijk, mijn huid tintelt, mijn ademhaling brult en zelfs de lucht komt tot leven met geuren die je tijdens de saaie, normale dag absoluut niet ruikt. Nooit heb ik me zo levend gevoeld als wanneer de Zwarte Ruiter aan het stuur zat.

Ik moest van mezelf in mijn gemakkelijke stoel gaan zitten en hield me in, voelde de Noodzaak over me heen rollen en liet het hoge tij van bereidheid achter. Elke ademhaling voelde als een koude luchtstroom die door me heen blies en me deed opzwellen, steeds groter en feller, tot ik een reusachtig, onoverwinnelijk baken van staal was, klaar om de nu nachtdonkere stad te doorklieven. En toen werd mijn stoel een stom prulding, een schuilplek voor muizen, en was alleen de nacht groot genoeg.

En het was tijd.

We gingen de deur uit, recht de heldere nacht in, het maanlicht hamerde op me in en de dode-rozenadem van nachtelijk Miami blies over mijn huid. In minder dan geen tijd was ik er, in de schaduw van MacGregors heg keek ik, wachtte ik en luisterde ik, even maar, naar de waarschuwing die om mijn pols krulde en 'geduld' fluisterde. Het leek pathetisch dat hij iets wat zo helder straalde als ik niet kon zien, en door die gedachte sloeg er opnieuw een golf van kracht door me heen. Ik deed mijn witzijden masker op en was klaar om te beginnen.

Langzaam, onzichtbaar, bewoog ik uit de duisternis van de heg en zette een plastic toetsenbord van een speelgoedpiano onder zijn raam, onder een struik gladiolen, zodat het niet meteen te zien zou zijn. Het was felrood met blauw, nog geen dertig centimeter lang en met maar acht toetsen, maar het zou eindeloos dezelfde vier wijsjes afspelen, tot de batterijen op waren. Ik deed hem aan en nam mijn plaats in de heg weer in.

Eerst kwam 'Jingle Bells', daarna 'Old MacDonald'. Om de een of andere reden ontbrak er in elk liedje een sleutelzin, maar het speelgoedje zong net zo opgewekt en idioot naar 'London Bridge' door.

Iedereen zou er gek van worden, maar op iemand als MacGregor, die voor kinderen leefde, had het waarschijnlijk een extra groot effect. In elk geval hoopte ik dat ten zeerste. Ik had opzettelijk het toetsenbordje gekozen om hem naar buiten te lokken, sterker nog, ik hoopte oprecht dat hij zou denken dat hij betrapt was, en dat dit speelgoed uit de hel was gestuurd om hem te straffen. Waarom zou ik tenslotte geen plezier mogen beleven aan wat ik deed?

Het leek te werken. We waren pas bij de derde herhaling van 'London Bridge' toen hij met wijd open paniekogen naar buiten kwam stommelen. Hij bleef daar even staan en staarde om zich heen, zijn terugwijkende, rossige haar zag eruit alsof het een storm had doorstaan en zijn bleke pens hing lichtjes over de boord van zijn groezelige pyjamabroek. Hij leek me niet verschrikkelijk gevaarlijk, maar ik was dan ook geen vijfjarig jongetje.

Na een ogenblik, waarin hij zich met open mond stond te krabben en eruitzag alsof hij model stond voor de Griekse god van de Stupiditeit, ontdekte MacGregor de bron van het geluid; 'Jingle Bells' was inmiddels weer aan de beurt. Hij liep ernaartoe, bukte een beetje om het kleine plastic toetsenbord aan te raken en kreeg geen tijd om verbaasd te zijn voordat ik een vislijn met vijfentwintig kilo trekkracht strak om zijn keel had getrokken. Hij kwam overeind en dacht even zich te moeten verzetten. Ik trok aan en hij veranderde van gedachten.

'Hou op met tegenstribbelen,' zeiden we met onze kille en autoritaire Ruitersstem. 'Dan leef je langer.' In die woorden hoorde hij zijn toekomst en hij dacht daar wellicht nog iets aan te kunnen veranderen, dus ik gaf een harde ruk aan zijn lijn en liet dat zo totdat zijn gezicht donker werd en hij op zijn knieën viel.

Vlak voordat hij helemaal van zijn stokje zou gaan, liet ik de lijn vieren. 'Nu doe je wat je gezegd wordt,' zeiden wij. Hij zei niets, verslikte zich alleen in een paar lange, pijnlijke ademhalingen, dus ik gaf nog een klein rukje aan de lijn. 'Begrepen?' zeiden we en hij knikte, dus ik gunde hem wat lucht.

Hij verzette zich verder niet meer toen ik hem bij de armen pakte en zijn huis in duwde om zijn autosleutels te gaan halen en weer naar buiten, naar zijn grote SUV. Ik ging op de achterbank zitten en hield de lijn in een heel stevige greep, gaf hem slechts net genoeg lucht om in leven te blijven, voorlopig.

'Start de auto,' zeiden we tegen hem en hij aarzelde.

'Wat wil je?' vroeg hij met een stem die helemaal gruizig was van verse gravel.

'Alles,' zeiden wij. 'Start de auto.'

'Ik heb geld,' zei hij.

Ik trok hard aan het koord. 'Koop maar een jongetje voor me,' antwoordden wij. Ik hield hem een paar seconden strak, zo strak dat hij geen lucht kon krijgen, en zo lang om hem te laten merken dat wíj het voor het zeggen hadden, wíj wisten wat hij had gedaan en dat wíj hem vanaf nu slechts naar believen zouden laten ademhalen, en toen ik de lijn opnieuw liet vieren, had hij niets te zeggen.

Hij reed op mijn aanwijzingen terug naar S.W. 80th Street, naar Old Cutler Road en dan naar het zuiden. In deze uithoek was er bijna geen verkeer, niet op dit uur van de avond, en we sloegen af naar een nieuwbouwproject dat tegenover Snapper Creek in aanbouw was. De bouw was stilgelegd omdat de projectontwikkelaar voor geld witwassen was veroordeeld en we zouden er niet gestoord worden. We leidden MacGregor door een half afgebouwd wachthuisje naast een kleine rotonde oostwaarts naar het water, en brachten hem tot staan naast een kleine trailer, het tijdelijke kantoor van het bouwterrein, dat nu overgeleverd was aan spanningzoekers en anderen zoals ik, die alleen maar wat privacy wilde.

Even zaten we daar van het uitzicht te genieten, de maan boven het water met op de voorgrond een pedofiel in een strop, heel mooi.

Ik stapte uit en trok MacGregor achter me aan, ik trok zo hard dat hij op z'n knieën viel en met zijn handen naar het nylon om zijn keel klauwde. Even keek ik toe hoe hij naar adem snakte en in het zand kwijlde, terwijl zijn gezicht weer donker werd en zijn ogen rood kleurden. Maar ik trok hem weer overeind en duwde hem de drie houten treden van de trailer op. Tegen de tijd dat hij zich zover had hersteld dat hij wist wat er gaande was, had ik hem op een bureau vastgebonden, de handen en voeten met duct tape verankerd.

MacGregor probeerde iets te zeggen, maar in plaats daarvan hoestte hij. Ik wachtte; nu hadden we meer dan genoeg tijd. 'Alsjeblieft,' zei hij ten slotte, met een stem die klonk als zand op glas. 'Ik geef je wat je maar hebben wilt.'

'Inderdaad,' zeiden we en we zagen hoe het geluid ervan door hem heen sneed en, ook al kon hij het door mijn witte zijden masker niet zien, we glimlachten. Ik haalde de foto's uit zijn boot tevoorschijn en liet ze aan hem zien.

Hij verroerde geen vin meer en zijn mond hing open. 'Hoe kom je daaraan?' vroeg hij tamelijk kregelig voor iemand die op het punt stond in stukjes gesneden te worden.

'Zeg me wie deze foto's heeft gemaakt.'

'Waarom zou ik?'

Met een blikschaar knipte ik de duim en wijsvinger van zijn linkerhand af. Hij rolde heen en weer en gilde het uit, en het ging bloeden, wat me altijd kwaad maakt, dus ik propte een tennisbal in zijn mond en knipte ook de duim en wijsvinger van zijn rechterhand af. 'Zomaar,' zei ik en ik wachtte tot hij een beetje tot bedaren was gekomen.

Toen hij dat eindelijk was, rolde hij een oog mijn kant uit en keek me aan met een gezicht dat vervuld was van het besef dat komt als je de pijn voorbij bent en weet dat nog slechts de eeuwigheid rest. Ik haalde de tennisbal uit zijn mond.

'Wie is de fotograaf?'

Hij glimlachte. 'Ik mag lijden dat een ervan van jou was.'

Uit dat antwoord putte ik de volgende anderhalf uur extra veel voldoening.

4

Normaal gesproken ben ik een paar de dagen na een van mijn Avondjes Uit in een prettig milde stemming, maar al de eerste ochtend na het overhaaste heengaan van MacGregor stond ik nog steeds trillend te popelen. Ik wilde dolgraag de fotograaf met de rode cowboylaarzen vinden en schoon schip met hem maken. Ik ben een proper monster, als ik ergens aan begin, wil ik dat graag afmaken, en door het idee dat er ergens iemand op die belachelijke schoenen rondkloste, met een camera die veel te veel had gezien, kon ik niet wachten om die voetafdrukken te volgen en mijn tweedelig project af te ronden.

Misschien was ik met MacGregor te overhaast te werk gegaan, had ik hem een beetje meer tijd moeten geven en meer moeten aanmoedigen, dan zou hij me alles hebben verteld. Maar ik had gedacht dat ik zoiets met gemak zelf zou kunnen ontdekken – als de Zwarte Ruiter rijdt, ben ik ervan overtuigd dat ik tot alles in staat ben. Tot nu toe heb ik me nooit vergist, maar deze keer had het me wel in een wat lastig parket gebracht en moest ik mijnheer Laarzen nu zelf gaan zoeken.

Uit mijn eerdere onderzoek wist ik dat MacGregor er buiten zijn incidentele nachtelijke boottochtjes geen sociaal leven op na hield. Hij was lid van een aantal zakenorganisaties, wat je van een makelaar kon verwachten, maar ik had niemand in het bijzonder ontdekt met wie hij vriendschappelijk omging. Ik wist ook dat hij geen strafblad had, dus er was geen dossier dat ik op bekende kennissen kon natrekken. De rechtbankgegevens over zijn scheiding vermeldden slechts 'onverenigbare verschillen' en lieten de rest over aan mijn verbeelding.

En toen zat ik vast. MacGregor was een klassieke einzelgänger geweest en tijdens mijn hele zorgvuldige onderzoek had ik geen enkele aanwijzing gevonden dat hij vrienden, maatjes, afspraakjes, kameraden of gabbers had. Geen pokeravondjes met de jongens – helemaal geen jongens – behalve de minderjarige. Geen kerkgenootschap, geen vereniging, geen buurtcafé, geen wekelijkse squaredansclub – die had de laarzen kunnen verklaren – nada, behalve de foto's met die stomme uitstekende rode tenen.

Dus wie was Cowboy Bob en hoe kon ik hem vinden?

Voor een antwoord kon ik slechts naar één plek, en dat moest binnenkort, voordat iemand in de gaten kreeg dat MacGregor werd vermist. In de verte hoorde ik onweer rommelen en ik keek verbaasd naar de wandklok. Het was inderdaad al kwart over twee, tijd voor de dagelijkse middagstorm. Ik had mijn hele lunchuur zitten tobben, helemaal niks voor mij.

Niettemin zou de storm me opnieuw wat dekking geven en ik zou op de terugweg wel ergens stoppen om wat te eten. Dus nu ik mijn nabije toekomst keurig en prettig had uitgestippeld, liep ik naar de parkeerplaats, stapte in mijn auto en zette koers naar het zuiden.

Het was gaan regenen toen ik bij Matheson Hammock aankwam, opnieuw trok ik mijn sportieve gele windjack aan en jogde het pad af naar MacGregors boot.

Ik kreeg het slot weer net zo gemakkelijk open als de eerste keer en glipte de kajuit in. Bij mijn eerste bezoek aan de boot was ik op zoek geweest naar aanwijzingen dat MacGregor een pedofiel was. Nu zocht ik naar iets subtielers, een kleine hint naar de identiteit van MacGregors vriend de fotograaf.

Aangezien ik ergens moest beginnen, ging ik ging weer naar het vooronder met het bed. Ik deed de la met de dubbele bodem open en bladerde opnieuw door de foto's. Deze keer bekeek ik zowel de voor- als de achterkant. Digitale fotografie heeft speurwerk een stuk moeilijker gemaakt, en er stond geen enkel merkteken op de foto's, en er waren ook geen lege filmkokertjes met natrekbare serienummers te vinden. Iedere boerenkinkel ter wereld kon deze foto's eenvoudigweg op zijn harde schijf downloaden en ze naar believen uitprinten, zelfs iemand met zo'n afgrijselijke schoensmaak. Het leek niet eerlijk, waren computers er niet juist om het gemakkelijker te maken?

Ik deed de la dicht en doorzocht de rest van de ruimte, maar er was niets wat ik niet eerder had gezien. Enigszins ontmoedigd liep ik het trapje weer op naar de kajuit. Daar waren ook een paar laden en ik liep erdoorheen. Videobanden, actiefiguren, de rollen duct tape, ik had alles al eens eerder gezien en ik zou er niet wijzer van worden. Ik trok de voorraad tape tevoorschijn, bedacht dat het wellicht geen zin had ze hier achter te laten. Doelloos keerde ik de onderste rol om.

En daar was het.

Heus, het is beter gewoon een keer geluk te hebben dan goed te zijn. Ik had in een miljoen jaar niet kunnen hopen dat ik zoiets goeds zou vinden. Aan de onderkant van de rol tape zat een stukje papier waarop REIKER stond, met daaronder een telefoonnummer.

Uiteraard was dat geen garantie dat Reiker de Rode Ranger was, of zelfs een menselijk wezen. Voor hetzelfde geld was het de naam van een havenloodgieter. Maar hoe dan ook, ik had nu een veel beter startpunt dan ik had gehad en moest nu zien dat ik zo gauw mogelijk van die boot af kwam voordat de storm ging liggen. Ik propte het vodje in mijn broekzak, knoopte mijn windjack dicht en glipte van de boot af, weer terug naar het voetpad.

Misschien voelde ik me wel zo prettig mild door de nawerking van mijn avondje uit met MacGregor, maar toen ik naar huis reed merkte ik ineens dat ik een pakkend Philip Glass-deuntje van *1000 Airplanes On The Roof* neuriede. De sleutel tot een gelukkig leven is dat je iets hebt gepresteerd waar je trots op kunt zijn en een doel hebt om naar uit te kijken, en op dat moment had ik beide. Wat was het toch heerlijk om mij te zijn.

Mijn goede humeur duurde slechts tot de rotonde waar Old Cutler overgaat in LeJeune, en toen ik routinematig in mijn achteruitkijkspiegel keek, verstarde de muziek op mijn lippen.

Achter mij, praktisch met zijn neus op mijn achterbank, reed een kastanjebruine Ford Taurus. Die leek heel erg op het soort voertuig dat bij het Miami-Dade politiekorps gangbaar was voor agenten in burger.

Ik zag niet in hoe dit in hemelsnaam een goed teken kon zijn. Een patrouillewagen kon zonder reden achter je aan komen, maar iemand in een burgerpolitiewagen moest een bepaald doel hebben, en het zag ernaar uit dat dat doel inhield dat ik me ervan bewust moest worden dat ik geschaduwd werd. Als dat zo was, lukte dat perfect. Ik kon door de schittering op de voorruit niet zien wie er in de andere auto zat, maar plotseling leek het heel belangrijk om te weten hoe lang de wagen me al was gevolgd, wie er achter het stuur zat en hoeveel de bestuurder had gezien.

Ik schoot een smalle zijstraat in en zette de auto neer, en de Taurus parkeerde pal achter me. Even gebeurde er niets. We zaten allebei in onze auto en wachtten af. Zou ik gearresteerd worden? Als iemand me vanaf de jachthaven was gevolgd, zou dat wel eens heel akelig voor Duizelingwekkende Dexter kunnen zijn. Vroeg of laat zou men in de gaten krijgen dat MacGregor weg was en zelfs het meest routinematige onderzoek zou op zijn boot uitkomen. Iemand zou gaan kijken of die er was, en dan zou het feit dat Dexter daar midden op de dag was geweest wel eens veelbetekenend kunnen lijken.

Het zijn dit soort kleine dingen die het 'm doen bij succesvol politiewerk. Agenten zijn altijd op zoek naar dit soort kleine toevalligheden en als ze die vinden, maken ze serieus werk van degene die toevalligerwijze op te veel verschillende interessante plaatsen was geweest. Ook al heeft diegene een politiebadge en een verbluffend charmante nepglimlach.

Er leek voor mij niets anders op te zitten dan mezelf erdoorheen te bluffen, ontdekken wie me schaduwde en waarom, en hem er vervolgens van overtuigen dat het dwaze tijdverspilling was. Ik zette mijn beste officiële begroetingsgezicht op, stapte uit en liep met kordate pas op de Taurus af. Het portierraam schoof omlaag en het altijd boze gezicht van brigadier Doakes keek me aan, als een afgodsbeeld voor een of andere uit donker hout gesneden, verdorven god.

'Waarom ga je de laatste tijd zo vaak midden op de dag van je werk weg?' vroeg hij. Zijn stem was uitdrukkingsloos maar hij wist toch de indruk te wekken dat wat ik ook zou zeggen dat toch een leugen zou zijn, en dat hij me dat betaald wilde zetten.

'Jemig, brigadier Doakes!' zei ik opgewekt. 'Wat ongelooflijk toevallig! Wat doe jij hier?'

'Heb je soms iets belangrijkers te doen dan je werk?' vroeg hij. Hij leek totaal niet geïnteresseerd om welk gesprek ook gaande te houden, dus haalde ik mijn schouders op. Als je te maken hebt met mensen die beperkt zijn in hun conversatievaardigheden en daar kennelijk ook niets aan willen doen, is het altijd gemakkelijker om erin mee te gaan.

'Ik, eh, moest iets persoonlijks regelen,' zei ik. Heel zwak, dat geef ik toe, maar Doakes vertoonde de verontrustende gewoonte om de meest vervelende vragen te stellen, en met zo'n onderhuidse boosaardigheid dat ik het al moeilijk vond om niet te stotteren, laat staan met iets zinnigs te komen.

Hij keek me een paar eindeloze ogenblikken aan, zoals uitgehongerde pitbulls naar rauw vlees kijken. 'Iets persoonlijks,' zei hij zonder met zijn ogen te knipperen. Nu hij het herhaalde, klonk het nog idioter.

'Inderdaad,' zei ik.

'Je tandarts zit in Gables,' zei hij.

'Nou...'

'Je huisarts ook, in de buurt van Alameda. Een advocaat heb je niet, je zus is gewoon op haar werk,' zei hij. 'Wat voor persóónlijks heb ik weggelaten?'

'Nou, eigenlijk, ik eh...' zei ik, en ik stond versteld toen ik mezelf zo hoorde stotteren, maar er kwam niets anders uit en Doakes keek me aan alsof hij me smeekte op de vlucht te slaan, zodat hij voor de vogeljacht kon oefenen.

'Grappig,' zei hij ten slotte. 'Ik heb hier ook iets persoonlijks te doen.'

'Echt waar?' zei ik, opgelucht dat mijn mond weer in staat was tot menselijke spraak. 'En wat is dat dan, brigadier?'

Het was de eerste keer ooit dat ik hem zag glimlachen, en ik moet zeggen dat ik veel liever had gehad dat hij gewoon uit de auto was gesprongen en me had gebeten. 'Ik houd jóú in de gaten,' zei hij. Hij gunde me even om zijn blinkende tanden te bewonderen, daarna schoof het portierraam omhoog en verdween hij als de Cheshire kat achter het getinte glas.

5

Als ik genoeg tijd had, zou ik zo met een hele lijst kunnen komen met minder prettige zaken dan het feit dat brigadier Doakes mijn eigen persoonlijke schaduw was geworden. Maar zoals ik daar stond, in mijn trendy slechtweerkleding en me voorstelde dat Reiker en zijn rode laarzen aan me zouden ontkomen, leek het al erg genoeg en dat inspireerde me niet om aan iets nog ergers te denken. Ik stapte gewoon in mijn auto, startte de motor en reed door de regen naar mijn flat. Normaal gesproken zouden de moordlustige grillen van de andere weggebruikers me op mijn gemak hebben gesteld, zou ik me helemaal thuis hebben gevoeld, maar op de een of andere manier haalde die kastanjebruine Taurus die aan mijn bumper kleefde de glans ervan af.

Ik kende brigadier Doakes wel zo goed om te weten dat dit niet zomaar een bevlieging van hem was. Als hij me in de gaten hield, zou hij dat net zo lang kunnen blijven doen tot hij me op iets stouts betrapte. Of tot hij niet meer in staat was om me in de gaten te houden. Vanzelfsprekend kwam er een aantal fascinerende manieren bij me op om ervoor te zorgen dat hij zijn belangstelling zou verliezen. Maar die waren allemaal wel heel definitief, en hoewel ik eigenlijk niet echt over een geweten beschikte, had ik een stelsel van heel duidelijk regels die ongeveer op hetzelfde neerkwamen.

Ik wist dat brigadier Doakes vroeg of laat iets zou doen om mijn liefhebberij te dwarsbomen en ik had mijn hersens afgepijnigd over wat ik zou doen als het moment daar was. Helaas was het beste wat me te binnen was geschoten, gewoon afwachten.

Pardon? hoor ik u al denken, en daar hebt u alle recht toe. Kunnen we werkelijk het enige voor de hand liggende antwoord negeren? Doakes mocht dan sterk, en dodelijk zijn, maar de Zwarte Ruiter was sterker en dodelijker en wanneer hij het stuur overnam, was niemand tegen hem opgewassen. Misschien deze ene keer...

Nee, zei de zachte stem in mijn oor.

Hallo, Harry. Waarom niet? En terwijl ik het vroeg zag ik het moment weer voor me waarop hij dat tegen me had gezegd.

Er zijn regels, Dexter, had Harry gezegd.

Regels, pap?

Het was op mijn zestiende verjaardag. Een partijtje gaf ik eigenlijk nooit, want ik had nog niet geleerd om zo'n schattig schooiertje te zijn dat snel vriendjes maakt; als ik niet zelf bij die slijmerige slungeltjes uit de buurt bleef, gingen ze mij meestal wel uit de weg. Ik bracht mijn hele puberteit door als een herdershond in een kudde groezelige, heel domme schapen. Sinds die tijd had ik een heleboel geleerd. Zo vervreemd was ik op mijn zestiende bijvoorbeeld niet, maar soms werkt het niet om te doen alsof.

Nou, op mijn zestiende verjaardag was het nogal een gespannen toestand. Doris, mijn pleegmoeder, was net aan kanker gestorven. Mijn stiefzuster Deborah had toch een taart voor me gebakken en van Harry kreeg ik een nieuwe vishengel. Ik blies de kaarsjes uit, we aten de taart op en daarna nam Harry me mee naar de achtertuin van ons eenvoudige huis aan Coconut Grove. Hij ging aan de roodhouten picknicktafel zitten die hij naast de bakstenen barbecue had getimmerd en gebaarde mij ook te gaan zitten.

'Nou, Dex,' zei hij. 'Zestien. Je bent al bijna een groot mens.'

Ik begreep niet precies wat hij daarmee bedoelde – ik? Een mens? Menselijk dus? – en wist dus ook niet wat voor antwoord hij verwachtte. Ik wist wel dat het meestal verstandig was om geen grapjes met Harry te maken, dus knikte ik maar. Harry keek met zijn blauwe ogen dwars door me heen. 'Ben je eigenlijk wel in meisjes geïnteresseerd?' vroeg hij.

'Eh... hoe bedoel je?'

'Zoenen. Het. Je weet wel, seks.'

Het duizelde in mijn hoofd bij de gedachte alleen al, alsof een koude, donkere voet tegen de binnenkant van mijn voorhoofd schopte. 'Niet, eh, nee. Ik, eh,' zei ik welsprekend. 'Niet op die manier.'

Harry knikte alsof dat ergens op sloeg. 'Maar geen jongens,' zei hij, en ik schudde alleen maar mijn hoofd. Harry keek naar de tafel, toen weer naar het huis. 'Toen ik zestien werd, nam mijn vader me mee naar een hoer.' Hij schudde zijn hoofd en er gleed een heel klein glimlachje over zijn gezicht. 'Ik heb er tien jaar over gedaan om daar overheen te komen.' Daar wist ik absoluut niets op te zeggen. Het concept seks was voor mij al iets buitenaards, maar de gedachte om ervoor te betálen, voor je zoon nog wel, en als die zoon Hárry was... nee, echt. Daar kon ik met mijn pet niet bij. Ik keek Harry aan met iets wat aan paniek grensde en zijn glimlach werd breder.

'Wees maar niet bang,' zei hij. 'Dat was ik niet van plan. Je hebt vast meer aan die hengel.' Hij schudde langzaam zijn hoofd en keek over de picknicktafel heen in de verte, door de tuin, over de straat. 'Of een fileermes.'

'Ja,' zei ik, en ik probeerde niet al te gretig te klinken.

'We weten allebei wat je wilt. Maar daar ben je nog niet klaar voor.'

Sinds de eerste keer dat Harry met mij praatte over wat ik was, een paar jaar geleden op een gedenkwaardig kampeertochtje, waren we bezig om me klaar te stomen. Om me, in Harry's woorden, 'op orde te brengen'. Ik, perfecte imitatiemens en schaapachtige krullenbol, stond te trappelen om aan mijn mooie carrière te beginnen, maar Harry hield me tegen, want Harry wist altijd alles beter.

'Ik ben heus wel voorzichtig, hoor,' zei ik.

'Maar niet perfect,' zei hij. 'Er zijn regels, Dexter. En dat moet ook wel. Daarom ben jij anders dan de anderen.'

'Je aanpassen,' zei ik, 'opruimen, geen risico's nemen, eh...'

Harry schudde zijn hoofd. 'Belangrijker. Allereerst moet voor je begint honderd procent zeker van zijn dat de persoon in kwestie het echt verdient. Ik heb ik weet niet hoe vaak iemand moeten laten gaan, terwijl ik wist dat hij schuldig was. Dat zo'n klootzak je in je gezicht grijnst, terwijl hij en jij allebei donders goed weten hoe de vork in de steel zit, en je moet de deur voor hem openhouden en hem laten gaan...' Hij klemde zijn kaken op elkaar en klopte met zijn vuist op de picknicktafel. 'Dat hoeft jou niet te gebeuren. Maar je moet absoluut zeker zijn van je zaak. Dodelijk zeker, Dexter. En zelfs als je het zeker weet...' hij hief zijn hand op met de palm naar mij toegekeerd, 'moet je bewijsmateriaal hebben. Dat hoeft in de rechtszaal niet overeind te blijven, goddank!' Hij stiet een bitter lachje uit. 'Daar kom je toch geen steek verder. Maar bewijs moet er zijn, Dexter. Dat is het allerbelangrijkste.' Hij tikte met zijn knokkel op de tafel. 'Bewijs, bewijs, bewijs. En zelfs dan...'

Hij stopte midden in zijn zin, niets voor Harry, en ik wachtte af. Ik wist dat er een moeilijke kwestie aan zat te komen. 'Soms laat je ze zelfs gaan als je dat wel hebt. Hoezeer ze het ook verdienen. Bijvoorbeeld als ze te... te veel in het oog lopen. Als iemand te veel in de schijnwerpers staat, laat hem dan gaan.'

Nou, dat was het dus. Harry had als altijd het antwoord op mijn vraag. Als ik ook maar een zweempje twijfel had, hoorde ik Harry in mijn oor fluisteren. Ik wist het zeker, maar ik had geen bewijs dat Doakes iets anders was dan een heel boze en achterdochtige smeris, en een smeris in mootjes hakken was absoluut iets waarover de stad verontwaardigd over zou worden. En na de recente vroegtijdige dood van detective LaGuerta zou het binnen de politiegeledered vrijwel zeker heel gevoelig liggen als er op die manier nog een smeris de pijp uitging.

Hoe je het ook wendde of keerde, Doakes was Verboden Terrein voor mij. Ik kon uit het raam kijken en de neus van de kastanjebruine Taurus onder een boom zien staan, maar verder niets doen dan hopen dat zich spontaan een andere oplossing zou aandienen, bijvoorbeeld dat er toevallig een piano op zijn hoofd viel. Helaas was ik overgeleverd aan de hoop op een beetje mazzel.

Maar vanavond had de arme, teleurgestelde Dexter geen mazzel en er was de laatste tijd een schromelijk tekort aan vallende piano's in en om Miami. En zo liep ik in mijn nederige stulpje gefrustreerd te ijsberen. En elke keer als ik terloops uit het raam keek, stond die Taurus aan de overkant van de straat. De gedachte die een uur geleden nog zo'n prettig vooruitzicht had geleken, gonsde door mijn hoofd. Mag Dexter buiten spelen? Nee, helaas, Zielige Zwarte Ruiter. Dexter heeft een time-out.

Toch was er wel een constructief klusje dat ik nu kon klaren, ook al zat ik min of meer in mijn flat gevangen. Ik haalde het verkreukelde stukje papier van MacGregors boot tevoorschijn en streek het glad, waarbij mijn vingers plakkerig werden van de overgebleven lijm van de rol duct tape waar het op had gezeten. REIKER en een telefoonnummer. Het was meer dan genoeg om op mijn computer de telefoongids te raadplegen en dat was dan ook binnen een paar minuten gepiept.

Het nummer was van een mobiele telefoon die geregistreerd stond op ene meneer Steve Reiker van Tigertail Avenue te Coconut Grove. Na nog wat speurwerk kwam ik erachter dat meneer Reiker beroepsfotograaf was. Het kon natuurlijk zomaar toeval zijn. Er zijn vast veel mensen die Reiker heten en fotograaf zijn. Ik sloeg de Gouden Gids erop na en ontdekte dat deze Reiker zich had gespecialiseerd. Hij adverteerde op een kwart pagina met: HER-INNER ZE ZOALS ZE NU ZIJN.

Hij was gespecialiseerd in kinderfoto's.

Ik kon de toevaltheorie wel laten varen.

De Zwarte Ruiter roerde zich en grinnikte zachtjes van de voorpret, en ik plande al een ritje naar Tigertail om snel een kijkje te nemen. Het was niet eens zo ver weg. Ik kon er nu heen rijden en...

En dan brigadier Doakes zeker achter me aan krijgen om ezeltje-prik met Dexter te spelen. Briljant idee, ouwe jongen. Dat zou Doakes een hoop saai speurwerk schelen als Reiker uiteindelijk op een dag verdwenen zou zijn. Hij zou zich door de hele vervelende routine heen werken en achter me aan komen.

Hoe dan ook, wanneer zou Reiker verdwijnen? Verschrikkelijk frustrerend om geschaduwd te worden met zo'n kostelijk doel voor ogen. Maar een paar uur later stond Doakes nog steeds aan de overkant van de straat geparkeerd en was ik nog steeds hier. Wat nu? Het positieve was dat Doakes duidelijk niet genoeg had gezien om enige andere actie te ondernemen dan mij te schaduwen. Maar als je dat helemaal tot in het uiterste negatieve doortrok, als hij me zou blijven schaduwen, dan dwong hij mij om mijn rol van goedge-luimde, wellevende laboratoriumrat bij het forensisch lab te blijven spelen, die zorgvuldig zoiets dodelijks als het spitsuur op de Palmet-to-ringweg vermeed. Daar kon geen sprake van zijn. Ik voelde een zekere druk, niet alleen van de Ruiter, maar ook van de klok. Bin-nen niet al te lange tijd moest ik het bewijs zien te krijgen dat Rei-ker de man was die MacGregors foto's had genomen, en als dat was gebeurd, zou ik een scherp en vinnig babbeltje met hem maken. Als hij erachter kwam dat MacGregor de weg van alle vlees was gegaan, zou hij waarschijnlijk alarm slaan. En als mijn collega's op het bu-reau er lucht van kregen, zou dat nog wel eens een penibele toe-stand voor Drieste Dexter kunnen worden.

Maar Doakes had zich kennelijk voor een lang verblijf geïnstal-leerd en daar kon ik niets aan doen. Het idee dat Reiker vrij rond-liep in plaats van hem onder mijn tape te zien spartelen was ver-schrikkelijk frustrerend. *Homicidus interruptus.* De Zwarte Ruiter kreunde zachtjes en knarste met zijn denkbeeldige tanden. Ik wist hoe hij zich voelde, maar ik kon nog steeds niets anders doen dan heen en weer blijven lopen. Het hielp niet; als ik zo door zou gaan, zou ik een gat in de vloerbedekking uitslijten en kon ik wel fluiten naar de borgsom van het appartement.

Mijn eerste gedachte was om iets te doen waardoor Doakes op het verkeerde been werd gezet, maar hij was geen doorsneebloedhond. Ik kon maar één ding verzinnen waarmee de geur uit zijn snuffelende, gretige snuit zou verdwijnen. Er was een kleine kans dat ik hem kon uitputten, het wachtspelletje meespelen, aanhoudend zo lang normaal te blijven dat hij het moest opgeven en terugkeren naar zijn echte baan, namelijk vangen van de waarlijk monsterachtige inwoners in de onderbuik van Onze Rechtvaardige Stad. Want op ditzelfde moment werd er dubbel geparkeerd, vuilnis gedumpt en bedreigd dat je tijdens de volgende verkiezingen op de Democraten moest stemmen. Hoe kon hij zijn tijd verspillen aan die arme Dexter en zijn onschuldige liefhebberij?

Goed dan: ik zou overdreven normaal blijven tot zijn tanden er pijn van gingen doen. Het zou eerder weken dan dagen duren, maar het moest maar. Ik zou met overgave het synthetische leven leiden dat ik had gecreëerd om menselijk te lijken. Aangezien mensen in de regel beheerst worden door seks, zou ik beginnen met een bezoekje aan mijn vriendinnetje Rita.

Wat een rare uitdrukking, 'vriendinnetje', zeker als het om een volwassen vrouw gaat. In de praktijk is het begrip zelfs nog vreemder. Bij volwassenen betekende het over het algemeen een vrouw, geen meisje, die bereid was je seks te bieden in plaats van vriendschap. Sterker nog, uit wat ik om me heen zag, was het heel goed mogelijk om een flinke hekel aan je vriendinnetje te hebben, hoewel de ware haat natuurlijk aan het huwelijk voorbehouden was. Ik had nog niet kunnen vaststellen wat vriendinnetjes van hun vriendjes terugverwachten, maar wat Rita betrof voldeed ik daar kennelijk aan. Seks was het niet, zoveel was wel duidelijk. Seks was voor mij ongeveer net zo interessant als het berekenen van buitenlandse handelstekorten.

Gelukkig voor mij was Rita net zomin geïnteresseerd in seks als ik, meestal dan. Niet lang geleden was een rampzalig vroeg huwelijk van haar op de klippen gelopen, met een man wiens idee van gezellig samenzijn bleek te bestaan uit crack roken en haar in elkaar slaan. Later voegde hij daar nog de besmetting met tal van fascine-rende infecties aan toe. Toen hij op een avond ook nog de kinderen alle hoeken van de kamer liet zien, knapte Rita's wonderbaarlijke, op countrysongs gebaseerde trouw en smeet de schurk uit haar leven die in het gevang belandde, waar hij hoorde.

Na dit veelbewogen huwelijk was zij op zoek naar een heer die geïnteresseerd was in gezelschap en een goed gesprek, iemand die er niet op uit was om zijn lagere driften op haar te botvieren. Met andere woorden, een man die ook haar verfijndere kwaliteiten op waarde wist te schatten in plaats van alleen haar bereidheid om zich aan naakte acrobatiek over te geven. Ecce Dexter. Twee jaar was ze nu al mijn ideale vermomming, en belangrijk bestanddeel van Dexter zoals de buitenwereld hem voornamelijk kende. Als tegenprestatie had ik haar nooit geslagen, nooit een infectie bezorgd en nooit mijn animale lust opgedrongen, en zij leek zelfs van mijn gezelschap te genieten.

Als extraatje was ik behoorlijk gehecht geraakt aan haar kinderen, Astor en Cody. Vreemd misschien, maar niettemin waar, dat kan ik je verzekeren. Als verder wie dan ook ter wereld op mysterieuze wijze zou verdwijnen, zou ik dat alleen maar vervelend vinden om-dat diegene dan geen donuts meer voor me zou maken. Maar kinde-ren vind ik interessant, sterker nog, ik mag ze graag. Rita's kinderen hadden een traumatische vroege jeugd doorgemaakt, en misschien omdat dat bij mij ook het geval was, voelde ik een bepaalde verbon-denheid met hen, een belangstelling die verder ging dan het in stand houden van Rita als vermomming.

Afgezien van het aangename contact dat ik met haar kinderen had, mocht Rita er ook best wezen. Ze had kort en fris blond haar, een slank en atletisch lichaam, en ze zei zelden iets ronduit stoms. Ik kon met haar in het openbaar verschijnen en weten dat we eruitza-gen als een stel perfect bij elkaar passende, nette mensen, wat pre-cies de bedoeling was. Sommigen zeiden zelfs dat we een knap stel waren, al wist ik nooit precies wat dat betekende. Ik neem aan dat Rita mij op de een of andere manier aantrekkelijk vond, ook al was dat gezien haar voorgeschiedenis met mannen misschien niet be-paald complimenteus voor mij. Toch is het altijd fijn om iemand in de buurt te hebben die denkt dat ik fantastisch ben. Het bevestigt hoe laag ik de mensheid heb zitten.

Ik keek op mijn bureauklok. Vijf uur tweeëndertig: over een

kwartier zou Rita thuiskomen van haar werk bij Fairchild Title Agency, waar ze iets heel ingewikkelds deed met stukjes van procentpunten. Tegen de tijd dat ik bij haar was, zou ze thuis zijn.

Met een opgeruimde, opgeplakte glimlach ging ik de deur uit, zwaaide naar Doakes en reed naar Rita's eenvoudige huis in South Miami. Het verkeer viel mee, dat wil zeggen dat er geen dodelijke ongevallen of schietpartijen waren, en binnen twintig minuten zette ik mijn auto voor Rita's bungalow. Brigadier Doakes reed langs me naar het einde van de straat en toen ik aan de voordeur klopte, parkeerde hij aan de overkant van de weg.

De deur zwaaide open en Rita staarde me aan. 'O!' zei ze, 'Dexter.'

'In hoogsteigen persoon,' zei ik. 'Ik was in de buurt en vroeg me af of je al thuis was.'

'Nou, ik... ik kom net binnen. Ik zie er vast verschrikkelijk uit... Eh, kom erin. Wil je een biertje?'

Bier... het idee alleen al. Ik raak dat spul nooit aan. Maar toch, het was zo verbazingwekkend normaal, zo perfect na-het-werk-bij-jevriendinnetje-op-bezoek-gaan dat zelfs Doakes onder de indruk moest zijn. Het maakte het helemaal af. 'Nou, dat gaat er wel in,' zei ik en ik volgde haar naar de relatief koele woonkamer.

'Ga zitten,' zei ze. 'Ik ga me even een opfrissen.' Ze glimlachte naar me. 'De kinderen zijn aan het buitenspelen, maar ik weet zeker dat ze je bestormen als ze in de gaten krijgen dat je er bent.' Ze glipte de hal in en kwam even later terug met een blikje bier. 'Ik kom zo,' zei ze en ze ging naar haar slaapkamer aan de achterkant van het huis.

Ik zat op de bank en keek naar het blikje in mijn hand. Ik drink nooit; drinken is echt iets wat roofdieren beter niet kunnen doen. Het vertraagt je reflexen, stompt je zintuigen af en is funest voor je concentratievermogen, wat mij altijd afschuwelijk in de oren klonk. Maar daar zat ik, een demon op vakantie die een poging deed het ultieme offer te brengen door zijn krachten op te geven en menselijk te worden. Een biertje, net iets voor Geheelonthouder Dexter.

Ik nam een slok. Het smaakte bitter en slapjes, precies zoals ik als de Zwarte Ruiter heel lang in zijn autogordel gekluisterd moest blijven. Maar toch nam ik aan dat je bier moet leren drinken. Ik nam nog een slokje. Ik voelde het helemaal omlaag klokken en in mijn maag plonzen. Opeens realiseerde ik me dat ik door alle hectiek en ergernis mijn lunch was vergeten. Wat maakte het uit, het was maar licht bier, of, zoals het blikje trots vermeldde: bier *lite*. Ik vermoed dat we dankbaar moeten zijn dat ze er niet aan hadden gedacht om bier grappiger te spellen.

Ik nam een grote slok. Als je eraan gewend was, was het zo slecht nog niet. Tjonge, het was écht ontspannend. Ik voelde me in elk geval bij iedere slok meer op mijn gemak. Nog een verfrissende slok dan – ik kon me niet herinneren dat het zó lekker was toen ik het voor het eerst op de middelbare school dronk. Goed, ik was maar een jongen toen, en niet de hardwerkende, rechtschapen burgerman van nu. Ik hield het blikje op z'n kop en er kwam geen druppel meer uit.

Nou zeg, op de een of andere manier was het blikje leeg. Maar ik had nog steeds dorst. Kon deze onaangename situatie wel door de beugel? Mooi niet. Absoluut onaanvaardbaar. Sterker nog, ik was niet van plan dat over mijn kant te laten gaan. Ik stond op en beende met vastbesloten passen naar de keuken. In de koelkast stonden nog een paar blikjes bier lite, en ik nam er een mee naar de bank.

Ik ging zitten. Trok het open. Nam een slok. Dat was beter. Die Doakes kon de klere krijgen. Misschien moest ik hem een biertje gaan brengen. Daar zou hij van ontspannen, wat losser worden en de zaak misschien wel helemaal afblazen. Tenslotte stonden we aan dezelfde kant, nietwaar?

Ik nam nog een slokje. Rita kwam terug in een korte spijkerbroek en een witte singlet met een smal satijnen randje rond de hals. Ik moest toegeven dat ze er heel leuk uitzag. Ik wist mijn vermommingen wel uit te kiezen. 'Nou,' zei ze en ze glipte naast me op de bank. 'Wat leuk dat je zomaar komt binnenvallen.'

'Dat zal wel, ja,' zei ik.

Ze hield haar hoofd schuin en keek me raar aan. 'Zware dag op je werk gehad?'

'Verschrikkelijk,' zei ik en ik nam een slok. 'We moesten een slechterik laten lopen. Een heel slechte slechterik.'

'O.' Ze fronste haar wenkbrauwen. 'Hadden jullie, ik bedoel, kon je hem niet gewoon...'

'Ik wou hem ook gewoon,' zei ik. 'Maar het mocht niet.' Ik hief het blikje in haar richting. 'Politiek.' Ik nam een slok.

Rita schudde haar hoofd. 'Ik kan nog steeds niet aan het idee

wennen dat... Ik bedoel, van buitenaf lijkt het allemaal zo voorge-
kookt en dor. Je pakt de slechterik en je arresteert hem. Maar politiek? Ik bedoel... wat heeft-ie gedaan?'

'Een paar kinderen om zeep geholpen,' zei ik.

'O!' Ze keek ontsteld. 'Mijn god, je moet toch iets kunnen
doen?'

Ik glimlachte naar haar. Potverdikkeme, had ze dat even goed
gezien. Wat een wijf. Heb ik je niet gezegd dat ik ze wel wist uit te
kiezen? 'Je legt precies de vinger op de zere plek,' zei ik en ik nam
haar hand in de mijne om die vinger te bekijken. 'Ik kan ook wel
wat doen. Heel goed zelfs.' Ik klopte op haar hand en morste maar
een klein beetje bier. 'Ik wist dat je het zou begrijpen.'

Ze leek in de war. 'O,' zei ze. 'Wat voor soort... ik bedoel... wat
ga je dan doen?'

Ik nam een slokje. Waarom zou ik het haar niet gewoon vertellen? Ik kon aan haar zien dat ze het al begreep. Waarom dan niet? Ik
deed mijn mond open, maar voordat ik ook maar iets over de
Zwarte Ruiter en mijn onschuldige liefhebberij kon fluisteren,
kwamen Cody en Astor de kamer binnengerend, bleven als aan de
grond genageld staan toen ze me zagen en bleven naar mij en hun
moeder staan kijken.

'Hallo, Dexter,' zei Astor. Ze gaf haar broertje een por.

'Hoi,' zei hij zachtjes. Hij was geen prater. Eigenlijk zei hij bijna
nooit iets. Arme knul. Dat hele gedoe met zijn vader had hem stevig aangegrepen. 'Ben je dronken?' vroeg hij ten slotte. Dat was
een hele speech voor hem.

'Cody!' zei Rita streng. Ik wuifde dapper haar bezwaar weg en
keek hem recht aan.

'Dronken?' vroeg ik. 'Ik?'

Hij knikte. 'Ja.'

'Absoluut niet,' zei ik resoluut, en ik keek hem met de waardig-
ste frons aan die ik in huis had. 'Misschien een beetje aangeschoten,
maar dat is iets heel anders.'

'O,' zei hij, en zijn grote zus viel in: 'Blijf je hier eten?'

'O, ik denk dat ik zo maar weer eens moest gaan,' zei ik, maar
Rita legde een verbazend ferme hand op mijn schouder.

'Zo rijd jij helemaal nergens heen,' zei ze.

'Hoezo?'

'Aangeschoten,' zei Cody.

'Ik ben niet aangeschoten,' zei ik.

'Daarnet zei je nog van wel,' zei Cody. Ik kon me niet herinneren dat hij ooit zoveel woorden achter elkaar had gezegd, en was heel trots op hem.

'Dat is waar,' voegde Astor eraan toe. 'Je zei dat je niet dronken was, je bent alleen een beetje aangeschoten.'

'Heb ik dat gezegd?' Ze knikten allebei. 'O. Goed dan...'

'Goed dan,' echode Rita, 'dus eet je met ons mee?'

Prima. Het zou wel. Ik wist het wel zeker, bedoel ik. Ik weet ook dat ik op een bepaald moment naar de koelkast liep voor een bier lite en ontdekte dat ze allemaal weg waren. En een poosje later zat ik weer op de bank. De televisie stond aan en ik probeerde te volgen wat de acteurs zeiden en waarom een onzichtbaar publiek dat het grappigste ter wereld vond.

Rita gleed weer naast me op de bank. 'De kinderen liggen in bed. Hoe is het met je?'

'Ik voel me geweldig,' zei ik. 'Alleen begrijp ik niet wat hier zo grappig aan is.'

Rita legde haar hand op mijn schouder. 'Je zit er echt mee, hè? Dat je die slechterik moet laten lopen. Kinderen...' Ze ging dichter tegen me aan zitten, sloeg haar arm helemaal om me heen en vlijde haar hoofd tegen mijn schouder. 'Je bent zo'n goeie vent, Dexter...'

'Nee, dat ben ik niet,' zei ik, terwijl ik me afvroeg waarom ze ineens zoiets heel raars zei.

Rita ging rechtop zitten en keek beurtelings van mijn linker- naar mijn rechteroog. 'Dat ben je wel, je wéét dat je dat bent.' Ze glimlachte en legde haar hoofd weer op mijn schouder. 'Ik vind het... fijn... dat je bent gekomen. Om me te zien. Omdat je je niet goed voelde.'

Ik wilde haar zeggen dat dat niet helemaal klopte, maar plotseling realiseerde ik me dat het waar was: ik wás naar haar toe gekomen omdat ik me niet goed voelde. Goed, het was alleen maar om Doakes te vervelen zodat hij weg zou gaan na mijn ongelooflijke frustratie over het afgezegde afspraakje met Reiker. Maar zo'n slecht idee bleek het niet te zijn geweest, wel? Goeie ouwe Rita. Ze was heel warm en rook lekker.

'Mijn goeie ouwe Rita,' zei ik. Ik trok haar zo dicht mogelijk tegen me aan en vlijde mijn wang tegen haar kruin.

Zo zaten we een paar minuten, en toen maakte Rita zich los,

ging staan en trok me met haar hand omhoog. 'Kom,' zei ze. 'Laten we naar bed gaan.'

En dat deden we, en toen ik onder de lakens geglipt was en ze naast me kroop, was ze zo lief en rook zo lekker en voelde zo warm en prettig aan, dat...

Tjonge. Bier is verbazingwekkend spul, hè?

6

Ik werd met hoofdpijn wakker, gedesoriënteerd en met een grondige hekel aan mezelf. Er lag een roze laken tegen mijn wang. Mijn lakens, de lakens waartussen ik dagelijks wakker placht te worden, waren niet roze en roken anders. Ook de matras was te groot voor mijn bescheiden eenpersoonsbed en echt, ik zou zweren dat de hoofdpijn ook niet van mij was.

'Goedemorgen, lekker ding!' zei een stem ergens bij mijn voeten. Ik draaide mijn hoofd om en zag Rita aan het voeteneind van het bed staan. Ze glimlachte gelukzalig naar me.

'Ngg,' zei ik met een stem die klonk als het gekraak van een pad en daardoor deed mijn hoofd nog meer pijn. Blijkbaar was het een vermakelijk soort pijn, want Rita's glimlach verbreedde zich.

'Dat dacht ik al,' zei ze. 'Ik haal wat aspirine voor je.' Ze boog zich voorover en wreef over mijn been. 'Hmm,' zei ze, en ze liep naar de badkamer.

Ik ging rechtop zitten. Dat had ik beter niet kunnen doen, want mijn hoofd ging nog meer bonzen. Ik sloot mijn ogen, haalde diep adem en wachtte op mijn aspirine.

Het zou nog wel even duren voordat ik aan dit normale leven zou wennen.

Maar vreemd genoeg viel dat eigenlijk best mee. Ik ontdekte dat ik, als ik me beperkte tot een of twee biertjes, me precies zo kon ontspannen dat ik bij de plaid op de bank paste. En zo ging ik met de immer trouwe Doakes in mijn achteruitkijkspiegel een paar keer per week na mijn werk bij Rita langs, om met Cody en Astor te spelen tot ze naar bed moesten en met Rita op de bank te zitten. Om een uur of tien liep ik dan naar de deur. Rita leek een kus te verwachten als ik wegging, dus ik plande die meestal in de opening van de voordeur, zodat Doakes me kon zien. Ik gebruikte daarbij alle technieken die ik had opgedaan uit de vele films die ik had gezien, en Rita wilde maar wat graag.

Ik houd regelmaat, en door deze nieuwe routine kwam ik op een punt dat ik er bijna zelf in ging geloven. Het was zo saai dat ik mezelf ermee in slaap suste. Op de achterbank, vanuit de allerverste uithoek van Dexterland, kon ik de Zwarte Ruiter zelfs zachtjes horen snurken, wat enigszins beangstigend was en waardoor ik me voor het eerst een ietsepietsje eenzaam voelde. Maar ik zette stug door en maakte een spelletje van mijn bezoekjes aan Rita om te kijken hoe ver ik kon gaan, in de wetenschap dat Doakes toekeek en zich hopelijk het een en ander zou gaan afvragen. Ik nam bloemen mee, snoep en pizza's. Ik kuste Rita steeds bizarder, altijd omlijst door de open voordeur om Doakes het best mogelijke plaatje te geven. Ik wist dat het een belachelijke vertoning was, maar het was het enige wapen dat ik had.

Dagen achtereen bleef Doakes bij me. Hij dook op onvoorspelbare momenten op, wat zijn aanwezigheid nog bedreigender maakte. Ik wist nooit waar of wanneer hij zou verschijnen, waardoor ik het gevoel kreeg dat hij er altijd was. Als ik naar de supermarkt ging, wachtte Doakes me bij de broccoli op. Als ik op de fiets de Old Cutler Road uit reed, stond ergens op mijn route steevast de kastanjebruine Taurus onder een banyan. Er waren ook dagen zonder dat ik hem zag, maar ik voelde zijn aanwezigheid, hoe hij met de wind mee rondjes reed en op me wachtte. Ik durfde niet te hopen dat hij het had opgegeven; het feit dat ik hem een tijdje niet zag betekende niet dat hij er niet was, maar dat hij zich beter schuilhield en op een dag weer als een duveltje uit een doosje tevoorschijn zou komen.

Ik werd in de rol van fulltime Dagelijkse Dexter gedrongen, als een acteur die in een film gevangenzit, wel wetend dat achter het scherm de echte wereld er was, maar even onbereikbaar als de maan. En net als de maan bleef de gedachte aan Reiker aan me trekken. Het idee dat hij in die absurde rode laarzen van hem door zijn zorgeloze leven kloste, was bijna meer dan ik kon verdragen.

Ik wist natuurlijk wel dat Doakes daar niet eeuwig mee door zou kunnen gaan. Hij ontving immers een riant salaris uit de gemeentekas van Miami om zijn werk te doen, en hij moest dan ook zo nu en dan op zijn werk verschijnen. Maar Doakes begreep dat naarmate de kille fluisteringen van de achterbank sterker werden, het innerlijk opkomende tij in mij kolkte en hij wist dat mijn vermomming af zou vallen, af móést vallen, als hij de druk op de ketel maar hoog genoeg hield.

Daar balanceerden we nu, op het scherp van een snede die helaas slechts denkbeeldig was. Vroeg of laat moest ik mezelf weer worden. Maar tot die tijd zou ik meer bij Rita zijn dan me lief was. Ze kon bij lange na niet tippen aan mijn grote vriend de Zwarte Ruiter, maar ik had mijn geheime identiteit nodig. Totdat ik aan de aandacht van Doakes zou zijn ontsnapt zou zij mijn zwarte cape zijn, mijn rode legging en mijn gereedschapsgordel, bijna mijn hele kostuum.

Goed dan. Ik zou op de bank zitten, bierblikje in de hand, *Survivor* kijken en interessante varianten op het spel bedenken die de uitzending nooit zouden halen. Als je Dexter aan de schipbreukelingen zou toevoegen en de titel meer letterlijk nam...

Het was niet allemaal wanhoop, somberheid of ellende. Een paar keer per week speelde ik verstoppertje met Cody en Astor en een zwikje andere ongetemde wezentjes uit de buurt – wat ons terugbrengt naar waar het allemaal begon: Dexter aan Duigen, die niet meer in staat was zijn normale leven te leiden, die in plaats daarvan vastzit aan een stel gillende en rondrennende kinderen. Op regenachtige avonden zaten we binnen aan de eettafel terwijl Rita druk bezig was met de was, afwas of iets anders in het huiselijke paradijs om haar nestje te perfectioneren.

Er komt maar een beperkt aantal gezelschapsspelletjes in aanmerking voor kinderen op zo'n gevoelige leeftijd en met zo'n beschadigde geest als die van Cody en Astor. In de meeste bordspellen waren ze niet geïnteresseerd of begrepen ze niet, en te veel kaartspelletjes leken zo'n opgewekte argeloosheid te vergen dat zelfs ik niet overtuigend kon doen alsof. We eindigden meestal met galgje; dat was educatief, creatief en licht moorddadig waar iedereen gelukkig van werd, zelfs Rita.

Als je mij voor het tijdperk Doakes had gevraagd of een leven van galgje spelen en Miller Lite drinken mij wat leek, dan zou ik hebben moeten bekennen dat Dexter de Draak wel wat duisterder was. Maar naarmate de dagen zich aaneenregen en ik verder in de werkelijkheid van mijn vermomming glipte, moest ik mezelf afvragen: genoot ik niet een beetje te veel van mijn leven als meneer Kleinburgerlijke Huisman?

Maar toch, het was heel vertroostend om te zien hoe Cody en Astor met een roofzuchtig enthousiasme een onschuldig spelletje als galgje speelden. Ze hingen de ledematen zo gretig op dat ik het gevoel kreeg dat we allemaal deel uitmaakten van dezelfde soort; als ze met alle plezier van de wereld hun anonieme hangman vermoordden, voelde ik een zekere verwantschap.

Astor leerde algauw de galg te tekenen en de puntjes voor de letters. En zij kon het natuurlijk ook beter verwoorden. 'Zeven letters,' zei ze dan, ze beet op haar bovenlip en verbeterde: 'Nee, zes!' Als Cody en ik fout gokten, sprong ze op en riep: 'Een arm! Jee!' Cody keek haar uitdrukkingsloos aan, en vervolgens naar het gekrabbelde poppetje dat aan de strop bungelde. Als hij aan de beurt was en wij een verkeerde letter zeiden, prevelde hij met zijn zachte stemmetje: 'Been,' en keek naar ons op met bijna iets triomfantelijks in de ogen van iemand die emoties toonde. Als alle letters van het woord ten slotte waren ingevuld, keken ze tevreden naar hun gehangene, een paar keer had Cody zelfs 'Dood!' gezegd, voordat Astor op en neer begon te springen en juichte: 'Nog een keer, Dexter! Ik ben!'

Heel idyllisch allemaal. Ons perfecte gezinnetje van Rita, de kinderen en Monster, dat zijn er vier. Maar hoeveel van die poppetjes we ook ter dood brachten, mijn angst dat de tijd wegglipte, dat ik weldra een grijsaard zou zijn, te zwak om zelfs maar een aardappelmesje op te tillen, een grijsaard die zich door zijn laatste afschrikwekkende doorsneedagen sleept, achtervolgd door een stokoude brigadier Doakes en het besef dat hij zijn kans gemist had, werd er niet minder om.

Zolang ik geen uitweg vond, zat ik even zeker in de strop als de figuurtjes van Cody en Astor. Heel deprimerend, en tot mijn schaamte moet ik toegeven dat ik bijna de hoop had opgegeven, wat ik nooit had gedaan als ik me één belangrijk gegeven had herinnerd.

Dit was Miami.

7

Zo kon het niet doorgaan. Ik had moeten inzien dat zo'n onnatuurlijke situatie wel moest bezwijken, zwichten voor de natuurlijke orde der dingen. Ik woonde tenslotte in een stad waar roddel hetzelfde was als zonneschijn, altijd vlak achter een wolk aanwezig. Drie weken na mijn eerste onbevredigende ontmoeting met brigadier Doakes brak de zon eindelijk door.

Eigenlijk was het gewoon geluk hebben, niet bepaald de vallende piano waarop ik had gehoopt, maar toch een gelukkig toeval. Ik zat te lunchen met mijn zus Deborah. Pardon, brigadíér Deborah, had ik moeten zeggen. Net als haar vader, Harry, was Debs een smeris. Doordat recente gebeurtenissen gunstig waren uitgepakt, had ze promotie gekregen en mocht ze haar hoerenoutfit, die ze voor haar taak bij zedendelicten had moeten dragen, uittrekken, de straathoek eindelijk vaarwel zeggen en eindelijk verruilen voor haar eigen brigadierstrepen.

Daar zou ze blij mee moeten zijn. Tenslotte was dit wat ze al die tijd had gewild: een einde aan de opdracht om te doen alsof ze een hoer was. Bij zedendelicten moest iedere jonge en enigszins aantrekkelijke vrouwelijke agente vroeg of laat de straat op om hoerenlopers uit te lokken, en Deborah was heel aantrekkelijk. Maar haar verleidelijke figuur en haar knappe, gezonde uiterlijk waren eerder een bron van schaamte voor mijn arme zus. Ze had er een bloedhekel aan om iets te dragen wat ook maar in de verste verte de aandacht vestigde op haar lichamelijke charme, en in hotpants en strak topje de straat op moeten, was een ware marteling voor haar. Als ze niet uitkeek zou ze er nog permanente fronsrimpels van krijgen.

Omdat ik een onmenselijk monster ben, heb ik de neiging om logisch na te denken, en ik dacht dat haar nieuwe functie wel een einde zou maken aan haar martelaarsdom als Onze Vrouwe van het Eeuwige Chagrijn. Helaas, zelfs haar overplaatsing naar moordzaken had geen glimlach op haar gezicht getoverd. Ergens onderweg had ze besloten dat een serieuze wetsdienaar zijn gezicht in de grimas van een grote, gemene vis moest trekken, en ze deed er nog steeds alles aan om dat te bereiken.

We zaten samen in haar nieuwe politieburgerauto om te gaan lunchen, een van die voordeeltjes van haar promotie die toch tenminste een straaltje zonneschijn in haar leven zouden moeten brengen. Kennelijk niet. Ik vroeg me af of ik me zorgen om haar moest gaan maken. Ik keek haar aan toen ik in ons favoriete Cubaanse restaurant, Café Relampago, aan een tafeltje ging zitten. Zij meldde haar locatie en status en ging met een frons tegenover me zitten.

'Nou, brigadier Zaagbaars,' zei ik toen we onze menukaart van tafel pakten.

'Is dat soms grappig, Dexter?'

'Ja,' zei ik. 'Erg grappig. En ook een beetje treurig, zoals het leven zelf. Vooral jouw leven, Deborah.'

'Rot op, Dexter,' zei ze. 'Mijn leven is prima zo.' En om dat te bewijzen bestelde ze een sandwich *medianoche*, de beste van heel Miami, en een *batido de mamey*, een milkshake van een unieke tropische vrucht die smaakte naar een soort combinatie van perzik en watermeloen.

Mijn leven was in alle opzichten net zo prima als het hare, dus ik bestelde hetzelfde. Omdat we hier vaker kwamen, hier al ons hele leven kwamen, griste de ongeschoren ober op leeftijd met een gezicht waar Deborah een puntje aan kon zuigen de menukaarten uit onze handen en stampte naar de keuken als was hij Godzilla op weg naar Tokio.

'Iedereen is zo blij en gelukkig,' zei ik.

'Dit is niet *Mister Rogers' Neighborhood*, Dex. Dit is Miami. Alleen slechteriken zijn hier gelukkig.' Ze keek me uitdrukkingsloos aan, een perfecte smerisblik. 'Waarom lach en zing jij niet?'

'Niet aardig, Deb. Heel onaardig. Ik ben al maanden braaf geweest.'

Ze nam een slok water. 'Ja, ja. En je wordt er gestoord van.'

'Veel erger,' zei ik en ik haalde mijn schouders op. 'Ik denk dat ik er normaal van word.'

'Mij neem je niet in de maling,' zei ze.

'Treurig, maar waar. Ik ben een bankzitter geworden.' Ik aarzelde even. Toen gooide ik het eruit. Als een jongen tenslotte zijn probleempjes al niet met zijn eigen familie kan bespreken, wie kan hij dan nog in vertrouwen nemen? 'Het is brigadier Doakes,' zei ik.

Ze knikte. 'Hij moet je echt hebben,' zei ze. 'Je kunt beter bij hem uit de buurt blijven.'

'O, dolgraag,' zei ik. 'Maar híj blijft niet bij mij uit de buurt.'

Haar smerisgrijns werd strenger. 'Wat ga je daaraan doen?'

Ik deed mijn mond open om alles wat ik had bedacht te ontkennen, maar gelukkig voor het heil van mijn onsterfelijke ziel werden we voordat ik tegen haar kon liegen onderbroken door Debs radio. Ze hield haar hoofd schuin, griste haar radio op en zei dat ze ervandoor moest. 'Kom dan,' snauwde ze, terwijl ze naar de deur liep. Ik kwam gedwee achter haar aan, nadat ik wat geld op de tafel had gegooid.

Deborah was haar auto al aan het uitparkeren toen ik de Relampago uit liep. Op een holletje liep ik naar haar toe en greep het portier vast. Ze schoot al vooruit voordat ik allebei mijn voeten binnenboord had. 'Jeetje, Deb.' zei ik. 'Je reed bijna mijn schoen eraf. Wat is er zo belangrijk?'

Deborah fronste en schoot in een gaatje tussen de auto's waar alleen een automobilist uit Miami zich aan zou wagen. 'Ik weet het niet,' zei ze, terwijl ze de sirene aanzette.

Ik knipoogde en verhief mijn stem tegen de herrie. 'Heeft de coördinator je dat dan niet verteld?'

'Heb jij ooit een coördinator horen stotteren, Dexter?'

'Nee, Deb. Deed deze dat dan?'

Deb zeilde om een schoolbus heen en brulde de 836 op. 'Ja,' zei ze. Ze gaf een ruk aan het stuur om een BMW vol jonge mannen te omzeilen, die allemaal hun middelvinger naar haar opstaken. 'Ik denk dat het moord is.'

'Dat denk je,' zei ik.

'Ja,' antwoordde ze. Ze concentreerde zich op het stuur en ik liet haar begaan. Hoge snelheden herinneren me altijd aan mijn eigen sterfelijkheid, met name in de straten van Miami. En wat het Geval van de Stamelende Coördinator betrof, nou, daar zouden brigadier Nancy Drew en ik gauw genoeg achter komen, zeker met deze snelheid, en een beetje opwinding is altijd welkom.

Binnen een paar minuten wist Deb ons zonder enorme verliezen van mensenlevens bij de Orange Bowl te brengen, we landden op straatniveau en namen een paar snelle bochten voordat we de oprit van een klein huis in N.W. 4th Street op reden. Langs de straat stonden meer van dit soort huizen, allemaal klein en dicht op elkaar, en elk met zijn eigen muur of hek met hangslot. Veel ervan waren in heldere kleuren geschilderd en hadden een betegeld erf.

Twee patrouillewagens met zwaailichten stonden al voor het huis geparkeerd. Een paar agenten in uniform rolden het gele lint rond de plaats delict uit, en toen we uitstapten zag ik een derde met zijn hoofd in zijn handen op de motorkap van een van de wagens zitten. Op de drempel van het huis stond een vierde naast een dame op leeftijd, die op de bovenste van de twee smalle treden voor de voordeur zat. Ze leek om beurten te jammeren en over te geven. Ergens in de buurt jankte een hond, op steeds maar weer dezelfde toon.

Deborah beende op de dichtstbijzijnde agent af. Het was een forse kerel van een jaar of veertig met donker haar en een blik in zijn ogen die verried dat hij het liefst in zijn auto ging zitten, ook met zijn hoofd in zijn handen. 'Wat hebben we hier?' vroeg Deb, met haar insigne zwaaiend.

De smeris schudde zonder te kijken met zijn hoofd en flapte eruit: 'Ik ga daar niet meer naar binnen, al kost het me mijn pensioen!' Hij draaide zich om, liep bijna tegen een patrouillewagen aan en bleef het gele lint maar uitrollen alsof het hem kon beschermen tegen wat hij binnen ook maar had gezien.

Deborah keek de smeris na, toen naar mij. Eerlijk gezegd wist ik niets nuttigs of slims te zeggen en even stonden we daar alleen maar elkaar aan te kijken. Het lint wapperde in de wind, de hond bleef maar doorjanken, een vreemd soort gejodel dat niets bijdroeg aan mijn sympathie voor hondachtigen. Deborah schudde haar hoofd. 'Kan iemand dat rotbeest zijn bek laten houden,' zei ze. Ze kroop onder het gele lint door en liep naar het huis. Ik liep achter haar aan. Na een paar stappen realiseerde ik me dat het hondengejank dichterbij kwam: het kwam uit het huis, waarschijnlijk was het 't huisdier van het slachtoffer. Huisdieren reageren vaak slecht op de dood van hun baasje.

We bleven op de traptreden staan en Deborah keek naar de smeris, las zijn naambordje. 'Coronel. Is deze dame een getuige?'

Hij keek ons niet aan. 'Ja,' zei hij, 'Mrs. Medina. Zij heeft het gemeld.' De oudere dame boog voorover en kokhalsde.

Deborah fronste haar wenkbrauwen. 'Wat is er met die hond?' vroeg ze aan hem.

Coronel stiet zelf een soort geblaf uit, iets tussen lachen en kokhalzen in, maar hij gaf geen antwoord en keek ons niet aan.

Ik nam aan dat Deborah er genoeg van had en dat kon je haar moeilijk kwalijk nemen. 'Wat is hier verdomme aan de hand?' vroeg ze op hoge toon.

Coronel draaide zijn hoofd om en keek ons aan. Op zijn gezicht was geen enkele uitdrukking te lezen. 'Ga zelf maar kijken,' zei hij, en hij wendde zich weer af. Deborah wilde iets zeggen, maar bedacht zich toen. In plaats daarvan keek ze naar mij en haalde haar schouders op.

'Laten we maar een kijkje gaan nemen,' stelde ik voor, en ik hoopte dat ik niet te gretig klonk. In werkelijkheid wilde ik niets liever dan het tafereel zien dat zo'n verlammende uitwerking had op een stel smerissen in Miami. Brigadier Doakes kon heel goed voorkomen dat ik zelf iets ondernam, maar hij kon me er niet van weerhouden andermans creativiteit te bewonderen. Het was tenslotte mijn werk, en zouden we niet allemaal plezier in ons werk moeten hebben?

Deborah daarentegen vertoonde een voor haar ongewone weerzin. Ze keek achterom naar de patrouillewagen waarop de agent nog altijd roerloos met zijn hoofd in zijn handen zat. Toen keek ze weer naar Coronel en de oudere dame, en daarna naar de voordeur van het huis. Ze haalde diep adem, ademde met een zucht uit en zei: 'Oké. Laten we gaan kijken.' Maar ze verzette nog steeds geen stap, dus ik glipte langs haar heen en duwde de deur open.

In de voorkamer van het kleine huis was het donker, gordijnen en luiken waren dicht. Er stond een fauteuil die zo uit een uitdragerij had kunnen komen. De bekleding was zo goor dat de kleur ervan onmogelijk meer vast te stellen was. De stoel stond tegenover een kleine tv op een klaptafeltje. Verder was de kamer leeg. Door een deuropening tegenover de voordeur viel een smal streepje licht, en kennelijk zat de hond daar te janken, dus ging ik ernaartoe, achter in het huis.

Dieren mogen me niet, wat eens te meer bewijst dat ze slimmer zijn dan we denken. Het lijkt wel alsof ze aanvoelen wat ik ben, me verafschuwen, en hun voorkeur niet onder stoelen of banken steken. Ik was dus min of meer terughoudend om de hond te benaderen, die duidelijk al over zijn toeren was. Maar ik liep langzaam door de deuropening en riep hoopvol: 'Brave hond!' Het klonk bepaald niet als een erg brave hond, maar als een pitbull met hersenletsel en hondsdolheid. Maar ik probeer alles altijd van de zonnige kant te bekijken, zelfs bij onze trouwe viervoeters. Met een diervriendelijke uitdrukking op mijn gezicht stapte ik door de deur van wat duidelijk de keuken was.

Toen ik de deur aanraakte, hoorde ik de Zwarte Ruiter zich zachtjes en onrustig roeren en ik bleef staan. Wát? vroeg ik, maar er kwam geen antwoord. Ik deed even mijn ogen dicht, maar de pagina bleef blanco: er flitste geen geheime boodschap over de binnenkant van mijn oogleden. Ik haalde mijn schouders op, duwde de deur open en stapte de keuken binnen.

De bovenste helft van de ruimte was in een vaal, vettig geel geschilderd en de onderste helft was betegeld met oude, witte tegels met blauwige voegen. In een hoek stond een koelkastje en op het aanrecht stond een kookplaatje. Een dikke kakkerlak rende over het aanrecht en verdween achter de koelkast. Tegen het enige raam in de ruimte was een plaat multiplex getimmerd en er hing een enkel zwak peertje aan het plafond.

Onder het peertje stond een grote, zware, oude tafel, zo een met vierkante poten en afgewerkt met wit porselein. Aan de muur hing een grote spiegel, in zo'n hoek dat alles op tafel erin werd weerspiegeld. En in die weerspiegeling, midden op tafel, lag een... Eh...

Enfin. Ik nam aan dat het als een vorm van een menselijk wezen ter wereld was gekomen, en hoogstwaarschijnlijk mannelijk en Spaans. Heel moeilijk te zeggen in zijn huidige vorm die, moet ik toegeven, zelfs mij wat van mijn stuk bracht. Toch moest ik ondanks mijn verbazing mijn petje afnemen voor de grondigheid waarmee er te werk was gegaan, en zo netjes. Iedere chirurg zou er jaloers op zijn, hoewel ik denk dat er maar heel weinig chirurgen zijn die zulk werk voor de Health Maintenance Organization zouden kunnen rechtvaardigen.

Ik zou bijvoorbeeld nooit op het idee zijn gekomen om op die manier lippen en oogleden af te snijden, en hoewel ik er altijd prat op ga dat ik keurig werk aflever, zou ik dat nooit hebben kunnen doen zonder schade aan de ogen toe te brengen, die in dit geval woest in hun kassen heen en weer rolden en zich niet meer konden sluiten of zelfs maar knipperen, en steeds maar weer naar die grote spiegel terugkeerden. Het was slechts een idee, maar ik vermoedde dat de oogleden als laatste aan de beurt waren geweest, lang nadat de neus en de oren o zo keurig netjes waren verwijderd. Maar ik kon niet besluiten of ik dat zelf vóór of na de armen, benen, genitaliën, enzovoort zou hebben gedaan. Een moeilijke reeks keuzes, maar zo te zien was dit correct uitgevoerd, deskundig zelfs, door iemand met veel praktische ervaring. Wij noemen netjes uitgevoerd lichaamswerk vaak 'chirurgisch'. Maar dit was échte chirurgie. Geen spatje bloed, zelfs niet van de mond, waarvan lippen en tong waren verwijderd. Zelfs de tanden; je kon niet anders dan deze verbazingwekkend degelijke aanpak bewonderen. Elke snee was vakkundig gedicht. Aan de schouders, op de plaats waar ooit armen hadden gehangen, was een wit verband aangelegd en de overige incisies waren al zover geheeld dat je daar zelfs in topziekenhuizen alleen maar van kon dromen.

Alles was van het lichaam afgesneden, letterlijk alles. Er was niets over dan een kaal, kleurloos hoofd dat aan een romp zonder ledematen vastzat. Ik kon me niet voorstellen dat zoiets mogelijk was zonder het ding te doden, en het ontging me volkomen waarom iemand dat zou willen. Dat getuigde van zo'n wreedheid dat je je afvroeg of het universum uiteindelijk wel zo'n goed idee was. Vergeef me dat het ietwat hypocriet klinkt uit de mond van Doodskop Dexter, maar ik weet heel goed wat ik ben, en dat heeft hier niets mee te maken. Ik voer slechts uit wat de Zwarte Ruiter noodzakelijk acht, slechts bij mensen die het echt verdienen, en dat eindigt altijd met de dood. Ik weet zeker dat het ding op tafel het met me eens was dat dat uiteindelijk niet eens zo'n slecht idee zou zijn geweest.

Maar dit... zo geduldig en zorgvuldig je werk doen en het levend voor een spiegel achterlaten... Ik voelde diep vanbinnen een zwarte verbazing opkomen, alsof mijn Zwarte Ruiter zich voor het eerst een beetje onbeduidend ging voelen.

Het ding op tafel leek mijn aanwezigheid niet op te merken. Het ging maar door met het krankzinnige hondengejank, non-stop, steeds dezelfde gruwelijke vibrato-toon.

Ik hoorde dat Deb schoorvoetend achter me bleef staan. 'O, Jezus,' zei ze. 'O god... Wat is dát?'

'Geen idee,' zei ik. 'Maar een hond is het niet.'

8

Het tochtte even, ik keek langs Deborah heen en zag dat briga-dier Doakes was gearriveerd. Hij keek de kamer rond en zijn blik bleef op de tafel rusten. Ik moet toegeven dat ik benieuwd was naar zijn reactie op iets zo extreems, en het was de moeite meer dan waard daarop te wachten. Toen Doakes de expositie midden in de keuken zag, hield hij die met zijn ogen vast en stokten zijn bewe-gingen zo compleet, dat hij wel in een beeld veranderd leek. Na een ogenblik liep hij er langzaam schuifelend naartoe, alsof hij er door een onzichtbare draad naartoe werd getrokken. Zonder onze aanwezigheid op te merken gleed hij langs ons heen en bleef voor de tafel staan.

Hij staarde enkele ogenblikken naar het ding. Toen, nog altijd zonder met zijn ogen te knipperen, greep hij in zijn sportjasje en trok zijn pistool. Langzaam, zonder uitdrukking op zijn gezicht, richtte hij op de niet meer knipperende ogen van het nog altijd jan-kende ding op de tafel. Hij spande de haan van het pistool.

'Doakes,' zei Deborah met een droog, schor stemgeluid. Ze schraapte haar keel en probeerde het nog eens. 'Doakes!'

Doakes antwoordde niet en hield zijn blik op het ding gericht, maar hij haalde de trekker niet over, wat spijtig leek. Wat moesten we tenslotte met dit ding? Het zou ons niet vertellen wie dit had gedaan. Ik had zo'n idee dat zijn dagen als nuttig lid van de samen-leving geteld waren. Waarom zou Doakes het niet uit zijn lijden verlossen? Dan zouden Deb en ik schoorvoetend verslag moeten uitbrengen over wat Doakes had gedaan, hij zou ontslagen en waar-schijnlijk zelfs in de bak gesmeten worden, en ik zou uit de proble-men zijn. Het leek zo'n mooie oplossing, maar natuurlijk zou Deb-orah nooit met zoiets akkoord gaan. Ze kan soms zulke toestanden maken en vormelijk zijn.

'Doe je wapen weg, Doakes,' zei ze, en hoewel hij verder geen enkele beweging maakte, draaide hij zijn hoofd naar haar om.

'Er zit niets anders op,' zei hij. 'Echt niet.'

Deborah schudde haar hoofd. 'Je weet dat dat niet mag,' zei ze. Ze keken elkaar een moment aan, toen schoten zijn ogen naar mij. Met de grootste moeite keek ik niet achterom om iets te roepen als 'O, wat maakt het uit, doe nou maar!' Maar op de een of andere manier lukte het me, en Doakes stak zijn pistool in de lucht. Hij keek weer naar het ding, schudde zijn hoofd en stopte zijn pistool terug. 'Shit,' zei hij. 'Je had me m'n gang moeten laten gaan.' Hij draaide zich om en beende de kamer uit.

In de daaropvolgende minuten vulde de ruimte zich met mensen die wanhopig hun best deden niet te kijken terwijl ze aan het werk gingen. Camilla Figg, een gedrongen technisch rechercheur met kort haar, die zich alleen door middel van blozen en staren leek te kunnen uitdrukken, stond zachtjes te jammeren toen ze vingerafdrukken nam. Angel Batista, of Angel-zonder-iets, zoals we hem noemden, omdat hij zich altijd zo voorstelde, werd bleek en klemde zijn kaken strak op elkaar, maar bleef in de ruimte. Vince Masuoka, een medewerker die gewoonlijk alleen maar deed alsof hij menselijk was, stond zo te trillen op zijn benen dat hij naar buiten moest en op de veranda ging zitten.

Ik vroeg me af of het voor mij niet ook tijd werd te doen alsof ik ontsteld was, al was het maar om niet te veel op te vallen. Misschien moest ik achter Vince aan gaan en naast hem gaan zitten. Waar had je het over in zulke omstandigheden? Baseball? Het weer? Je had het natuurlijk niet over datgene waarvoor we weggelopen waren. En toch merkte ik tot mijn verbazing dat ik dat helemaal niet erg zou vinden. In werkelijkheid begon het ding bij een Zekere Inwendige Partij enige milde, belangstellende spasmen op te roepen. Ik had altijd zo mijn best gedaan om elke vorm van aandachttrekkerij te vermijden, en hier deed iemand compleet het tegenovergestelde. Het was duidelijk dat dit monster om een of andere reden wilde opscheppen, en het zou best eens een gezonde competitiedrang kunnen zijn, maar dan een beetje irritant, zelfs al wilde ik er daardoor meer van weten. Wie dit gedaan had, was anders dan alle anderen die ik tot nu toe was tegengekomen. Moest ik dit anonieme roofdier aan mijn lijstje toevoegen? Of moest ik net doen alsof mijn maag omdraaide van ontzetting en buiten op de veranda gaan zitten?

Terwijl ik over deze moeilijke keus nadacht, schoof brigadier Doakes weer langs me heen, deze keer zonder stil te blijven staan om me nors aan te kijken, en ik herinnerde me dat ik door hem momenteel niet aan mijn gebruikelijke lijst kon werken. Enigszins onthutsend, maar het maakte mijn beslissing er net iets makkelijker op. Ik begon aan een passende, onthutste gelaatsuitdrukking te werken, maar kwam niet verder dan opgetrokken wenkbrauwen. Er kwamen een ambulancebroeder en -zuster binnenrennen, doelgericht en beslist, die abrupt bleven staan toen ze het slachtoffer zagen. Een van hen draaide zich om en rende de kamer uit. De andere, een jonge, zwarte vrouw, wendde zich tot mij en zei: 'Wat moeten wíj hier in jezusnaam uitrichten?' En toen barstte zij ook in tranen uit.

Je moet toegeven dat ze een punt had. Brigadier Doakes' oplossing leek eigenlijk wel zo efficiënt, elegant zelfs. Het had niet veel zin om het ding op een brancard te rollen, ermee door het verkeer van Miami te scheuren en bij een ziekenhuis af te leveren. Zoals de jongedame al zo bevallig had geformuleerd, wat moesten ze in jezusnaam uitrichten? Dat er íéts moest gebeuren was wel duidelijk. Als we hier gewoon zouden blijven rondhangen zouden er zelfs klachten kunnen komen vanwege alle agenten die in de tuin stonden te kotsen, wat heel slecht voor het imago van het korps zou zijn.

Uiteindelijk was het Deborah die orde op zaken stelde. Ze haalde het ambulancepersoneel over om het slachtoffer te verdoven en mee te nemen, waardoor de verbazingwekkend teergevoelige technici weer aan het werk konden. De stilte die in het kleine huis neerdaalde toen de verdoving vat kreeg op het ding was zo goed als extatisch. Het ambulancepersoneel dekte het ding af, legde het zonder te laten vallen op hun brancard en reden ermee de zonsondergang in.

En dat was net op tijd: zodra de ambulance van de oprit wegreed, kwamen de perswagens aanrijden. Eigenlijk wel jammer. Ik had dolgraag de reactie van een paar verslaggevers willen zien, vooral die van Rick Sangre. In de streek stond hij voorop als het ging om 'Als het bloedt, is het goed' en ik had hem nog nooit op een uiting van pijn of afgrijzen kunnen betrappen, behalve voor de camera of als zijn haar niet goed zat. Maar het mocht niet zo zijn. Tegen de tijd dat Ricks cameraman klaar was om te draaien, was er niets anders te zien dan het kleine huis, de afzetting met gele linten en een handjevol smerissen die hun kaken stijf op elkaar hielden. Die hadden Sangre op een goede dag al weinig te melden en zouden hem nu waarschijnlijk niet eens hun eigen naam vertellen.

Voor mij was er eigenlijk niet veel te doen. Ik was met Deborah meegekomen en had mijn spullen dus niet bij me; bovendien was er met het blote oog nergens een spatje bloed te zien. Maar omdat het mijn terrein was, had ik toch het gevoel dat ik me nuttig moest maken en iets moest vinden, maar onze chirurgische vriend was te zorgvuldig te werk gegaan. Voor de zekerheid keek ik toch nog even in de rest van het huis, wat niet veel voorstelde. Er was een kleine slaapkamer, een nog kleinere badkamer en een wc. Die waren zo te zien allemaal leeg, op een kaal en versleten matras na dat in de slaapkamer op de vloer lag. Het leek wel afkomstig uit dezelfde uitdragerij als de stoel in de woonkamer en was platgeslagen als een Cubaanse biefstuk. Verder was er helemaal niets te zien, geen meubels of gebruiksvoorwerpen, zelfs geen plastic lepel.

Het enige dat ook maar een beetje in de richting van iets persoonlijks wees, was hetgeen Angel-zonder-iets onder de tafel vond toen ik klaar was met mijn vluchtige ronde door het huis. 'Hola,' zei hij, en hij pakte met zijn pincet een vel blocnotepapier op. Ik liep naar hem toe om te kijken wat het was. Het was nauwelijks de moeite waard: een wit vodje, met bovenaan een rafelrandje waar een vierkantje uit gescheurd was. Ik keek boven Angels hoofd, en ja hoor, daar op de rand van de tafel zat het ontbrekende vierkantje op de zijkant van de tafel geplakt met plakband. 'Mira,' zei ik, en Angel keek ernaar. 'Aha,' zei hij.

Terwijl hij het plakband omzichtig onderzocht – plakband houdt vingerafdrukken prachtig vast – legde hij het papier weer op de vloer en ik ging op mijn hurken zitten om het te bekijken. In een spinachtig handschrift waren er een paar letters op te lezen. Ik keek nog eens goed en las: T-R-O-U-W.

'Trouw?' zei ik.

'Tuurlijk. Is dat geen belangrijke deugd?'

'Laten we het aan het ding vragen,' zei ik, waarop Angel zo hevig huiverde dat hij bijna zijn pincet uit zijn handen liet vallen.

'*Me cago en diez* met die shit,' zei hij, en hij pakte een plastic zak om het papier in te doen. Het leek me niet de moeite waard om te blijven toekijken en verder was er echt niets te zien, dus ik liep naar de deur.

Ik ben zeker geen professionele profielschetser, maar vanwege mijn duistere liefhebberij heb ik vaak een zeker inzicht in andere misdaden die uit dezelfde hoek lijken te komen. Maar deze zaak ging alles wat ik ooit had gezien of me zelfs maar kon voorstellen ver te boven. Er was geen enkele aanwijzing die op persoonlijkheid of motief wees, en ik was zowel geïntrigeerd als geïrriteerd. Welk roofdier liet zijn prooi nu zo liggen, kronkelend en wel?

Ik ging naar buiten en bleef in het portiek staan. Doakes stond te smoezen met hoofdinspecteur Matthews, vertelde hem iets wat de hoofdinspecteur kennelijk zorgen baarde. Deborah was dicht naast de oude dame gaan zitten en praatte op rustige toon met haar. Ik voelde een bries opkomen, van die windvlagen vlak voor een onweersbui die in juli onvermijdelijk is, en toen ik opkeek, plensden de eerste dikke regendruppels op de stoeptegels. Rick Sangre, die bij het lint met zijn microfoon had staan zwaaien om de aandacht te trekken van hoofdinspecteur Matthews, keek ook omhoog naar de wolken en toen de donder begon te rollen gooide hij zijn microfoon naar zijn producent en haastte zich de nieuwswagen in.

Mijn maag begon ook te rommelen, en ik realiseerde me dat ik door alle opwinding mijn lunch was vergeten. Dat was een kwalijke zaak; ik moest op krachten blijven. Mijn van nature snelle stofwisseling vereiste voortdurende aandacht, op dieet was niks voor Dexter. Maar ik moest met Deborah meerijden en ik had het vage idee dat ze weinig meelij zou tonen als ik over eten zou beginnen. Ik keek weer naar haar. Ze zat dicht tegen de oude dame aan, mrs. Medina, die klaarblijkelijk klaar was met overgeven en nu hevig zat te snotteren.

Ik zuchtte en liep door de regen naar de auto. Ik vond het niet echt erg om nat te worden. Het zag ernaar uit dat ik nog lang zou moeten wachten om op te kunnen drogen.

En lang wachten werd het, meer dan twee uur. Ik zat in de auto, luisterde naar de radio en probeerde me hap voor hap een sandwich *medianoche* voor te stellen: het kraken van de korst, zo knapperig en krokant dat je je tandvlees eraan openhaalt als je een hap neemt. Je proeft eerst de mosterd, gevolgd door de geruststellende smaak van kaas en het zout van het vlees. Volgende hap: een zilveruitje. Goed kauwen, de smaken goed vermengen. Slikken. Een grote slok Iron Beer (uitgesproken als 'Iroan Beyer', het is mineraalwater). Zucht. Zoete zaligheid. Ik doe niets liever dan eten, behalve buitenspelen met de Ruiter. Het is echt een wonder der genetica dat ik niet dik ben.

Ik zat aan mijn derde denkbeeldige broodje toen Deborah eindelijk naar de auto terugkeerde. Ze schoof op de bestuurdersstoel, deed het portier dicht en zat daar een tijdje zomaar door de met regen bespatte voorruit voor zich uit te staren. Ik wist dat het niet het beste was wat ik had kunnen zeggen, maar ik kon er niets aan doen. 'Je ziet er afgemat uit, Deb. Wat dacht je van een lunch?'

Ze schudde haar hoofd en zei niets.

'Een lekker broodje? Of een fruitsalade – om je suikerspiegel op te peppen? Kom, dan voel je je weer een stuk beter.'

Nu keek ze me aan, maar niet met een blik die echt een belofte inhield dat er binnenkort een lunch in het verschiet lag. 'Dit is de reden waarom ik een smeris ben geworden,' zei ze.

'De fruitsalade?'

'Dat ding daar binnen...' zei ze, en toen keek ze weer door de voorruit. 'Ik wil die... die, wat het ook is dat zoiets met een mens kan doen, te pakken krijgen. Ik wil het zo graag, dat ik het in mijn mond kan próéven.'

'En? Smaakt het een beetje naar een sandwich, Deborah? Want...'

Ze sloeg met haar handpalmen hard tegen de rand van het stuur. Daarna nog een keer. 'Godverdómme!' zei ze. 'God-gloeiende-ver-dómme!'

Ik zuchtte. Het zag ernaar uit dat de al zo lang lijdende Dexter niet op zijn korst brood mocht rekenen. En dat allemaal omdat Deborah een soort openbaring kreeg bij het zien van een kronkelend stuk vlees. Natuurlijk was het iets vreselijks en de wereld zou een veel betere plek zijn zonder iemand die tot zoiets in staat was, maar moesten we daarom de lunch dan maar overslaan? Moesten we juist niet allemaal op krachten blijven om die man te pakken te kunnen krijgen? Toch leek dit niet het juiste moment om dat aan Deborah uit te leggen, dus ik bleef daar maar gewoon zitten, keek naar de regen die tegen de ruit spatte, en begon aan mijn vierde denkbeeldige sandwich.

De volgende morgen had ik me amper geïnstalleerd in mijn eigen kantoortje of de telefoon ging. 'Hoofdinspecteur Matthews wil iedereen spreken die er gisteren bij was,' zei Deborah.

'Goedemorgen, zus. Prima, dank je, en met jou?'

'Nu meteen,' zei ze, en ze hing op.

De politiewereld bestaat uit een en al routine, zowel officieel als onofficieel. Dat is een van de redenen waarom ik zoveel van mijn werk houd. Ik weet altijd wat er komen gaat en dus hoef ik minder menselijke reacties te onthouden, kan ik op de juiste momenten doen alsof en loop ik minder het risico betrapt te worden als ik even niet oplet en zodanig zou reageren dat er getwijfeld zou kunnen worden aan het feit dat ik deel uitmaak van het menselijk ras.

Voor zover ik weet had hoofdinspecteur Matthews nog nooit 'iedereen die er gisteren bij was' bij elkaar geroepen. Zelfs als een zaak grote media-aandacht kreeg, handelde hij zelf de communicatie met de pers en zijn meerderen af en liet de lokale chef het casework afhandelen. Ik kon geen enkele reden verzinnen waarom hij van zijn protocol zou afwijken, zelfs niet bij zo'n ongebruikelijke zaak als deze. En zeker niet zo snel: hij had amper tijd voor een persverklaring gehad.

Maar 'nu meteen' betekende nog altijd nu meteen, voor zover ik dat kon beoordelen, dus liep ik met onvaste tred de gang uit naar het kantoor van de hoofdinspecteur. Zijn secretaresse Gwen zat aan haar bureau – zij was een van de meest efficiënte vrouwen ooit. Ze was ook een van de meest doorsnee en serieuze vrouwen, zodat ik haast onmogelijk de verleiding kon weerstaan om haar te plagen. 'Gwendolyn! Visioen van stralende lieftalligheid! Vlieg met me weg naar het bloedlab!' zei ik bij het binnenkomen.

Ze knikte naar de deur aan de overkant van het kantoor. 'Ze zijn in de vergaderzaal,' zei ze met een onbewogen gezicht.

'Is dat een nee?'

Haar hoofd bewoog twee centimeter naar rechts. 'Die deur daar,' sprak ze. 'Ze wachten op je.'

Dat was inderdaad het geval. Aan het hoofd van de vergadertafel zat hoofdinspecteur Matthews met een kop koffie nors te kijken. Om de tafel zaten verder Deborah en Doakes, Vince Masuoka, Camilla Figg en de vier geüniformeerde smerissen die het huis vol verschrikkingen hadden afgezet toen we aankwamen. Matthews knikte naar me en vroeg: 'Is iedereen er?'

Doakes hield op met me aan te gapen en zei: 'Ambulancepersoneel.'

Matthews schudde zijn hoofd. 'Niet ons probleem. Met hen praten we later wel.' Hij schraapte zijn keel en keek omlaag alsof hij een onzichtbaar script raadpleegde. 'Oké,' zei hij, en hij schraapte nogmaals zijn keel. 'De, eh... Vanuit het allerhoogste niveau is ons medegedeeld dat wij ons niet met het strafbare feit dat gisteren werd gepleegd in, eh... N.W. 4th Street mogen bemoeien.' Hij keek op, en even dacht ik dat hij onder de indruk was. 'Het állerhoogste niveau,' zei hij. 'Het wordt jullie vanaf nu verboden te spreken over wat u gezien, gehoord of verondersteld hebt in verband met deze gebeurtenis. Geen enkel commentaar, ex- noch intern.' Hij keek naar Doakes, die knikte, en daarna naar ons allemaal de tafel rondkeek. 'Daarom, eh...'

Hoofdinspecteur Matthews wachtte even en fronste zijn wenkbrauwen toen hij zich realiseerde dat er helemaal geen 'daarom' was. Gelukkig voor zijn reputatie als gladde prater ging de deur open. We keken allemaal op om te zien wie dat was.

Een heel grote man in een heel fraai pak vulde de deuropening. Hij droeg geen stropdas en de bovenste drie knopen van zijn hemd stonden open. Aan de pink van zijn rechterhand fonkelde een rozige diamanten ring. Hij had golvend haar, dat kunstzinnig in de war zat. Hij leek in de veertig en de tijd was niet vriendelijk met zijn neus omgesprongen. Over zijn rechterwenkbrauw liep een litteken, en ook een over de zijkant van zijn kin, maar over het geheel genomen kwam hij niet als misvormd over, eerder verfraaid. Hij keek ons aan met een opgewekte grijns en heldere, lege, blauwe ogen, en bleef even theatraal in de deuropening staan voordat hij naar het hoofd van de tafel keek en zei: 'Hoofdinspecteur Matthews?'

De hoofdinspecteur was redelijk lang en hield zijn mannelijkheid zorgvuldig in stand, maar toch leek hij even klein, verwijfd zelfs, in vergelijking met de man in de deuropening, en volgens mij voelde hij dat ook. Maar hij klemde zijn masculiene kaken op elkaar en zei: 'Dat klopt.'

De grote man beende met uitgestoken hand op Matthews af. 'Aangenaam kennis te maken, hoofdinspecteur. Ik ben Kyle Chutsky. U had mij aan de lijn.' Terwijl hij Matthews' hand schudde keek hij de tafel rond, liet zijn ogen even op Deborah rusten en keek weer naar Matthews. Maar na een fractie van een seconde draaide hij zijn hoofd met een ruk om en keek Doakes strak aan, heel even maar. Geen van hen zei iets, vertrok een spier of wisselde visitekaartjes uit, maar ik wist absoluut zeker dat ze elkaar kenden.

Zonder daar iets van te laten merken, keek Doakes naar de tafel en richtte Chutsky zijn aandacht weer op de hoofdinspecteur. 'U hebt hier een geweldige afdeling, hoofdinspecteur Matthews. Ik hoor niets dan goeds over jullie.'

'Dank u... meneer Chutsky,' zei Matthews stijfjes. 'Wilt u gaan zitten?'

Chutsky schonk hem een brede, charmante glimlach. 'Dank u,' zei hij, en hij liet zich op de lege stoel naast Deborah glijden. Ze draaide zich niet om om naar hem te kijken, maar vanaf mijn plaats zag ik dat ze vanuit haar nek begon te blozen, helemaal tot aan haar gefronste voorhoofd toe.

Op dat moment hoorde ik een stemmetje achter in Dexters brein zijn keel schrapen en roepen: 'Pardon, wacht eens even... wat is hier verdomme aan de hand?' Misschien had iemand stiekem lsd in mijn koffie gedaan, want deze hele dag begon een beetje op Dexter in Wonderland te lijken. Waarom zaten we hier eigenlijk? Wie was die toegetakelde vent van wie hoofdinspecteur Matthews zo de zenuwen kreeg? Hoe kende hij Doakes? En waarom, bij al wat schitterde, straalde en scherp is, had Deborahs gezicht zo'n ongepaste rode teint aangenomen?

Ik beland vaak in situaties waarin het lijkt alsof iedereen om me heen de handleiding allang heeft gelezen, terwijl de arme Dexter nog in het donker rondtast en onderdeel A niet eens in groef B weet te passen... Meestal heeft dat met een soort natuurlijke menselijke emotie te maken, iets wat algemeen wordt begrepen. Helaas, Dexter komt uit een ander universum en is en voelt en begrijpt zulke dingen niet. Het enige wat ik kan doen is een paar snelle aanwijzingen verzamelen om vast te stellen welk gezicht ik moet opzetten terwijl ik afwacht tot ik me weer op mijn vertrouwde routekaart kan verlaten.

Ik keek naar Vince Masuoka. Van alle andere labratten stond ik misschien nog wel het dichtst bij hem, en niet alleen omdat we om beurten donuts haalden. Hij leek ook altijd zijn weg door het leven te veinzen, alsof hij een reeks videofilms had bekeken om te leren hoe hij moest lachen en met mensen moest praten. Hij had lang niet zoveel talent voor komedie spelen als ik en de resultaten waren nooit zo overtuigend als de mijne, maar ik voelde toch een soort verwantschap.

Op dit moment keek hij geagiteerd en geïntimideerd, en hij leek tevergeefs uit alle macht iets weg te willens slikken. Geen aanwijzingen daar.

Camilla Figg zat rechtop op haar stoel naar een plek op de muur vóór haar te staren. Haar gezicht was bleek, maar op beide wangen zat een heel ronde, rode vlek.

Zoals ik al zei, zat Deborah ineengedoken op haar stoel en was heel druk bezig scharlakenrood te worden.

Chutsky sloeg met zijn vlakke hand op tafel, grijnsde met een grote, opgewekte glimlach rond en zei: 'Ik wil jullie graag allemaal bedanken voor je medewerking in deze zaak. Het is heel belangrijk dat we dit stilhouden totdat mijn mensen ermee aan de slag kunnen.'

Hoofdinspecteur Matthews schraapte zijn keel. 'Ahum. Ik, eh... ik neem aan dat u wilt dat wij doorgaan met het routineonderzoek en, eh... ondervragen van getuigen en zo.'

Chutsky schudde langzaam zijn hoofd. 'Geen sprake van. Ik wil dat jullie allemaal onmiddellijk het veld ruimen en uit beeld blijven. Ik wil dat deze hele kwestie ophoudt en eindigt, verdwijnt... wat uw afdeling betreft, hoofdinspecteur, wil ik dat het nooit gebeurd is.'

'Gaat ú dit onderzoek soms overnemen?' vroeg Deborah op hoge toon.

Chutsky keek haar aan en zijn grijns werd breder. 'Inderdaad,' zei hij. En hij zou waarschijnlijk nog een eeuwigheid blijven grijnzen als agent Coronel, de smeris die met de huilende en kokhalzende oude dame in het portiek had gestaan, er niet was geweest. Hij schraapte zijn keel en zei: 'Ja, oké, wacht eens even,' en er klonk een zekere vijandigheid in zijn stem door waardoor zijn lichte accent duidelijker uitkwam. Chutsky draaide zich met grijns en al naar hem om. Coronel leek een beetje van zijn stuk gebracht, maar zijn ogen ontmoetten de stralende blik van Chutsky. 'Mogen we ons werk soms niet meer doen?'

'Jullie werk is dienen en beschermen,' zei Chutsky. 'En dat betekent in dit geval: mij dienen en deze informatie beschermen.'

'Wat een gelul.' zei Coronel.

'Kan me niet schelen,' ging Chutsky verder, 'jullie hebben het maar te doen.'

'Wie ben je wel niet verdomme, om mij dat te vertellen?'

Hoofdinspecteur Matthews roffelde met zijn vingertoppen op tafel. 'Zo kan-ie wel weer, Coronel. Meneer Chutsky komt uit Washington en mij is opgedragen hem aan alle kanten medewerking te verlenen.'

Coronel schudde zijn hoofd. 'Hij is verdomme de FBI niet,' zei hij.

Chutsky grijnsde alleen maar, hoofdinspecteur Matthews haalde diep adem om iets te zeggen, maar Doakes draaide zijn hoofd een centimeter naar Coronel toe en zei: 'Kop dicht.'

Coronel keek hem aan en iets van zijn opstandigheid verdween. 'Met deze shit wil je niets te maken hebben,' ging Doakes verder. 'Laat zijn mensen het maar afhandelen.'

'Maar... het klopt niet,' zei Coronel.

'Laat zitten,' zei Doakes.

Coronel opende zijn mond, Doakes trok zijn wenkbrauwen op – en bij nader inzien, misschien doordat hij het gezicht onder die wenkbrauwen zag, besloot agent Coronel het maar zo te laten.

Hoofdinspecteur Matthews schraapte zijn keel in een poging de leiding weer in handen te nemen. 'Zijn er nog vragen? Goed dan, mr. Chutsky. Als er nog iets is waarmee we u kunnen helpen...'

'Eigenlijk, hoofdinspecteur, zou ik het zeer waarderen als ik een van uw mensen als contactpersoon zou mogen lenen. Iemand die me wegwijs kan maken, de puntjes op de i kan zetten, dat soort dingen.'

Alle hoofden aan tafel draaiden zich eensgezind naar Doakes, behalve dat van Chutsky. Hij wendde zich tot Deborah, en zei: 'Wat dacht je ervan, brigadier?'

9

Ik moet toegeven dat het verrassende einde van hoofdinspecteur Matthews' bijeenkomst me een beetje had overrompeld, maar nu wist ik tenminste waarom iedereen zich gedroeg als een stel laboratoriumratten die in een leeuwenkuil werden gegooid. Niemand vindt het prettig als de FBI bij een zaak betrokken wordt; de enige lol ervan is om ze het zo moeilijk mogelijk te maken als dat toch gebeurt. Maar Chutsky was blijkbaar van zulk zwaar geschut dat ons zelfs dat kleine genoegen niet vergund zou zijn.

Waarom Deborah zo rood als een pioen werd was een nog dieper mysterie, maar dat was niet mijn probleem. Mijn probleem was opeens wat duidelijker geworden. Je denkt misschien dat Dexter een dom ventje is omdat hij het niet eerder doorhad, maar toen het kwartje eindelijk viel, kon ik mezelf wel voor mijn kop slaan. Misschien had al dat bier bij Rita mijn geestelijke vermogens wel gekortwiekt.

Maar het was duidelijk dat het bezoek uit Washington door niemand minder dan Dexters persoonlijke Nemesis, brigadier Doakes, over ons was afgeroepen. Er waren vage geruchten geweest dat zijn militaire diensttijd ongebruikelijk was geweest, en ik begon daar steeds meer geloof aan te hechten. Toen hij het Ding op tafel zag liggen, had hij niet met ongeloof, woede, afgrijzen of angst gereageerd, maar met iets veel interessanters: herkenning. Hij had hoofdinspecteur Matthews ter plaatse verteld wat dat was, en met wie hij contact moest opnemen. Die specifieke Wie had Chutsky gestuurd. En daarom had ik het bij het rechte eind toen ik op de vergadering meende te zien dat Chutsky en Doakes elkaar herkenden, want wat er ook aan de hand was waar Doakes van wist, Chutsky wist het ook, waarschijnlijk nog wel meer, en hij was gekomen om dat de kop in te drukken. En als Doakes van zoiets als dit op de hoogte was, moest er een ergens een manier te vinden zijn om zijn achtergrond tegen hem te gebruiken en zo de arme, Gevangen Dexter uit zijn boeien te bevrijden.

Het was een briljante keten van pure logica. Ik verwelkomde de terugkeer van mijn reusachtige brein en gaf mezelf mentale schouderklopjes. Brave jongen, Dexter. *Arf, arf.*

Het is altijd fijn te merken dat de synapsen in je hersenen zodanig schakelen dat je beseft dat je zelfbeeld soms klopt. Maar in dit specifieke geval stond er meer op het spel dan alleen Dexters gevoel van eigendunk. Als Doakes iets te verbergen had, was ik een stapje dichter bij het weer oppakken van mijn liefhebberij gekomen.

Er zijn meerdere zaken waar Drieste Dexter goed in is, en sommige kunnen zelfs legaal in het openbaar uitgevoerd worden. Bijvoorbeeld zoiets als via de computer informatie verzamelen. Het was een vaardigheid die ik had ontwikkeld om absolute zekerheid te verkrijgen over nieuwe vriendjes als MacGregor en Reiker. Los van het feit dat ik graag onaangename situaties als het in stukjes hakken van de verkeerde persoon wil vermijden, confronteer ik mijn hobbygenoten graag met het bewijs van hun vroegere indiscreties voordat ik ze naar Dromenland stuur. Computers en het internet waren een geweldige bron van informatie.

Als Doakes iets te verbergen had, zou ik er waarschijnlijk wel achter komen wat dat was, dacht ik, of tenminste een loshangend draadje zou vinden waar ik aan kon trekken tot ik het hele breiwerk van zijn duistere verleden had ontrafeld. Zoals ik hem nu kende, was ik ervan overtuigd dat dat ellendig en Dexterachtig zou zijn. En als ik dat ene stukje vond... Het was misschien naïef te denken dat ik hem met dit stukje hypothetische informatie van mijn zaak kon halen, maar ik dacht dat die kans groot was. Niet door hem er direct mee te confronteren en te eisen dat hij zich koest moest houden, want anders, want dat zou bepaald niet verstandig zijn bij iemand als Doakes. Bovendien zou dat chantage zijn, en dat schijnt heel verkeerd te zijn. Maar informatie is macht, en ik zou beslist een manier vinden om Doakes op andere gedachten te brengen dan Dexter te schaduwen en zijn Kruistocht voor het Fatsoen te dwarsbomen. Wanneer iemands broek in brand staat heeft hij meestal weinig tijd om zich over het luciferdoosje van een ander zorgen te maken.

Ik liep opgelucht vanuit het kantoor van de hoofdinspecteur door de gang naar mijn eigen kantoortje op het bloedlab, en ging meteen aan de slag.

Een paar uur later had ik alles wat er te vinden viel. In het dossier van brigadier Doakes stonden opvallend weinig bijzonderheden. Het weinige wat er was benam me de adem: Doakes had een voornaam! Hij heette Albert – had iemand hem ooit zo aangesproken? Nee, dat was ondenkbaar. Ik dacht altijd dat hij Brigadier heette. En, o ja, hij was geboren. In Waycross, Georgia. De wonderen waren de wereld nog niet uit. Maar er was meer, beter nog, voordat hij bij de politie was gekomen, was brigadier Doakes... sergeant Doakes geweest! In het leger, bij de commando's nog wel! Me Doakes voorstellen met zo'n zwierige baret op, marcherend naast John Wayne, was bijna meer dan ik aankon zonder in een soldatenlied uit te barsten.

Er stonden verschillende onderscheidingen en medailles bij, maar ik kon de heldendaden waarmee hij die had verdiend niet achterhalen. Toch voelde ik me al patriottischer door alleen al het feit dat ik de man kende. Het dossier bevatte verder bijna geen informatie. Het enige wat opviel was dat hij anderhalf jaar als 'gedetacheerd' te boek had gestaan. Doakes had als militair adviseur in El Salvador gediend, was teruggekeerd, had een halfjaar op het Pentagon gewerkt en was in onze fortuinlijke stad terechtgekomen. De politie van Miami had de onderscheiden veteraan maar wat graag willen opnemen en hem een lucratieve baan aangeboden.

Maar El Salvador... ik was geen geschiedeniskenner, maar ik wist me vaag te herinneren dat het daar een soort horrorshow was geweest. Er waren protestdemonstraties geweest op Brickell Avenue, ik wist niet meer waarom. Maar dat zou ik wel uitvinden. Ik startte de computer weer op en ging online en, ja hoor, daar was het. El Salvador was in de tijd dat Doakes er had gezeten een waar circus van marteling, verkrachting, moord en scheldpartijen. En niemand had eraan gedacht mij uit te nodigen.

Ik vond een heleboel informatie van mensenrechtengroeperingen. Wat ze te melden hadden over wat zich daar had afgespeeld was niet mis, bijna ten hemel schreiend. Niettemin was er, voor zover ik kon nagaan, nooit iets van hun protesten terechtgekomen. Het ging tenslotte ook maar om mensenrechten. Dat moet verschrikkelijk frustrerend zijn; een dierenrechtenorganisatie leek veel verder te komen. Deze arme drommels hadden onderzoek gedaan en hun verslagen gepubliceerd van verkrachtingen, elektrodes en veeprikkers, compleet met fotomateriaal, grafieken en namenlijsten van de gruwelijke onmenselijke monsters die er genoegen in schiepen de massa's te laten lijden. En de gruwelijke onmenselijke monsters in kwestie vertrokken hoog en droog naar Zuid-Frankrijk terwijl de rest van de wereld restaurants boycotte vanwege kippenmishandeling.

Hoopgevend was het wel. Als ik ooit gepakt werd hoefde ik alleen maar tegen zuivelproducten te demonstreren en ze zouden me laten gaan.

De Salvadoraanse namen en historische feiten die ik tegenkwam zeiden me niet veel, de betrokken organisaties ook niet. Het was blijkbaar ontaard in zo'n schitterende vrijblijvende ruzie waar geen goed kamp aan te pas kwam, eerder alleen maar partijen met slechteriken, en de *campesino's* zaten ertussenin. De vs hadden echter heimelijk een van de kampen gesteund, ondanks het feit dat ze er ook in dat kamp helemaal niet vies van waren om verdachte arme mensen tot moes te slaan. En juist deze kant trok mijn belangstelling. Iets had het tij in hun voordeel doen omslaan, de een of andere vreselijke dreiging die niet werd vermeld, iets wat zo verschrikkelijk moest zijn geweest dat de mensen naar veeprikkers in hun anus terugverlangden.

Wat het ook was, het viel samen met de maanden waarin sergeant Doakes daar gedetacheerd was.

Ik leunde achterover in mijn gammele draaistoel. Asjemenou, dacht ik. Wat een interessant toeval. In ongeveer dezelfde periode waarden Doakes, afgrijselijk, naamloos martelen en een geheime betrokkenheid van de vs samen rond. Er was uiteraard geen enkel bewijs dat deze drie zaken op welke manier dan ook met elkaar in verband stonden, geen enkele reden om enige connectie te vermoeden. Maar niettemin was ik er absoluut zeker van dat ze naadloos op elkaar aansloten. Want zo'n twintig jaar later waren ze alle drie voor een kleine reünie naar Miami gekomen: Doakes, Chutsky en degene die het Ding op tafel had geproduceerd. Het begon erop te lijken dat onderdeel A toch in groef B paste.

Ik had mijn draadje gevonden. En als ik nou maar kon bedenken hoe ik eraan moest trekken...

Kiekeboe, Albert.

Natuurlijk, over informatie beschikken is één ding. Maar weten wat die informatie betekent en weten wat je ermee moet doen, is een ander verhaal. Het enige wat ik echt wist, was dat Doakes in El Salvador was op het moment dat er een paar heel nare dingen gebeurden. Hij had ze waarschijnlijk niet zelf gedaan, maar ze waren in elk geval door de regering gesanctioneerd. In het geheim, uiteraard, waardoor je je ging afvragen hoe het kwam dat iedereen ervan afwist.

Aan de andere kant moest er vast iemand zijn die deze informatie nog altijd stil wilde houden. Op dit moment werd diegene door Chutsky vertegenwoordigd, die door mijn geliefde zus Deborah werd vergezeld. Als zij me zou willen helpen, zou ik misschien in staat zijn wat meer over Chutsky te weten te komen. Wat ik dan zou doen viel nog te bezien, maar ik kon tenminste ergens beginnen.

Het klonk te simpel, en dat was het natuurlijk ook. Ik belde Deborah meteen en kreeg haar antwoordapparaat. Ik probeerde haar mobiele telefoon, idem dito. En de rest van de dag: Debs was niet op kantoor, laat alstublieft een bericht achter. Toen ik haar die avond thuis belde, was het hetzelfde liedje. En toen ik de telefoon ophing en uit het raam van mijn flat keek, stond brigadier Doakes op zijn favoriete plekje aan de overkant van de straat geparkeerd.

Een halvemaan kwam achter een rafelige wolk op en mompelde tegen me, maar hij verspilde zijn adem. Hoe graag ik ook zou willen wegglippen en mijn Reiker-avontuur beleven, het ging niet; die afschuwelijke kastanjekleurige Taurus stond nog steeds als een soort goedkoop geweten voor de deur. Ik draaide me om en wilde ergens tegenaan trappen. Het was vrijdagavond en ik kon niet eens de deur uit om met mijn Zwarte Ruiter op stap te gaan, en nu kon ik zelfs mijn zus niet aan de lijn krijgen. Wat kon het leven toch verschrikkelijk zijn.

Ik ijsbeerde een tijdje door mijn appartement, maar ik stootte alleen maar mijn teen. Ik belde Deborah nog twee keer en ze was nog twee keer niet thuis. Ik keek weer uit het raam. De maan was iets opgeschoven. Doakes niet.

Goed dan. Terug naar plan B.

Een halfuur later zat ik op de bank bij Rita met een blikje bier in mijn hand. Doakes was achter me aan gereden en ik moest wel aannemen dat hij aan de overkant van de straat stond. Ik hoopte maar dat hij hier evenveel van genoot als ik, dat wil zeggen bepaald niet. Was dit het nou, dat mensenbestaan? Waren mensen echt zo ellendig en hersenloos dat ze hiernaar uitkeken, dat ze hun vrijdagavond, kostbare vrije tijd voor een loonslaaf, voor de tv met een blikje bier in hun handen doorbrachten? Het was slaapverwekkend saai en tot mijn ontzetting merkte ik dat ik eraan begon te wennen.

Je bent vervloekt, Doakes. Je maakt me nog... normaal.

'Dag meneer,' zei Rita, terwijl ze zich naast me vlijde en haar voeten onder zich trok, 'waarom ben je vandaag zo stil?'

'Ik werk een beetje te hard, denk ik,' zei ik. 'En er minder van geniet.'

Ze zweeg even en zei: 'Het gaat zeker weer over die kerel die jullie moesten laten lopen, hè? Die vent die... die kinderen heeft vermoord?'

'Dat is er onderdeel van,' zei ik. 'Ik houd niet van losse endjes.'

Rita knikte, alsof ze werkelijk begreep wat ik bedoelde. 'Dat is heel... ik bedoel, ik zie gewoon dat je ermee zit. Misschien moet je eens... ik weet niet. Wat doe je eigenlijk om je te ontspannen?'

Ik riep meteen een paar grappige beelden op die ik haar kon vertellen over wat ik deed om me te ontspannen, maar dat was misschien geen goed idee. Ik zei dus: 'Tja, ik heb mijn boot toch? Ik houd van vissen.'

Achter me zei een klein stemmetje: 'Ik ook.' Alleen door het feit dat mijn zenuwen van bandstaal en tot het uiterste getraind waren sprong ik niet tegen de plafondventilator. Ik ben echt bijna onmogelijk te besluipen, dacht ik altijd, en toch had ik er geen idee van dat er nog iemand in de kamer was. Maar ik draaide me om en daar stond Cody, hij keek me met wijd opengesperde ogen aan. 'O ja?' zei ik. 'Hou je van vissen?'

Hij knikte. Twee woorden per dag was zo ongeveer zijn maximum.

'Nou, dat is dan afgesproken,' zei ik. 'Wat dacht je van morgenochtend?'

'O...' zei Rita, 'Ik weet niet of... ik bedoel, hij is... voel je niet verplicht, Dexter.'

Cody keek me aan. Vanzelfsprekend zei hij niets, maar dat hoefde ook niet. Zijn ogen spraken boekdelen. 'Rita,' zei ik. 'Soms moeten jongens buiten spelen, zonder meisjes. Cody en ik gaan morgenochtend vissen. Voor dag en dauw,' zei ik tegen Cody.

'Waarom?'

'Voor dag en dauw?' vroeg ik. 'Geen idee, maar dat hoort nou eenmaal zo, dus doen we dat.' Cody knikte, keek naar zijn moeder, draaide zich om en liep de gang door.

'O, Dexter,' zei Rita, 'het hoeft echt niet, hoor.'

Nee, ik wist heus wel dat het niet hoefde. Maar waarom zou ik het niet doen? Ik zou er geen lichamelijk letsel aan overhouden, wel? Bovendien was het fijn om er een paar uurtjes tussenuit te zijn. Vooral in casu Doakes. En nogmaals, en ik weet niet hoe dat komt, maar kinderen doen me nou eenmaal iets. Het is echt niet zo dat ik al begin te snotteren bij het zien van een kinderfietsje met hulp-wieltjes, maar over het algemeen vind ik kinderen veel interessanter dan hun ouders.

De volgende morgen tuften Cody en ik bij zonsopgang met mijn ze-ventienvoets Whaler rustig over het kanaal langs mijn flat. Cody had een blauw-geel zwemvest aan en zat roerloos op de koelbox. Hij zat een beetje ineengedoken, zodat zijn hoofd bijna in het zwemvest verdween, waardoor hij eruitzag als een felgekleurde schildpad.

In de koelbox zaten spuitwater en de lunch die Rita voor ons had klaargemaakt, een lichte snack voor tien, twaalf man. Ik had inge-vroren garnalen als aas meegenomen; het was immers Cody's eerste vistochtje en ik wist niet hoe hij erop zou reageren als ik een stalen haak in een levend wezen stak. Ikzelf had daar geen enkele moeite mee, uiteraard: hoe levendiger, hoe beter, maar zo'n verfijnde smaak kon je natuurlijk niet van kinderen verwachten.

We voeren het kanaal uit, de Biscayne Bay in, en ik zette koers naar Kaap Florida, recht naar het kanaal voorbij de vuurtoren. Co-dy had nog niets gezegd tot we Stiltsville in het zicht kregen, die merkwaardige verzameling huizen op palen in het midden van de baai. Daar trok hij aan mijn mouw. Ik boog me vooroever om hem boven het motorgeraas en de wind uit te kunnen horen.

'Huizen,' zei hij.

'Ja,' schreeuwde ik, 'soms wonen er zelfs mensen in.'

Hij keek naar de voorbij glijdende bouwsels en toen ze achter ons verdwenen, ging hij weer op zijn koelbox zitten. Ze waren al bijna uit het zicht toen hij zich nog een keer omdraaide om ernaar te kijken. Daarna bleef hij gewoon zitten tot we bij Fowey Rock kwamen en ik gas terugnam. Ik zette de motor in z'n vrij en liet het anker over de boeg glijden, waarbij ik met het uitzetten van de mo-tor wachtte tot ik zeker wist dat het grip kreeg.

'Nou, Cody,' zei ik. 'Tijd om een paar vissen te doden.'

Hij glimlachte, een uiterst zeldzame gebeurtenis. 'Oké,' zei hij.

Hij keek ademloos naar me toen ik hem liet zien hoe je een garnaal aan de haak rijgt. Toen probeerde hij het zelf, heel kalm en rustig duwde hij de haak door de garnaal tot de punt er aan de andere kant uit kwam. Hij keek van de haak naar mij. Ik knikte, hij keek weer naar de garnaal, hij voelde aan de plaats waar de haak door de schaal gebroken was.

'Mooi,' zei ik. 'Laat hem nu maar in het water vallen.' Hij keek naar me op. 'Ja, de vissen zijn daar,' zei ik. Cody knikte, legde zijn hengel op de reling en drukte op de knop van zijn spoel om de lijn te laten vieren en het aas in het water te laten zakken. Ik wierp mijn aas ook uit en we zaten daar een tijdje zachtjes op de golven te wiegen.

Ik keek naar Cody, die met een intense concentratie zat te vissen. Wellicht was het de combinatie van het open water en de kleine jongen, maar onwillekeurig kwam de gedachte aan Reiker bij me op. Ook al was het nu niet veilig om hem na te trekken, ik ging ervan uit dat hij schuldig was. Wanneer zou hij weten dat MacGregor verdwenen was, en wat zou hij eraan doen? Het leek heel waarschijnlijk dat hij in paniek zou raken en de wijk zou willen nemen; en toch, hoe meer ik erover nadacht, hoe meer ik me dat afvroeg. De mens is van nature niet geneigd om een heel leven achter zich te laten en ergens anders opnieuw te beginnen. Misschien zou hij alleen maar een tijdje op zijn hoede zijn. En als dat zo was, kon ik voorlopig rustig mijn tijd besteden aan de nieuwe aanwinst op mijn tamelijke exclusieve sociale deelnemerslijst, degene die verantwoordelijk was voor de Jammerende Plant van N.W. 4th Street, en het feit dat dit wel iets weg had van een Sherlock Holmes-titel maakte het er niet minder dringend op. Op de een of andere manier moest ik Doakes neutraliseren. Op de een of andere manier moest ik heel binnenkort...

'Word jij straks mijn papa?' vroeg Cody plotseling.

Gelukkig had ik niets in mijn mond, maar even leek het alsof er iets in mijn keel zat, iets van ongeveer de afmetingen van een kerstkalkoen. Toen ik weer kon ademhalen stamelde ik: 'Waarom vraag je dat?'

Hij keek nog altijd naar zijn hengel. 'Mammie zegt misschien van wel,' zei hij.

'O ja?' vroeg ik. Hij knikte zonder op te kijken.

Mijn hoofd duizelde. Wat haalde Rita zich wel niet in haar hoofd? Ik was zo druk bezig geweest om Doakes mijn vermomming door de strot te duwen dat ik er helemaal niet bij had stilgestaan wat er in Rita's hoofd omging. Dat had ik duidelijk wel moeten doen. Zou ze nu werkelijk denken, dat... dat was ondenkbaar. Maar ik moest op een heel rare manier aannemen dat het misschien wel zo logisch was als je een menselijk wezen was. Gelukkig ben ik dat niet, en de gedachte scheen me volslagen bizar toe. Mammie zegt misschien van wel? Zou ik misschien Cody's papa worden? Wat betekende, eh...

'Nou,' zei ik, wat een heel goed begin was als je absoluut niet wist wat je daarna gaat zeggen. Gelukkig voor mij bewoog net op het moment dat ik besefte dat er met de beste wil van de wereld geen zinnig antwoord over mijn lippen zou komen, Cody's dobber wild op en neer. 'Je hebt beet!' zei ik, en de daaropvolgende minuten kon hij alleen nog maar aan zijn vislijn hangen die van zijn spoel werd getrokken. De vis maakte een paar woedende zigzagbewegingen, naar rechts, naar links, onder de boot en recht naar de horizon. Maar ondanks een paar vluchtpogingen, van de boot weg, wist Cody de vis in te halen. Ik begeleidde hem terwijl hij zijn hengel boven water hield, de lijn binnenhaalde zodat ik uiteindelijk de onderlijn te pakken kon krijgen en de vis aan boord kon trekken. Cody keek toe hoe hij op het dek lag te spartelen en met zijn gevorkte staart woest om zich heen sloeg.

'Een blauwe horsmakreel,' zei ik. 'Dat is een wilde vis.' Ik bukte me om hem los te maken, maar hij ging zo tekeer dat ik hem niet te pakken kreeg. Er kwam een dun stroompje bloed uit zijn bek op mijn glanzend witte dek terecht, wat enigszins schokkend was. 'Jak,' zei ik. 'Ik denk dat-ie de haak heeft ingeslikt. Die moeten we eruit snijden.' Ik pakte mijn fileermes uit de zwart plastic schede en legde het op het dek. 'Er komt heel wat bloed bij,' waarschuwde ik Cody. Ik houd niet van bloed en wilde het niet op mijn boot hebben, zelfs geen vissenbloed. Ik deed twee passen naar de bakskist en pakte een oude handdoek die ik voor dat doel aan boord had.

'Ha,' hoorde ik achter me, zachtjes. Ik draaide me om.

Cody had het mes gepakt en ermee in het vlees gestoken, keek hoe de vis zich van het lemmet weg worstelde, en stak de punt er zorgvuldig nogmaals in. Deze keer raakte hij de kieuwen en er stroomde een straal bloed over het dek.

'Cody,' zei ik.

Hij keek naar me op en, wonder boven wonder, glimlachte. 'Ik vind vissen leuk,' zei hij.

10

Maandagmorgen had ik Deborah nog steeds niet te pakken gekregen. Ik had haar een paar keer gebeld, en hoewel de toon van haar stem op de voicemail me nu zo vertrouwd was dat ik die kon neuriën, had ze nog niet gereageerd. Het werd steeds frustrerender; ik had een mogelijke list bedacht om me uit de houdgreep van Doakes te bevrijden, en ik kwam niet verder dan de telefoon. Het is verschrikkelijk om afhankelijk van iemand te zijn.

Maar ik ben een volhouder en heb geduld, naast al mijn andere padvinderskwaliteiten. Ik had tientallen berichten achtergelaten, allemaal even geestig en opgewekt, en die positieve benadering had vast gewerkt want eindelijk kreeg ik antwoord.

Ik was net op mijn bureaustoel gaan zitten om een rapport over een dubbele moord af te maken, waar niets opwindends aan was. Eén wapen, hoogstwaarschijnlijk een kapmes, en een paar seconden woeste ongeremdheid. De eerste wonden van beide slachtoffers waren in bed toegebracht, waar ze kennelijk in flagrante delicto waren betrapt. De man had nog een arm op weten te tillen, maar iets te laat om zijn nek te beschermen. De vrouw was zelfs tot de deur gekomen toen een slag boven aan haar ruggengraat een straal bloed op de wand naast de deurpost had doen belanden. Dit was echt routinewerk, zoals het meeste eigenlijk, en extreem onplezierig. Er zit zoveel bloed in twee mensen, en als iemand besluit het er allemaal tegelijk uit te laten lopen, wordt het een verschrikkelijke en onaangename bende, wat ik tot in de grond weerzinwekkend vind. Door de boel op een rijtje te zetten en er een analyse van te maken voel ik me dan meestal weer stukken beter en zodoende kan mijn baan zo nu en dan veel voldoening geven.

Maar dit was echt een puinhoop. Ik had spatten gevonden op de plafondventilator, heel waarschijnlijk van het kapmes op het moment dat de moordenaar tussen twee steken in zijn arm had opgeheven. Omdat de ventilator aanstond, waren er tot in de verste hoeken bloedspatjes terechtgekomen.

Het was een drukke dag geweest voor Dexter. Ik was net bezig een alinea te formuleren om aan te geven dat het hier om een, zoals wij dat noemen, crime passionnel ging, toen de telefoon ging.

'Ha Dex,' zei de stem, en het klonk zo ontspannen, slaperig zelfs, dat het even duurde voor ik besefte dat het Deborah was.

'Nou,' zei ik. 'De geruchten dat je dood was, waren dus overdreven.'

Ze lachte, en opnieuw klonk dat uitgesproken warm, heel anders dan haar normale vinnige lachje. 'Ja,' zei ze. 'Ik leef nog. Maar Kyle heeft me behoorlijk beziggehouden.'

'Herinner hem aan de werktijden, zus. Ook brigadiers hebben hun rust nodig.'

'Hmm, dat weet ik zo net nog niet,' zei ze. 'Ik voel me behoorlijk goed zonder.' Ze stiet een tweelettergrepige keelklank uit die zó niets voor Debs was dat het net leek alsof ze me vroeg te laten zien hoe je het beste door levend mensenbot kon zagen.

Ik probeerde me te herinneren wanneer ik Deborah voor het laatst had horen zeggen dat ze zich behoorlijk goed voelde en dat het ook echt had geklonken alsof ze meende wat ze zei. Er kwam niets in me op. 'Je klinkt helemaal niet als jezelf, Deborah,' zei ik. 'Wat is er in hemelsnaam in je gevaren?'

Deze keer ging haar lach iets langer door, maar nog even gelukkig. 'O, gewoon,' zei ze. En toen lachte ze weer. 'Maar goed, wat is er?'

'O, niets,' zei ik, terwijl de onschuld van mijn tong vloeide. 'Mijn enige zus ter wereld verdwijnt spoorloos van de radar en duikt opeens weer op alsof ze zo uit *Stepford Sergeants* is gestapt. Ik ben alleen maar een beetje benieuwd wat er verdomme aan de hand is, meer niet.'

'Jemig,' zei ze. 'Ik ben geroerd. Het is bijna alsof ik een echte mensenbroer heb.'

'Laten we hopen dat het bij bijna blijft.'

'Wat dacht je van samen lunchen?' zei ze.

'Ik heb nu al honger,' zei ik. 'Relampago?'

'Hm, nee,' zei ze. 'Wat dacht je van de Azul?'

Haar restaurantkeuze was vandaag al net zo logisch als al het andere aan haar vanochtend, want die sloeg helemaal nergens op. Deborah at het liefst in een simpel tentje, en de Azul was het soort plek waar Saoedische vorsten zaten te dineren als ze in de stad waren. Haar metamorfose tot buitenaards wezen was blijkbaar een feit.

'Wat jij wilt, Deb, Azul. Ik verkoop eerst mijn auto om de rekening te kunnen betalen en dan zie ik je daar.'

'Om een uur,' zei ze. 'En maak je geen zorgen over de rekening. Kyle betaalt wel.' Ze hing op. Ik zei niet stante pede ha!, maar er ging wel een lampje branden.

Kyle zou wel betalen, hè? Nou, nou. En nog wel bij Azul.

Als de glanzende blingbling van South Beach is ontworpen voor labiele wannabe beroemdheden, dan is de Azul er voor degenen die glamour slechts amusant vinden. De cafeetjes die South Beach bevolken vechten om de aandacht met schril vertoon van opvallende en goedkope protserigheid. Daarentegen is Azul zó ingetogen dat je je afvraagt of de mensen daarbinnen ooit zelfs maar één aflevering van *Miami Vice* hebben gezien.

Ik moest mijn auto voor de ingang achterlaten, bij de verplichte parkeerservice op een cirkel van kinderkopjes. Ik ben dol op mijn auto, maar ik geef toe dat hij in de rij Ferrari's en Rolls-Royces schamel afstak. Maar evengoed weigerde de bediende niet echt om hem voor me weg te zetten, ook al zal hij wel gedacht hebben dat er voor hem niet zo'n dikke fooi in zat als hij gewend was. Ik neem aan dat mijn bowlingshirt en kakibroek een onmiskenbare aanwijzing waren dat ik hem nog geen stukje waardepapier of Krugerrand te bieden had.

In het restaurant was het koel en donker, en zo stil dat je een creditcard kon horen vallen. De muur was van gekleurd glas, met een deur die op het terras uitkwam. En daar zat Deborah, aan een hoektafeltje buiten, ze keek uit over het water. Tegenover haar, met zijn gezicht naar de deur van het restaurant, zat Kyle Chutsky, die de rekening zou betalen. Hij droeg een peperdure zonnebril, dus misschien zou hij het nog doen ook. Ik liep naar de tafel en een ober verscheen uit het niets om een stoel naar voren te trekken die overduidelijk veel te zwaar was voor iedereen die het zich kon veroorloven om hier een hapje te eten. De ober boog niet echt, maar ik zag dat hij zich met moeite in bedwang hield.

'Hé, makker,' zei Kyle toen ik ging zitten. Hij reikte me over de tafel de hand. Aangezien hij in de veronderstelling leek te verkeren dat ik zijn nieuwe beste vriend was, boog ik naar voren en schudde hem de hand. 'Hoe gaat het met de spetterhandel?'

'Meer dan genoeg te doen,' antwoordde ik. 'En hoe gaat het met onze mysterieuze bezoeker uit Washington?'

'Kon niet beter,' zei hij. Hij hield mijn hand net iets te lang vast. Ik keek ernaar: zijn knokkels waren vergroot, alsof hij te lang met zijn blote handen tegen een betonnen muur had gebokst, en ik zag de roze ring even opflitsen. Choquerend verwijfd, dat ding, het leek wel een verlovingsring. Toen hij mijn hand eindelijk losliet, glimlachte hij en hij draaide zijn hoofd naar Deborah, ook al kon je door zijn zonnebril niet zien of hij echt naar haar keek of alleen zijn hoofd omdraaide.

Deborah lachte terug. 'Dexter maakte zich zorgen om me.'

'Hey,' vroeg Chutsky, 'waar heb je anders een broer voor?'

Ze keek me aan. 'Soms vraag ik me dat wel eens af,' zei ze.

'Nou, Deborah, je weet dat ik je alleen maar in de gaten houd,' zei ik.

Kyle grinnikte. 'Dat zal best, maar ik zit op de eerste rij,' zei hij, en ze moesten allebei lachen. Ze strekte haar arm naar hem uit en pakte zijn hand.

'Al die hormonen en dat geluk gaan me door merg en been,' zei ik. 'Luister eens, is er nog iemand bezig dat onmenselijke monster te pakken te krijgen of blijven we hier de hele middag flauwe grappen zitten maken?'

Kyle draaide zijn hoofd weer om naar mij en trok een wenkbrauw op. 'Wat heb jij daarmee te maken, makker?'

'Dexter is dol op onmenselijke monsters,' zei Deborah. 'Zie het maar als een hobby.'

'Een hobby,' zei Kyle, nog altijd met de zonnebril op mij gericht. Ik denk dat het intimiderend bedoeld was, maar voor hetzelfde geld had hij zijn ogen dicht. Op de een of andere manier slaagde ik erin om niet te beven.

'Hij is een soort amateur-*profiler*,' zei Deborah.

Hij bleef een moment onbeweeglijk zitten en ik vroeg me af of hij achter zijn donkere brillenglazen in slaap was gevallen. 'Hm,' zei hij ten slotte en leunde in zijn stoel naar achteren. 'Nou, wat denk jij van die vent, Dexter?'

'O, tot nu toe alleen de basics,' zei ik. 'Iemand met veel praktijkervaring op medisch gebied, betrokken bij geheime operaties, de kluts is kwijtgeraakt en een daad wil stellen, iets met Midden-Amerika. Hij zal het nog eens doen op een meer uitgekiend tijdstip voor een maximaal effect, maar niet omdat hij het gevoel heeft dat hij móét. Dus hij is niet echt een standaard serietype... wat?' zei ik. Kyles ontspannen glimlach was verdwenen en hij ging met gebalde vuisten rechtop zitten.

'Hoe bedoel je, Midden-Amerika?'

Ik wist vrij zeker dat we allebei precies wisten wat ik met Midden-Amerika bedoelde, maar ik vond het op dit moment een beetje te veel van het goede om over El Salvador te beginnen; het zou niet werken als ik mijn terloopse 'het-is-maar-een-hobby'-kwalificatie kwijt zou raken. Maar ik was hier louter en alleen omdat ik iets over Doakes te weten wilde komen, en als je dan een opening ziet... Nou, ik geef toe dat ik wat doorzichtig was geweest, maar kennelijk had het gewerkt. 'O,' zei ik. 'Klopt dat dan niet?' Al die jaren van oefening in het imiteren van menselijke gezichtsuitdrukkingen waren niet voor niets geweest en ik zette mijn beste onschuldig nieuwsgierige gezicht op.

Kyle kon kennelijk niet besluiten of het al dan niet klopte. Hij schoof met zijn kaken over elkaar en ontspande zijn vuisten.

'Misschien had ik je moeten waarschuwen,' zei Deborah. 'Hij is hier goed in.'

Chutsky slaakte een diepe zucht en schudde zijn hoofd. 'Ja,' zei hij. Met zichtbare moeite ging hij achterover zitten en zette zijn glimlach weer op. 'Knap werk, kerel. Hoe ben je daar allemaal op gekomen?'

'O, dat weet ik niet,' zei ik bescheiden. 'Het leek zo voor de hand liggend... Het moeilijke gedeelte is uit te zoeken hoe brigadier Doakes erbij betrokken is.'

'Godallejezus,' zei hij en hij balde opnieuw zijn vuisten. Deborah keek me glimlachend aan, niet bepaald zoals ze naar Kyle had gelachen, maar het was goed om te weten dat ze zich zo nu en dan kon herinneren dat we aan dezelfde kant stonden. 'Ik zei toch dat hij goed is,' zei ze.

'Godallejezus,' zei Kyle weer. Onbewust bewoog hij zijn wijsvinger, alsof hij een onzichtbare trekker overhaalde, toen richtte hij zijn brillenglazen weer in Debs richting. 'Daarin heb je gelijk,' zei hij, en hij wendde zich weer tot mij. Hij staarde me even indringend aan, mogelijk om te kijken of ik naar de deur zou spurten of Arabisch zou gaan spreken, en knikte toen. 'Wat is er met brigadier Doakes?'

'Je bent toch niet alleen maar bezig Doakes in de shit te werken, wel?' vroeg Deborah aan me.

'In hoofdinspecteur Matthews' vergaderruimte,' zei ik. 'Toen Kyle Doakes daar voor het eerst zag, dacht ik even dat ze elkaar herkenden.'

'Dat was mij niet opgevallen,' zei Deborah met gefronst voorhoofd.

'Jij was druk bezig met blozen,' zei ik. Ze bloosde weer, wat naar mijn smaak wat overdreven was. 'Bovendien, wist Doakes als enige wie hij moest bellen toen hij de plaats delict had gezien.'

'Doakes weet het een en ander,' gaf Chutsky toe. 'Uit zijn militaire diensttijd.'

'Wat dan?' vroeg ik. Chutsky keek me een hele tijd aan, zijn zonnebril althans. Hij trommelde op de tafel met die malle roze ring en het zonlicht flitste in de diamant op. Toen hij uiteindelijk begon te praten, was het alsof de temperatuur aan tafel twintig graden was gedaald.

'Makker,' zei hij, 'ik wil je niet in de problemen brengen, maar hier moet je mee ophouden. Houd je gedeisd. Zoek een andere hobby. Anders kom je diep in de shit te zitten... en word je doorgetrokken.' Voordat ik daar een schitterend antwoord op kon bedenken, dook de ober naast hem op. Chutsky hield van achter de brillenglazen mijn blik nog een lang ogenblik vast. Toen gaf hij de menukaart aan de ober. 'De bouillabaisse is hier erg goed,' zei hij.

De rest van de week verdween Deborah weer, wat niet best was voor mijn eigendunk, want hoe vreselijk ik het ook vond om toe te geven, zonder haar hulp zat ik vast. Ik kon geen plan B bedenken om Doakes te lozen. Hij was er nog steeds, onder de boom aan de overkant van mijn appartement, reed achter me aan naar Rita's huis, en ik had er geen antwoord op. Mijn eens zo trotse brein zat z'n staart achterna en ving alleen maar lucht.

Vanbinnen voelde ik de Zwarte Ruiter kolken, jammeren en worstelen om eruit te klimmen en het stuur over te nemen, maar dan doemde Doakes achter zijn autoruit op, die me dwong mezelf in toom te houden en nog een blikje bier te nemen. Ik had te hard gewerkt om mijn perfecte leventje op orde te krijgen, en dat zou ik nu niet de mist in laten gaan. De Ruiter en ik konden nog wel wat langer wachten. Harry had me discipline bijgebracht, en daar moest ik het mee doen tot er gelukkiger tijden aanbraken.

'Geduld,' zei Harry. Hij stopte even om in een tissue te hoesten. 'Geduld is belangrijker dan slim, Dex. Slim ben je al.'

'Dank je wel,' zei ik. Ik bedoelde het beleefd, echt, omdat ik me totaal niet op mijn gemak voelde in Harry's ziekenhuiskamer. Door de geur van geneesmiddelen, ontsmettingsmiddel en urine, vermengd met de lucht van ingehouden lijden en klinische dood wenste ik bijna dat ik ergens anders was. Natuurlijk, als onervaren monster vroeg ik me nooit af of Harry wellicht niet hetzelfde voelde.

'In jouw geval moet je nóg meer geduld hebben, want je denkt dat je zo slim bent dat je ermee weg kunt komen,' zei hij. 'Maar dat ben je niet. Niemand is dat.' Hij stopte weer om te hoesten, en deze keer duurde het langer en leek het dieper te gaan. Om Harry zo te zien: de onverwoestbare supersmeris en pleegvader Harry, trillend, rood aanlopend en met tranende ogen van de inspanning, het werd me bijna te veel. Ik moest een andere kant op kijken. Toen ik even later weer zijn kant op keek, keek Harry me weer aan.

'Ik ken je, Dexter. Ik ken je beter dan jij jezelf kent.' Nou, dat kon ik nog wel geloven, totdat hij vervolgde: 'In de grond ben je een goede jongen.'

'Niet waar,' zei ik, terwijl ik aan al die schitterende dingen dacht die ik nog niet had mogen doen; de wens alleen al om ze te doen sloot alle associaties met goed-zijn nagenoeg uit. En dan had je ook nog het feit dat de meesten van de andere puistenkoppen en hormoonbommen van mijn leeftijd die als goed werden beschouwd, net zomin zoals ik waren als een orang-oetan. Maar Harry wilde daar niet van horen.

'Jawel,' zei hij. 'En daar moet je in geloven. Je hebt het hart behoorlijk op de goede plek zitten, Dex,' zei hij, waarna hij in een epische hoestaanval instortte. Die leek wel minutenlang te duren en hij leunde verzwakt tegen zijn kussen. Hij deed even zijn ogen dicht, en toen hij ze weer opende waren ze Harry-staalblauw, helderder dan ooit in het bleke groen van zijn stervende gezicht. 'Geduld,' zei hij. En hij zei het met nadruk, ook al had hij nog zo'n verschrikkelijke pijn en voelde hij zich nog zo verzwakt. 'Je hebt nog een lange weg te gaan en ik heb niet zo lang meer, Dexter.'

'Dat weet ik,' zei ik. Hij sloot zijn ogen.

'Dat is precies wat ik bedoel,' zei hij. 'Je hoort nee te zeggen, maar maak je geen zorgen, je hebt nog zeeën van tijd.'

'Maar jij niet,' zei ik, niet wetend welke kant dit opging.

'Dat klopt,' zei hij. 'Maar mensen doen alsof. Zodat ik me er beter over ga voelen.'

'Zou je je er ook beter door voelen?'

'Nee,' zei hij en hij deed zijn ogen weer open. 'Maar op menselijk gedrag kun je geen logica loslaten. Je moet geduldig zijn, kijken en leren. Anders verkloot je het. Je wordt gepakt en... daar gaat de helft van mijn erfgoed.' Hij sloot zijn ogen weer en ik hoorde aan zijn stem hoeveel inspanning hem dit kostte. 'Je zuster wordt een puike smeris. Jij...' Een trage glimlach gleed over zijn gezicht, een beetje triest, 'jij zult iets anders worden. Ware gerechtigheid. Maar alleen als je geduld hebt. Als je kans zich niet aandient, Dexter, wacht dan tot het zover is.'

Het leek allemaal zo overweldigend voor een achttienjarig aspirant-monster. Ik wilde alleen maar Het Ding doen, eigenlijk heel simpel, gewoon dansen in het maanlicht en het felle lemmet vrijelijk laten gaan – het was zo eenvoudig, zo natuurlijk en heerlijk – dwars door alle onzin heen snijden, tot op de kern der dingen. Maar dat kon niet. Harry maakte het ingewikkeld.

'Ik weet niet wat ik ga doen als je dood bent,' zei ik.

'Je redt je wel,' zei hij.

'Ik moet zoveel onthouden.'

Harry stak zijn hand uit en drukte op de knop die aan een snoer naast zijn bed hing. 'Het komt wel weer boven,' zei hij. Hij liet het snoer vallen en het was haast alsof hij zijn laatste kracht had gebruikt toen het weer naast het bed viel. 'Het komt wel weer boven.' Hij sloot zijn ogen en even was ik alleen in de kamer. De zuster kwam haastig binnen met een spuit en Harry opende één oog. 'We kunnen niet altijd doen wat we denken dat we moeten doen. Dus als je niets anders kunt doen, dan wacht je af,' zei hij, en hij strekte zijn arm voor zijn injectie. 'Hoe groot... de druk... die je voelt ook is.'

Ik keek naar hem zoals hij daar lag, zoals hij zonder ineen te krimpen de injectie onderging, en ik wist dat ook al zou de opluchting die dit veroorzaakte tijdelijk zijn, zijn einde naderde en hij er niets aan kon doen; en ik wist ook dat hij niet bang was, dat hij dit op de juiste manier zou doen, zoals hij alles in zijn leven op de juiste manier had gedaan. En dit wist ik ook: Harry begreep me. Dat had verder niemand ooit gedaan en niemand ter wereld zou me ook ooit begrijpen. Alleen Harry.

De enige reden die ik kon bedenken om menselijk te zijn, was dat ik meer op hem wilde lijken.

11

En ik had zo veel geduld. Het was niet gemakkelijk, maar het was Harry's ding. De felle, stalen veer binnen in mij moest opgerold blijven, zich koest houden en wachten, kijken; ik moest de hete, zálige ontspanner stevig in zijn koude doosje opgesloten houden tot het de juiste Harry-tijd was om hem los te laten en in een radslag door de nacht te laten schieten. Vroeg of laat zou zich een gaatje voordoen waar we doorheen konden springen. Vroeg of laat zou ik een manier vinden om Doakes met zijn ogen te laten knipperen.

Ik wachtte.

Sommigen van ons vinden dat natuurlijk moeilijker dan anderen, en een paar dagen later, op een zaterdagmorgen, ging mijn telefoon.

'Godverdomme,' zei Deborah zonder plichtplegingen. Het was bijna een opluchting dat ze haar eigen nurkse zelf weer was.

'Prima met mij, dank je, en met jou?' antwoordde ik.

'Ik word knettergek van Kyle,' zei ze. 'Hij zegt dat we niets anders kunnen doen dan wachten, maar hij wil me niet vertellen waarop we dan wachten. Hij verdwijnt tien of twaalf uur van de radar en vertikt het te zeggen waar hij was. En dan wachten we nog wat langer. Ik heb zo schoon genoeg van dat wachten dat mijn tanden er pijn van doen.'

'Geduld is een deugd,' zei ik.

'Ik heb er ook schoon genoeg van om te deugen,' zei ze. 'Ik kan die vaderlijke glimlach van hem niet meer zien wanneer ik hem vraag wat we kunnen doen om die vent te vinden.'

'Tja, Debs, ik weet niet wat ik anders kan doen dan met je meeleven,' zei ik. 'Sorry.'

'Volgens mij kun je heel wat meer doen, broertje,' zei ze.

Ik slaakte een diepe zucht, vooral om haar te steunen. Zuchten komen door de telefoon altijd goed over. 'Dat is het probleem van iemand met een reputatie als revolverheld, Debs,' zei ik. 'Iedereen denkt dat ik elke keer op dertig pas afstand de roos kan raken.'

'Dat denk ik nog steeds,' zei ze.

'Je vertrouwen is hartverwarmend, maar ik begrijp geen snars van dit soort avonturen, Deborah. Die laten me volslagen koud.'

'Ik moet en zal die vent vinden, Dexter. En ik wil Kyle er met zijn neus inwrijven,' zei ze.

'Ik dacht dat je hem leuk vond.'

Ze snoof. 'Jezus, Dexter. Je begrijpt echt helemaal niks van vrouwen, hè? Natuurlijk vind ik hem leuk. Dat is precies waarom ik hem er met zijn neus in wil wrijven.'

'O, nóú snap ik het,' zei ik.

Ze wachtte even en zei heel losjes: 'Kyle heeft een paar interessante dingen over Doakes gezegd.'

Ik voelde dat mijn vriend met de lange slagtanden zich binnen in me een beetje uitrekte en zonder meer ging spinnen. 'Je wordt plotseling wel heel subtiel, Deborah,' zei ik. 'Dat had je ook aan mij kunnen vragen.'

'Dat heb ik gedaan, en jij kwam met die onzin dat je me niet kon helpen.' De Debs die er geen doekjes om wond was weer helemaal terug. 'Dus hoe zit 't. Wat heb je?'

'Momenteel nog niets,' zei ik.

'Shit,' zei Deborah.

'Maar misschien kan ik wel iets ontdekken.'

'Hoe snel?'

Ik geef toe dat ik me ergerde aan de aanmatigende houding van Kyle jegens mij. Wat had hij ook alweer gezegd? Anders kom je diep in de shit te zitten en word je doorgetrokken. In alle ernst, wie heeft zijn dialoog geschreven? En door Deborahs plotselinge aanval van subtiliteit, die traditioneel gesproken mijn terrein was, werd ik ook bepaald niet kalmer. Ik had het beter niet kunnen zeggen, maar deed het toch: 'Wat dacht je van lunchtijd? Laten we zeggen dat ik om een uur of een iets heb. Bij Baleen, aangezien Kyle toch betaalt.'

'Dat moet ik zien,' zei ze, en ze voegde eraan toe: 'Die interessante dingen over Doakes? Die zijn behoorlijk goed.' Ze hing op.

Zo zo, zei ik bij mezelf. Ik had er opeens geen bezwaar meer tegen op een zaterdag nog wat te werken. Tenslotte was het enige alternatief bij Rita rondhangen en kijken hoe het mos op brigadier Doakes groeide. Maar als ik wat voor Debs te weten kon komen, zou ik eindelijk dat gaatje waar ik op hoopte misschien kunnen krijgen. Het enige wat ik hoefde te doen was de slimme jongen te zijn die we allemaal dachten dat ik was.

Waar zou ik beginnen? Ik had bitter weinig waarmee ik verder kon, aangezien Kyle onze afdeling van de plaats delict had weggehaald toen we nog niet veel verder waren gekomen dan vingerafdrukken. Ik had in het verleden vele malen een paar bescheiden browniepunten verdiend door mijn collega's te helpen bij het opsporen van zieke en gestoorde demonen die alleen voor moord leefden. Maar dat kwam omdat ik ze begreep, aangezien ik zelf een zieke en gestoorde demon ben. Deze keer kon ik me niet verlaten op enige aanwijzing van de Zwarte Ruiter, die in een onrustige slaap was gesukkeld, de arme drommel. Ik moest op mijn eigen poedelnaakte, aangeboren verstand vertrouwen, dat momenteel ook alarmerend zwijgzaam was.

Misschien zou mijn brein in een hogere versnelling schieten als ik er een beetje brandstof ingooide. Ik ging naar de keuken en vond een banaan. Erg lekker, maar op de een of nadere manier werden er in mijn hoofd geen raketten gelanceerd.

Ik gooide de schil in de vuilnisbak en keek op de klok. Nou, jongen, er zijn alweer vijf hele minuten voorbij. Schitterend. En je bent er zelfs al in geslaagd uit te zoeken dat er niets uit te zoeken valt. Bravo, Dexter.

Er waren echt maar heel weinig plekken waar ik kon beginnen. Sterker nog, het enige wat ik had waren het slachtoffer en het huis. En aangezien ik er behoorlijk zeker van was dat het slachtoffer, zelfs als het zijn tong terugkreeg, weinig te vertellen had, bleef alleen het huisje over.

Vreemd om zo'n heel huis zomaar achter te laten. Maar dat had hij gedaan, zonder dat er iemand in zijn nek hijgde en hem dwong zich haastig en in paniek terug te trekken – wat inhield dat hij het met opzet had gedaan, als onderdeel van zijn plan.

En dat betekende dat hij ergens anders naartoe kon. Waarschijnlijk nog steeds in de buurt van Miami, aangezien Kyle hier naar hem op zoek was. Het was een startpunt, en dat had ik helemaal zelf bedacht: welkom thuis, mr. Brein.

Onroerend goed laat behoorlijk grote voetafdrukken achter, ook al probeer je ze te verdoezelen. Na een kwartier achter de computer had ik iets gevonden, niet de hele voetafdruk, maar zeker genoeg om de vorm van een paar tenen in beeld te krijgen.

Het huis op de N.W. 4th Street stond op naam van ene Ramon Puntia. Hoe hij er in Miami mee weg dacht te komen weet ik niet, maar Ramon Puntia is een Cubaanse schertsnaam die in het Engels ongeveer overeenkomt met 'Joe Blow'. Maar het huis en de belasting op dat adres waren betaald, keurig geregeld voor iemand die op zijn privacy gesteld is, zoals onze nieuwe vriend naar ik aannam was. Het huis was in één keer contant betaald, via een telegrafische overboeking van een bank in Guatemala. Dat leek me wat vreemd; we begonnen onze zoektocht in El Salvador, kwamen dwars door de muskusachtige diepten van een mysterieus overheidsbedrijf in Washington, waarom zouden we dan nu opeens links afslaan naar Guatemala? Maar een snel online-onderzoek naar de hedendaagse witwaspraktijken liet zien dat het heel logisch was. Zwitserland en de Kaaimaneilanden waren uit de mode en als je in de Spaanssprekende wereld een discrete bank zocht was Guatemala het helemaal.

Dat wierp de interessante vraag op hoeveel geld dr. Amputatie bezat en waar het vandaan kwam. Maar met die vraag kwam ik op dit moment niet verder. Ik moest aannemen dat hij genoeg had voor een ander huis als hij klaar was met het eerste, waarschijnlijk in ongeveer dezelfde prijsklasse.

Goed dan. Ik ging terug naar mijn Dade County onroerendgoeddatabase en keek of er onlangs via dezelfde bank vergelijkbare transacties hadden plaatsgevonden. Het waren er zeven. Vier waren voor meer dan een miljoen dollar verkocht. Waarschijnlijk gekocht door doorsneedrugsbaronnen en voortvluchtige Fortune 500-directeuren.

Daarmee bleven er drie mogelijke huizen over. Een ervan stond in Liberty City, een overwegend zwarte wijk in het centrum van Miami. Maar bij nadere inspectie bleek het een appartementencomplex te zijn.

Van de overige twee stond er een in Homestead, met uitzicht op de reusachtige vuilnisbelt met de bijnaam Mount Trashmore. Het andere stond ook in het zuiden van de stad, net buiten Quail Roost Drive.

Twee huizen: ik durfde te wedden dat een ervan onlangs een nieuwe bewoner had gekregen die dingen deed waarvan de dames van het welkomstcomité zich wild zouden schrikken. Het was natuurlijk helemaal niet zeker, maar het leek zeker waarschijnlijk, en per slot van rekening was het net op tijd voor de lunch.

Baleen was een peperduur restaurant waar ik met mijn bescheiden middelen nooit naartoe zou gaan. Door de elegantie die de eikenhouten lambrisering uitstraalde, kreeg je het gevoel dat je een choker en slobkousen nodig had. Het heeft ook een van de schitterendste uitzichten op de Biscayne Bay van de stad, en als je geluk hebt, ze beschikken er over een handvol tafels waaraan je daar ook van kunt genieten.

Kyle had geluk, of het moest zijn dat zijn magische aura indruk op de hoofdkelner had gemaakt, want hij en Deborah zaten uitgerekend aan zo'n tafeltje een fles mineraalwater en een schaaltje krabkoekjes te verorberen. Ik pakte er meteen eentje en nam een hap toen ik in de stoel tegenover Kyle ging zitten.

'Jammie,' zei ik. 'Hier komen de goede krabben dus terecht als ze dood zijn.'

'Debbie zegt dat je iets voor ons hebt,' zei Kyle. Ik keek naar mijn zus, die altijd Deborah of Debs was geweest, maar zeker geen Debbie. Ze zei niets en liet deze monsterachtige vrijpostigheid toe, dus ik richtte mijn aandacht weer op Kyle. Hij droeg wederom de designerzonnebril en zijn belachelijke roze ring flonkerde toen hij achteloos zijn haar van zijn voorhoofd veegde.

'Ik hoop dat het iets is,' zei ik. 'Maar ik moet oppassen dat ik niet doorgetrokken word.'

Kyle keek me een hele poos aan, schudde toen zijn hoofd en trok aarzelend zijn mondhoeken ongeveer een halve centimeter omhoog. 'Oké,' zei hij. 'Eén-nul. Maar je zou verbaasd staan hoe vaak die zin effect heeft.'

'Ik zou versteld staan, dat weet ik zeker,' zei ik. Ik gaf hem mijn uitdraai van de database. 'Terwijl ik even op adem kom, kunnen jullie dit alvast bekijken.'

Kyle fronste zijn wenkbrauwen en vouwde het papier open. 'Wat is dit?'

Deborah leunde naar voren, en ze zag eruit als de gretige, jonge speurhond die ze was. 'Je hebt wat gevonden! Ik wist het wel,' zei ze.

'Het zijn maar twee adressen,' zei Kyle.

'Een ervan kan heel goed het schuilhol van een zekere onorthodoxe medicus met een Midden-Amerikaans verleden zijn,' zei ik, en ik vertelde hoe ik de adressen had gevonden. Ik moest hem nageven dat hij zichtbaar onder de indruk was, zelfs met die zonnebril.

'Daar had ik aan moeten denken,' zei hij. 'Heel goed.' Hij knikte en tikte met een vinger tegen het papier. 'Volg het geld. Werkt altijd.'

'Natuurlijk ben ik er niet helemaal zeker van,' zei ik.

'Nou, ik durf erom te wedden,' zei hij. 'Ik denk dat je dr. Danco gevonden hebt.'

Ik keek naar Deborah. Ze schudde haar hoofd, dus ik keek weer naar Kyles brillenglazen. 'Interessante naam. Pools?'

Chutsky schraapte zijn keel en keek uit over het water. 'Vóór jouw tijd, vermoed ik. Je had vroeger een reclamespotje, Danco presenteert de Groent-o-matic: schil en hak met gemak.' De donkere glazen draaiden weer mijn kant op. 'Die vent noemden we altijd dr. Danco. Hij hakte groenten. Dat soort grappen vind je leuk als je ver van huis bent en verschrikkelijke dingen meemaakt,' zei hij.

'Maar nu maken we die dingen dicht bij huis mee,' zei ik. 'Wat doet-ie hier?'

'Lang verhaal,' zei Kyle.

'Dat betekent dat hij het niet wil vertellen,' legde Deborah uit.

'Nou, dan neem ik nog maar een krabkoekje,' zei ik. Ik boog naar voren en nam het laatste koekje van de schaal. Ze waren erg lekker.

'Kom op, Chutsky,' zei Deborah. 'Er is dus een dikke kans dat we weten waar die vent zit. Wat ga je daaraan doen?'

Hij legde zijn hand op de hare en glimlachte. 'Ik ga lunchen,' zei hij. En met zijn andere hand pakte hij de menukaart.

Deborah keek hem een tijdje van opzij aan. Toen trok ze haar hand weg. 'Shit,' zei ze.

Het eten was werkelijk uitstekend en Chutsky deed zijn uiterste best kameraadschappelijk en aangenaam over te komen, alsof hij had besloten dat wanneer je de waarheid niet kunt vertellen, je dan maar prettig gezelschap kunt zijn. Eerlijk gezegd kon ik daar niet over klagen, aangezien ik over het algemeen met dezelfde truc wegkwam, maar Deborah leek er niet blij mee te zijn. Ze zat te morren en in haar eten te prikken, terwijl Kyle moppen tapte en vond ik het ook niet geweldig dat de Dolphins dit jaar voor goud gingen. Voor mijn part wonnen ze de Nobelprijs voor literatuur, maar als goed ontworpen kunstmens had ik een paar welgemeend klinkende opmerkingen over het onderwerp paraat waarmee Chutsky kennelijk tevreden was, en hij babbelde op z'n charmantst verder.

We kregen zelfs een dessert, wat ik voor het leid-ze-met-eten-trucje wat overdreven vond, vooral omdat Deborah noch ik helemaal niet werd afgeleid. Maar het was lekker eten, dus het zou barbaars van me zijn als ik erover mopperde.

Natuurlijk had Deborah haar hele leven er heel hard aan gewerkt om barbaars te worden, dus toen de ober een enorm ding van chocola voor Chutsky neerzette, die zich met twee vorkjes naar haar toe wendde, en 'Zo...' zei, nam ze de gelegenheid te baat en gooide een lepel op tafel.

'Nee,' zei ze tegen hem. 'Ik wil niet nog een kopje koffie, ik wil geen chocolade-wat-het-ook-is. Ik wil verdomme antwoord. Wat gaan we met die vent doen?'

Hij keek haar enigszins verbaasd aan, vertederd zelfs, alsof mensen van zijn beroepsgroep met lepels gooiende vrouwen best nuttig en charmant vonden, maar dat hij haar timing nogal ongelukkig vond. 'Mag ik eerst even mijn toetje opeten?' vroeg hij.

12

Deborah reed met ons via Dixie Highway naar het zuiden. Ja, óns, zei ik. Tot mijn verbazing was ik een waardevol lid van het Gerechtigheidsbondgenootschap geworden en werd mij medegedeeld dat mij de eer te beurt viel om met mijn eigen onvervangbare zelf het kwaad de weg te versperren. Hoewel ik daar helemaal niet blij mee was, maakte een klein incident het bijna de moeite waard.

Toen we bij de deur van het restaurant stonden te wachten tot Deborahs auto zou worden gebracht, had Chutsky opeens zachtjes gemompeld: 'Wat krijgen we nou!' en was de oprijlaan af geslenterd. Ik keek hem na en zag hem op een kastanjebruine Taurus toe lopen die onopvallend onder een palm geparkeerd stond. Debs staarde me boos aan alsof het allemaal mijn schuld was, en we keken beiden toe hoe Chutsky op het portierraampje klopte, dat daarop omlaag werd geschoven en, uiteraard, de immer waakzame brigadier Doakes onthulde. Chutsky boog over de auto heen en zei iets tegen Doakes, die een blik op mij wierp, zijn hoofd schudde, het raam sloot en wegreed.

Chutsky zei niets toen hij zich weer bij ons voegde. Maar voordat hij voor in de auto stapte, keek hij mij wel iets anders aan.

Het was twintig minuten rijden naar de plek waar Quail Roost Drive van oost naar west loopt en Dixie Highway kruist, pal naast een winkelcentrum. Twee straten verderop leiden een reeks zijstraten naar een rustige arbeiderswijk van kleine en overwegend propere huizen, vaak met twee auto's op de korte oprit en fietsen her en der verspreid op het gazon.

Een van die straten boog naar links af en leidde naar een doodlopende straat, en daar vonden we het huis waarnaar we op zoek waren, een zachtgeel gepleisterd onderkomen met een overwoekerde tuin. Op de oprit stond een gedeukte, grijze bestelbus met rode belettering waarop te lezen stond: HERMANOS CRUZ – LIMPIADORES, Gebr. Cruz Schoonmakers.

Debs keerde en reed tot halverwege de volgende zijstraat. Ze stopte bij een huizenblok waar voor de deur en op het gazon een stuk of zes auto's stonden, en waar luide rapmuziek uit opklonk. Ze keerde weer, zodat onze auto met de neus naar ons doelwit stond, en parkeerde onder een boom. 'Wat denk je?' zei ze.

Chutsky haalde zijn schouders op. 'Ahem. Zou kunnen,' zei hij. 'Laten we een poosje wachten.' En het daaropvolgende halfuur ging onze sprankelende conversatie niet verder dan dat. Amper genoeg om de geest alert te houden, dus ik merkte dat mijn gedachten afdwaalden naar het kleine plankje in mijn appartement waarop het palissander kistje stond met een aantal dubbele glasplaatjes, van het soort dat je onder een microscoop legt. Elk plaatje bevatte één enkele druppel bloed, helemaal opgedroogd natuurlijk. Anders had ik die viezigheid niet in huis willen hebben. Veertig vensters op mijn schimmige andere zelf. Eén druppel bloed van elk van mijn avontuurtjes. Zo was daar bijvoorbeeld Eerste Zuster geweest, die lang, lang geleden haar patiënten langzaam met een zorgvuldige overdosis liet inslapen onder het mom van pijnbestrijding. En de volgende was de handvaardigheidleraar van de middelbare school die verpleegstertjes wurgde. Wonderlijk contrast, en de ironie ervan vind ik kostelijk.

Zoveel herinneringen... en als ik ze stuk voor stuk aanraakte, popelde ik alweer om een nieuwe te maken, nummer 41, ook al was nummer 40, MacGregor, nog amper droog. Vooral omdat die verbonden was met mijn volgende project en daardoor als incompleet aanvoelde, kon ik niet wachten om aan de slag te gaan. Zodra ik absolute zekerheid had over Reiker en een manier had gevonden om...

Ik ging rechtop zitten. Misschien waren mijn schedeladeren door het overdadige dessert dichtgeslibd, maar ik was Deborahs lokmiddel even helemaal vergeten. 'Deborah?' zei ik.

Ze keek met een van concentratie licht gefronst voorhoofd naar me achterom. 'Wat?'

'Hier zitten we dan,' zei ik.

'Shit, je meent 't.'

'Helemaal niet. Sterker nog, er is geen shit te bekennen, en dat alles dankzij mijn almachtige denkwerk. Had je het er niet over dat je me een paar dingen te vertellen had?'

Ze wierp een blik op Chutsky. Hij keek recht voor zich uit, nog altijd met die zonnebril op, die niet knipperde. 'Ja, oké,' zei ze. 'Doakes zat in het leger bij de commando's.'

'Dat weet ik. Het staat in zijn personeelsdossier.'

'Maar wat je niet weet, makker,' zei Kyle zonder zich te bewegen, 'is dat er aan die commando's ook een Donkere Kant zit. En daar zat Doakes bij.' Hij plooide zijn gezicht een fractie van een seconde in een heel klein glimlachje, zo klein en plotseling dat ik het me verbeeld had kunnen hebben. 'Als je eenmaal naar de Donkere Kant overloopt, is dat voor altijd. Je kunt niet meer terug.'

Ik keek toe hoe Chutsky nog een ogenblik volkomen roerloos bleef zitten en daarna keek ik Debs aan. Ze haalde haar schouders op. 'Doakes was een scherpschutter,' zei ze. 'Het leger leende hem uit aan de jongens in El Salvador, en hij vermoordde mensen voor hen.'

'Met een pistool kun je reizen,' zei Chutsky.

'Dat verklaart zijn persoonlijkheid,' zei ik en ik dacht dat het nog veel meer verklaarde, zoals de echo die ik uit zijn richting hoorde als mijn Zwarte Ruiter riep.

'Je moet begrijpen hoe het was,' zei Chutsky. Het was een beetje griezelig dat hij dit met een volstrekt onbeweeglijk en emotieloos gezicht zei, alsof de stem eigenlijk uit een bandrecorder kwam die iemand in zijn lijf had gestopt. 'Wij geloofden dat we de wereld redden. Dat we ons leven en elke hoop op iets normaals en fatsoenlijks opgaven voor de goede zaak. Blijkt dat we gewoon onze ziel aan de duivel verkocht. Ik, Doakes...'

'En dr. Danco,' zei ik.

'En dr. Danco.' Chutsky zuchtte en verroerde zich eindelijk, draaide zijn hoofd even in Deborahs richting, om meteen weer voor zich uit te kijken. Hij schudde zijn hoofd en die beweging kwam na zijn onbeweeglijkheid zo reusachtig en theatraal over dat ik bijna ging applaudisseren. 'Dr. Danco begon als idealist, net als wij. Hij kwam er op de medische faculteit achter dat er vanbinnen iets aan hem ontbrak, dat hij dingen met mensen kon doen zonder de geringste empathie te voelen. Helemaal niets. Dat komt heel wat zeldzamer voor dan je denkt.'

'O, dat zal best,' zei ik, en Debs keek me dreigend aan.

'Danco hield van zijn land,' vervolgde Chutsky. 'Dus sloot hij zich ook aan bij de donkere kant. Met opzet, om dit talent te benutten. In El Salvador kwam het... tot bloei. Wanneer we iemand naar hem toe brachten, kon hij gewoon...' Hij zweeg, haalde adem en ademde langzaam weer uit. 'Shit. Jullie hebben gezien wat hij doet.'

'Heel origineel,' zei ik. 'Creatief.'

Chutsky stiet een snuivend, humorloos lachje uit. 'Creatief. Ja. Dat kun je wel zeggen.' Chutsky draaide zijn hoofd langzaam naar links, rechts, links. 'Ik zei al dat het hem niet uitmaakte om die dingen te doen... maar in El Salvador kreeg hij de smaak te pakken. Hij was aanwezig bij de verhoren en stelde persoonlijke vragen. En als hij dan begon te... Hij noemde de persoon altijd bij de naam, alsof hij een tandarts was of zo, en zei dan: "Laten we nummer vijf eens proberen," of nummer zeven, wat dan ook. Alsof er allerlei verschillende patronen bestonden.'

'Wat voor patronen?' vroeg ik. Het leek me een heel gewone vraag, daarmee toonde ik beleefde belangstelling en hield het gesprek gaande. Maar Chutsky draaide zich met een ruk op zijn stoel om en keek me aan alsof ik wel een hele fles vloerreiniger kon gebruiken.

'Voor jou is dit grappig,' zei hij.

'Nog niet,' zei ik.

Hij staarde me voor mijn gevoel verschrikkelijke lang aan; toen schudde hij zijn hoofd en keek weer recht voor zich. 'Ik weet niet wat voor patroon, makker. Nooit gevraagd. Sorry. Waarschijnlijk had het iets te maken met wat hij er als eerste afsneed. Gewoon iets waar hij pret aan beleefde. En hij praatte tegen ze, noemde ze bij de naam, liet zien wat hij deed.' Chutsky huiverde. 'Op de een of andere manier maakte dat het erger. Je had moeten zien wat dat met de tegenpartij deed.'

'En met jou?' wilde Deborah weten.

Hij liet zijn kin op zijn borst vallen en vermande zich weer. 'Dat ook,' zei hij. 'Hoe dan ook, uiteindelijk veranderde er iets aan het thuisfront, in de politiek, op het Pentagon. Nieuw regime, en dat soort dingen. Ze wilden niets te maken hebben met wat we daar hadden uitgespookt. Maar heel stilletjes sijpelde het bericht door dat we door dr. Danco wellicht tot een zeker politiek vergelijk met de tegenpartij konden komen, als we hem uitleverden.'

'Jullie gaven je eigen man op om hem te laten vermoorden?' vroeg ik. Dat leek me bepaald oneerlijk, ik bedoel, ik word niet door enige moraal gehinderd, maar ik speel het spel tenminste volgens de regels.

Kyle zweeg een lang ogenblik. 'Ik zei toch dat we onze ziel aan de duivel hadden verkocht, makker,' zei hij ten slotte. Hij glimlachte weer, deze keer wat langer. 'Ja, we hebben hem in de val laten lopen en zij hebben hem ten val gebracht.'

'Maar hij is niet dood,' zei Deborah, praktisch als altijd.

'We zijn erin geluisd,' zei Chutsky. 'De Cubanen kregen hem te pakken.'

'Welke Cubanen?' vroeg Deborah. 'Je had het over El Salvador.'

'Destijds waren er elke keer dat het in de Amerika's rommelde Cubanen in de buurt. Zij steunden de ene kant zoals wij dat met de tegenpartij deden. En ze aasten op onze dokter. Ik zei al dat hij bijzonder was. Dus zij grepen hem en probeerden hem naar hun kant over te halen. Hebben hem in de Isles of Pines gegooid.'

'Is dat een resort?' vroeg ik.

Chutsky stiet een schamper lachje uit. 'Voor de allerslechtsten misschien. De Isles of Pines is een van de strengste gevangenissen ter wereld, en dr. Danco heeft daar werkelijk een toptijd gehad. Hij kreeg te horen dat zijn partij hem had opgegeven en hem echt te grazen had genomen. Een paar jaar later wordt een van onze jongens gevangengenomen en duikt op die manier weer op. Geen armen of benen, de hele rataplan. Danco werkt voor hen. En nu...' Hij haalde zijn schouders op. 'Of ze hebben hem vrijgelaten of hij is 'm gesmeerd. Maakt niet uit. Hij weet wie hem in de val hebben gelokt en daar heeft hij een lijst van.'

'Sta jij daar ook op?' wilde Deborah weten.

'Misschien,' zei Chutsky.

'En Doakes?' vroeg ik. Tenslotte kan ik ook praktisch uit de hoek komen.

'Misschien,' zei hij nogmaals, waar we niet veel aan hadden. Dat hele verhaal over Danco was natuurlijk interessant, maar ik was hier niet voor niets. 'Hoe dan ook,' zei Chutsky, 'tegen hem moeten we het dus opnemen.'

Niemand had daar veel op te zeggen, en dat gold ook voor mij. Ik bekeek de dingen die ik had gehoord van alle kanten op zoek naar een aanknopingspunt dat me kon helpen bij de plaag die

Doakes voor me was. Ik geef toe dat er op dat moment niets in me opkwam, wat me tot nederigheid stemde. Maar ik had wel iets meer inzicht gekregen in onze schat van een dr. Danco. Dus hij was vanbinnen ook leeg, hè? Een wolf in schaapskleren. En ook hij had een manier gevonden om zijn talenten voor het hogere goed in te zetten, net als, nogmaals, die goeie ouwe Dexter. Maar nu was hij behoorlijk ontspoord, en ging hij wat meer lijken op elk willekeurig ander roofdier, naar welke onrustbarende kant zijn techniek hem ook stuurde.

Gek genoeg drong met dat inzicht ook een andere gedachte door in de borrelende ketel van Dexters donkere onderbewustzijn. Wat eerst nog een voorbijgaande gril leek, was nu een heel goed idee aan het worden. Waarom zou ik niet zelf achter die Danco aan gaan en een Duister Dansje met hem maken? Hij was een op het slechte pad geraakt roofdier, net als de anderen op mijn lijstje. Niemand, zelfs Doakes niet, kon ook maar iets tegen zijn verscheiden hebben. Ik had er eerder aan moeten denken om de dokter te vinden, wat nu dringender leek en waardoor mijn frustratie over het feit dat ik Reiker links moest laten liggen wegebde. Dus hij leek op mij, hè? Dat zouden we nog wel eens zien. Er schoot iets kouds langs mijn ruggengraat en ik ontdekte dat ik er reikhalzend naar uitkeek om de dokter beter te leren kennen en zijn werk diepgaand met hem te bespreken.

In de verte hoorde ik de donder van het middagonweer rommelen. 'Shit,' zei Chutsky. 'Gaat het regenen?'

'Elke dag rond dit tijdstip,' zei ik.

'Dat is niet best,' zei hij. 'We moeten iets doen voordat het gaat regenen. Jouw beurt, Dexter.'

'Ik?' zei ik, opgeschrikt uit mijn mijmerijen over misantropische medische missers. Ik had me weliswaar ingesteld op een ritje, maar daadwerkelijk ook iets dóén zat niet bij de deal inbegrepen. Ik bedoel, hier zaten twee geharde krijgers uit hun neus te eten, terwijl de Delicate Dexter met de kuiltjes in zijn wangen de kastanjes uit het vuur moest halen? Dat sloeg toch zeker nergens op?

'Jij, ja,' zei Chutsky. 'Ik moet me op de achtergrond houden om te zien wat er gebeurt. Als hij het is, kan ik hem beter uitschakelen. En Debbie...' Hij glimlachte naar haar, ook al keek zij hem kennelijk stuurs aan. 'Debbie is te veel een smeris. Ze loopt als een smeris, ze kijkt als een smeris en misschien slingert ze hem nog op de bon.

Haar ruikt hij al op een kilometer afstand. Jij dus, Dex.'

'Wat moet ik dan doen?' vroeg ik, en ik geef toe dat ik nog steeds enigszins gerechtvaardigd verontwaardigd was.

'Je loopt een keer langs het huis, om de doodlopende straat heen en terug. Houd je ogen en oren open en val niet te veel op.'

'Opvallen? Ik weet niet eens hoe dat moet,' zei ik.

'Mooi. Dan is het dus een makkie.'

Het was duidelijk dat logica, noch volkomen terechte ergernis iets zou helpen, dus opende ik het portier en stapte uit, maar ik kon het niet nalaten een afscheidsscène ten beste te geven. Ik boog me door het portierraam naar Deborah en zei: 'Hopelijk overleef ik dit om het te kunnen berouwen.' En heel attent rommelde de donder nogmaals vlakbij.

Ik liep over het trottoir naar het huis. Ik stapte op bladeren en een paar geplette sapdoosjes uit het lunchpakket van een of ander kind. Er schoot een kat over een grasveld toen ik voorbijkwam, die abrupt zijn pootjes ging zitten wassen en me van een veilige afstand aanstaarde.

Uit het huis met al die auto's voor de deur veranderde de muziek en iemand riep: 'Wooo!' Prettig om te weten dat iemand plezier had terwijl ik een wisse dood tegemoet ging. Het gazon was verwaarloosd en er lagen een paar doorweekte kranten op de oprit. Maar geen stapel rondslingerende ledematen en er kwam ook niemand naar buiten rennen die me probeerde te vermoorden. Maar toen ik langs het huis liep, hoorde ik wel een televisiequiz in het Spaans blèren. Een man verhief zijn stem boven de hysterische presentator uit en ik hoorde een bord op de grond kletteren. Toen met een windvlaag de eerste grote regendruppels vielen, waaide er ook een ammoniageur uit het huis mee.

Ik liep langs het huis verder en weer terug naar de auto. Er spatten nog een paar regendruppels en er klonk een klap onweer, maar verder bleef het droog. Ik stapte weer in. 'Niet erg onheilspellend,' rapporteerde ik. 'Het gazon moet nodig gemaaid worden en er hangt een vage ammonialucht. Stemmen in het huis. Hij praat in zichzelf of er zijn er meer.'

'Ammonia,' zei Kyle.

'Ja, volgens mij wel,' zei ik. 'Of gewoon schoonmaakmiddelen.'

Kyle schudde zijn hoofd. 'Schoonmaakbedrijven gebruiken geen ammonia, dat ruikt veel te sterk. Maar ik weet wie dat wel gebruikt.'

'Wie dan?' wilde Deborah weten.

Hij grijnsde naar haar. 'Ben zo terug,' zei hij en hij stapte uit.

'Kyle!' zei Deborah, maar hij zwaaide even met zijn hand en liep recht op de voordeur van het huis af. 'Shit,' mompelde Deborah toen hij aanklopte en naar de donkere wolken van de naderende storm omhoogkeek.

De voordeur ging open. Een kleine gedrongen man met een donkere huidskleur en zwart sluik haar dat over zijn voorhoofd viel staarde naar buiten. Chutsky zei iets tegen hem en even bewogen ze geen beiden. De kleine man keek de straat af, toen naar Kyle. Kyle haalde langzaam zijn hand uit zijn zak en liet de donkere man iets zien, geld? De man keek ernaar, keek Chutsky aan en hield de deur voor hem open. Chutsky ging het huis binnen. De deur sloeg dicht.

'Shit,' zei Deborah weer. Ze beet op haar nagels, een gewoonte die ik haar sinds haar tienerjaren niet meer had zien doen. Het smaakte blijkbaar goed, want toen ze er een afgekloven had, begon ze aan de volgende. Ze was bij nummer drie toen de deur weer openging en Chutsky lachend en zwaaiend naar buiten kwam. De deur viel achter hem dicht en hij verdween achter een muur van water toen de hemelsluizen eindelijk opengingen. Hij racete de straat over naar de auto en glipte doornat op de passagiersstoel.

'Godver!' zei hij. 'Ik ben helemaal doorweekt!'

'Wat deed je daar, verdomme?' vroeg Deborah op hoge toon.

Chutsky trok een wenkbrauw naar me op en streek het haar van zijn voorhoofd. 'Wat kan ze het elegant zeggen, hè?' zei hij.

'Kyle, verdomme,' zei ze.

'Een ammonialucht,' zei hij. 'Bij chirurgie wordt dat niet gebruikt en een schoonmaakploeg zou het ook nooit gebruiken.'

'Daar hebben we het al over gehad,' snauwde Deborah.

Hij lachte. 'Maar het wordt wel gebruikt om speed mee te maken. En dat blijken die jongens daarbinnen dus te doen.'

'Je bent dus regelrecht een speedkeuken binnengelopen?' zei Deb. 'Wat heb je daar in godsnaam gedaan?'

Hij glimlachte en trok een pakketje uit zijn zak. 'Dertig gram van het spul gekocht.'

13

Deborah hield bijna tien minuten haar mond, bestuurde de auto en staarde met stijf opeengeklemde kaken naar buiten. Ik zag dat de spieren langs de zijkant van haar gezicht zich spanden, helemaal tot in haar schouders toe. Ik kende haar en kon zo zien dat er een uitbarsting aan zat te komen, maar aangezien ik geen idee had hoe Verliefde Deborah zich zou gedragen, wist ik niet hoe snel dat zou gebeuren. De oorzaak van haar ophanden zijnde meltdown, Chutsky, zat al net zo stilletjes naast haar op de passagiersstoel, maar hij leek toch behoorlijk opgewekt en keek naar het landschap.

We waren bijna op ons tweede adres, in de schaduw van Mount Thrashmore, toen Debs ten slotte ontplofte.

'Godverdómme! Dat spul is verbóden!' zei ze, op het stuur timmerend om haar woorden kracht bij te zetten.

Chutsky keek haar geamuseerd aan. 'Ja, dat weet ik,' zei hij.

'Ik heb verdomme als gerechtsdienaar een eed gezworen!' vervolgde Deborah. 'Ik heb een eed afgelegd om een einde aan die troep te maken en jij, jij...' stamelde ze.

'Ik moest het zeker weten,' zei hij rustig. 'En dit leek me de beste methode.'

'Ik zou jou in de boeien moeten slaan, hufter!' zei Deborah.

'Dat zou leuk zijn,' zei hij.

'Klóótzak die je bent!'

'Minstens.'

'Ik vertik het om naar die verdomde donkere kant van je over te steken!'

'Nee, dat doe je niet. Dat laat ik ook niet toe, Deborah.'

Ze liep leeg als een ballon, draaide zich om en keek hem aan. Hij keek terug. Ik was niet eerder getuige geweest van een stilzwijgende conversatie, maar deze sloeg alles. Haar blik schoot ongerust van de ene kant van zijn gezicht naar de andere en weer terug. Hij deed niets anders dan kalm en zonder met zijn ogen te knipperen terug-kijken. Het was echt een elegant en fascinerend gezicht, bijna net zo belangwekkend als het feit dat Debs kennelijk was vergeten dat ze achter het stuur zat.

'Ik vind het heel vervelend om storen,' zei ik. 'Maar is dat geen bierwagen daar recht voor ons?'

Ze draaide haar hoofd met een ruk terug en trapte op de rem, net op tijd om te voorkomen dat we een bumpersticker van een lading Miller Lite zouden worden. 'Ik ga dat adres aan narcotica doorge-ven. Morgen nog,' zei ze.

'Mij best,' zei Chutsky.

'En dat zakje gooi je weg.'

Hij keek haar lichtelijk verbaasd aan. 'Dat heeft me twee ruggen gekost...' zei hij.

'Je gooit het weg,' herhaalde ze.

'Oké dan,' zei hij. Ze keken elkaar weer aan, het aan mij overla-tend om op dodelijke biertrucks te letten. Maar het was mooi om te zien hoe alles weer op z'n pootjes terechtkwam en de harmonie in het universum werd hersteld, zodat we weer verder konden met onze zoektocht naar ons afschuwelijke, onmenselijke monster van de week, in de wetenschap dat liefde alles overwint. En dus gaf het veel voldoening door het staartje van de onweersbui over South Dixie Highway te rijden, en toen de zon doorbrak sloegen we af naar een weg die ons door een wirwar van straatjes leidde, allemaal met een fantastisch uitzicht op de reusachtige vuilnisbelt die be-kendstond als Mount Trashmore.

Het huis dat we zochten stond midden tussen wat eruitzag als de laatste rij huizen aan het eind van de beschaving en waar het vuilnis oppermachtig was. Het stond in een bocht van een kromme straat en we reden er meerdere keren langs voordat we ervan overtuigd waren dat we goed zaten. Het was een bescheiden onderkomen van het type drie slaapkamers, twee hypotheken, zachtgeel met witte dakranden, en het grasveld was keurig gemaaid. Er was geen auto op de oprit of in de carport te zien. Over het TE KOOP-bordje op het grasveld was in knalrode letters VERKOCHT geplakt.

'Misschien is hij er nog niet ingetrokken,' zei Deborah.

'Hij moet toch érgens zijn,' zei Chutsky en tegen die logica viel weinig in te brengen. 'Rij eens naar de kant. Heb je een klembord?'

Deborah parkeerde met gefronst voorhoofd de auto. 'Onder je stoel. Dat heb ik voor mijn papierwerk nodig.'

'Oké, ik zal hem niet vies maken,' zei hij, en hij graaide onder de stoel en haalde een eenvoudig metalen klembord met een stapeltje officiële formulieren tevoorschijn. 'Perfect,' zei hij. 'Geef me een pen.'

'Wat ga je doen?' vroeg ze terwijl ze hem een goedkope witte balpen met blauwe dop aanreikte.

'Niemand houdt ooit een vent met een klembord tegen,' zei Chutsky grijnzend. Voordat we ook maar iets konden zeggen liep hij al met stevige, van-negen-tot-vijf-tred het tuinpad op. Halverwege bleef hij staan, draaide een paar vellen papier om en deed alsof hij las, keek naar het huis en schudde zijn hoofd.

'Hij is hier kennelijk heel goed in,' zei ik tegen Deborah.

'Dat mag verdomme ook wel,' zei ze. Ze beet nog een nagel af en ik begon me zorgen te maken over het moment dat ze op zouden zijn.

Chutsky liep rustig verder de oprit op, raadpleegde het klembord, zich blijkbaar onbewust van het dreigend nagelgebrek in de auto achter hem. Het zag er werkelijk heel natuurlijk en ongehaast uit, de man had duidelijk veel ervaring met leugen en bedrog, afhankelijk van welk woord het beste een officieel gesanctioneerd misdrijf uitdrukte. En dat liet Debs zomaar tegen vrachtwagens aan botsen en haar vingers afkluiven. Misschien had hij toch niet zo'n beste invloed op haar. Hoewel het prettig was dat ze nu een ander doelwit had om haar norse blikken en rake klappen op te botvieren. Ik vind het helemaal niet erg als iemand anders een tijdje met blauwe plekken rondloopt.

Chutsky bleef voor de voordeur staan en krabbelde iets op zijn klembord. Toen, ik kon niet zien hoe hij dat deed, opende hij de deur en ging naar binnen. De deur viel achter hem dicht.

'Shit,' zei Deborah. 'Eerst drugsbezit, nu weer inbraak. Straks laat hij me nog vliegtuigen kapen.'

'Ik heb altijd al een keer naar Havana gewild,' zei ik behulpzaam.

'Hij krijgt twee minuten,' zei ze kortaf. 'Dan roep ik versterking en ga ik achter hem aan.'

Te oordelen naar de manier waarop ze haar hand naar de radio uitstak waren er 1 minuut 59 seconden om toen de deur openging en Chutsky weer naar buiten kwam. Hij bleef op de oprit staan, schreef iets op het klembord en keerde naar de auto terug.

'Oké,' zei hij, toen hij weer in zijn stoel ging zitten. 'We gaan naar huis.'

'Is het huis leeg?' wilde Deborah weten.

'Smetteloos,' zei hij. 'Geen handdoek of soepkop te bekennen.'

'En nu?' vroeg ze terwijl ze de auto in de versnelling zette.

Hij schudde zijn hoofd. 'Terug naar plan A,' zei hij.

'Wat is plan A, verdomme?' vroeg Deborah.

'Geduld oefenen,' zei hij.

Dus ondanks een kostelijke lunch en een werkelijk origineel winkeluitstapje erna, waren we weer terug bij af. Er gingen een paar dagen voorbij en het werd nu toch echt saai. Het leek er niet op dat brigadier Doakes van gedachten zou veranderen voordat ik in een bankversiering met bierbuik was veranderd en er zat niets anders op dan verstoppertje en galgje te spelen met Cody en Astor, en aan Rita verbluffend theatrale afscheidszoenen uit te delen om mijn stalker tevreden te stellen.

Toen rinkelde midden in de nacht de telefoon. Het was zondagnacht en ik moest maandagmorgen vroeg naar mijn werk. Vince Masuoka en ik hadden een afspraak en het was mijn beurt om donuts te halen. Hij bleef maar door rinkelen, alsof ik geen wereldse zorgen had en die donuts zichzelf op kantoor zouden afleveren. Ik keek op de klok op mijn nachtkastje: 02:38. Ik geef toe dat ik humeurig klonk toen ik de hoorn van de haak nam en zei: 'Laat me met rust!'

'Dexter. Kyle is weg,' zei Deborah. Ze klonk helemaal niet moe, was zo gespannen als een snaar, en het was onduidelijk of ze van plan was op iemand te schieten of in huilen uit te barsten.

Het duurde even voor ik mijn krachtige intellect op snelheid had. 'Eh... tja, Deb,' zei ik. 'Met zo'n vent... Misschien is het wel beter zo.'

'Hij is wég, Dexter. Te grazen genomen. Die, die vent heeft 'm. Die kerel, die dat je-weet-wel met die vent gedaan heeft. Ik bedoel...' zei ze, en hoewel het net leek alsof ik plotseling in een aflevering van *The Sopranos* was beland, begreep ik wat ze bedoelde. Degene die Het Ding op de tafel in een jodelende aardappel had veranderd had Kyle te pakken gekregen, en het was niet ondenkbaar dat hij met hem vergelijkbare plannen had.

'Dr. Danco,' zei ik.

'Ja.'

'Hoe weet je dat?' vroeg ik haar.

'Hij had me gewaarschuwd. Kyle is de enige die weet hoe die kerel eruitziet. Dat hij het zou proberen als hij erachter kwam dat hij hier was. We hadden een teken afgesproken, shit, Dexter, kom gewoon hierheen. We moeten hem vinden,' zei ze, en ze hing op.

Ze moeten altijd mij hebben, hè? Ik ben niet echt heel aardig, maar om een of andere reden komen ze altijd met hun problemen naar míj. O, Dexter, een barbaars onmenselijk monster heeft mijn vriendje te pakken! Nou, verdomme, ik ben ook een barbaars onmenselijk monster, heb ik dan geen recht op een beetje rust?

Ik zuchtte. Kennelijk niet.

Ik hoopte dat Vince het van de donuts zou begrijpen.

14

Van mijn huis in de Grove was het een kwartiertje rijden naar het huis van Deborah. Eindelijk was ik weer eens op pad zonder dat Doakes achter me aan zat, hoewel hij zich natuurlijk in een onzichtbaarheidsmantel uit Klingon kon hebben gehuld. In elk geval was het niet druk op de weg en op de US 1 kon ik zelfs zo doorrijden. Deborah woonde in een klein huis in Coral Gables met een paar verwaarloosde fruitbomen en een afbrokkelende koraalstenen muur eromheen. Ik zette mijn auto naast de hare op de korte oprit en was op nog geen twee stappen van de voordeur toen Deborah die opendeed. 'Waar bleef je nou?' vroeg ze.

'Ik moest eerst nog even naar yoga en daarna de stad in om schoenen te kopen,' zei ik. In werkelijkheid had ik me zelfs gehaast en was ik binnen twintig minuten na haar telefoontje bij haar, en de toon die ze tegen me aansloeg beviel me niet.

'Kom binnen,' zei ze, terwijl ze in het duister tuurde en zich aan de deur vastklampte alsof ze bang was dat hij weg zou vliegen.

'Jawel, almachtige,' zei ik, en ik stapte naar binnen.

Deborahs huisje was overdadig sober ingericht. Haar woonvertrek zag eruit als een goedkope hotelkamer waarin een rockband had gezeten en op tv en video na was gestript. Er stonden alleen een stoel en een tafel, naast de openslaande deuren die uitkwamen op het totaal overwoekerde terras. Ze had ergens anders nog een stoel vandaan weten te halen, een gammele klapstoel, die ze bij de tafel trok. Dit gastvrije gebaar ontroerde mij zozeer dat ik besloot mijn leven in de waagschaal te stellen en in het krakkemikkige ding ging zitten. 'Nou,' zei ik, 'Hoe lang is hij al weg?'

'Shit,' zei ze. 'Drieënhalf uur. Zoiets.' Ze schudde haar hoofd en liet zich op de andere stoel zakken. 'We hadden hier afgesproken, en... hij kwam niet opdagen. Naar zijn hotel geweest, niks.'

'Kan hij niet gewoon ergens anders heen zijn gegaan?' vroeg ik, en ik ben er niet trots op, maar ik geef toe dat mijn stem hoopvol klonk.

Deborah schudde weer haar hoofd. 'Zijn portemonnee en zijn sleutels lagen nog op het dressoir. Die vent heeft hem, Dex. We moeten hem vinden, voordat...' Ze beet op haar lip en keek de andere kant op.

Ik had geen flauw idee waar we naar Kyle moesten zoeken. Zoals ik al zei, dit was niet het soort zaken waar ik in het algemeen verstand van had, ook al was ik een heel eind gekomen met het opsporen van dat onroerend goed. Aangezien Deborah het over 'we' had, bleef er voor mij niet veel te kiezen over. Familiebanden en dat soort dingen. Toch probeerde ik wat bewegingsruimte te creëren. 'Sorry als dit stom klinkt, Debs, maar heb je hier al melding van gemaakt?'

Ze keek op met een halve grauw. 'Ja. Ik heb hoofdinspecteur Matthews gebeld. Hij klonk opgelucht. Hij zei dat ik niet hysterisch moest worden, alsof ik een oud dametje met appelflauwtes was.' Ze schudde haar hoofd. 'Ik heb hem gevraagd een opsporingsbevel uit te vaardigen en hij zei: "Hoezo?"' Ze ademde sissend uit. 'Hoezo... Verdomme, Dexter, ik kon hem wel wurgen, maar...' Ze haalde haar schouders op.

'Maar hij had gelijk,' zei ik.

'Zal wel. Kyle is de enige die weet hoe die vent eruitziet,' zei ze. 'We weten niet eens wat voor auto hij heeft, of wat zijn echte naam is, of... Verdomme, Dexter. Het enige wat ik weet, is dat hij Kyle in handen heeft.' Ze haalde schor adem. 'Hoe dan ook, Matthews heeft Kyles mensen in Washington geïnformeerd. Dat was alles wat hij kon doen, zei hij.' Ze schudde haar hoofd en was heel bleek. 'Dinsdagochtend sturen ze iemand.'

'Nou,' zei ik hoopvol. ' Ik bedoel, We weten dat deze vent heel langzaam werkt.'

'Dinsdagochtend,' zei ze. 'Bijna twee dagen. Waarmee denk je dat hij gaat beginnen, Dex? Haalt hij er eerst een been af? Of een arm? Of allebei tegelijk?'

'Nee,' zei ik. 'Een voor een.' Ze keek me indringend aan. 'Nou, dat is toch logisch?'

'Voor mij niet,' zei ze. 'Voor mij is hier helemaal niets logisch aan'

'Deborah, bij deze man gaat het er niet om dát hij armen en benen amputeert. Alleen hóé hij dat doet.'

'Verdomme, Dexter, ik snap er niets van.'

'Hij wil zijn vijanden compleet elimineren. Ze breken, vanbinnen en vanbuiten, onherstelbaar. Zijn enige doel is om hen in muzikale zitzakken te veranderen, voor wie niets anders overblijft dan een compleet, eindeloos, krankzinnig afgrijzen. Het verwijderen van ledematen en lippen is daarbij slechts een... Wat?'

'O jezus, Dexter,' zei Deborah. Haar gezicht was vertrokken tot een uitdrukking die ik sinds de dood van onze moeder niet meer had gezien. Ze keerde zich om en haar schouders begonnen te schokken. Daar werd ik wat ongemakkelijk van. Ik bedoel, ik heb geen emoties, en ik weet dat Deborah die vaak wel heeft. Maar ze was er de vrouw niet naar om die te tonen, tenzij je ergernis tot emoties rekent. En nu stond ze daar natte, sniffende geluiden te produceren en ik wist dat het tijd was om haar een klopje op haar schouder te geven en iets te zeggen in de trant van 'kom, kom' of iets anders diepzinnigs en menselijks, maar ik kon me er niet toe zetten. Dit was Deb, mijn zus. Zou ze het doorhebben als ik deed alsof, en...

En wat? Mijn armen en benen eraf snijden? Het ergste wat ze kon doen was zeggen dat ik mijn kop moest houden en weer in haar rol van brigadier Zuurpruim vallen, wat een enorme verbetering zou zijn ten opzichte van dit lamenterende gedoe. Hoe dan ook, dit was duidelijk zo'n moment dat om een menselijke reactie vroeg en aangezien ik door lange studie wist wat een mens zou doen, deed ik dat ook. Dus stond ik op en liep naar haar toe. Ik legde mijn hand op haar schouder, gaf haar een klopje en zei: 'Nou, nou, Deb. Kom, kom.' Het klonk nog idioter dan ik had gevreesd, maar ze legde haar hoofd tegen mij aan en snufte, dus ik vermoed dat ik het toch goed deed.

'Kun je echt binnen een week verlíéfd op iemand worden?' vroeg ze aan mij.

'Ik denk niet dat ik ooit verliefd kán worden,' antwoordde ik.

'Ik kan dit niet aan, Dexter,' zei ze. 'Als Kyle vermoord wordt, of in... mijn god, ik weet niet wat ik dan zal doen.' Ze drukte zich tegen me aan en barstte in huilen uit.

'Kom, kom,' zei ik nog maar eens.

Ze haalde diep haar neus op en snoot hem daarna in een tissue die op de tafel naast haar lag. 'Hou nou maar op met je kom, kom,' zei ze.

'Sorry,' zei ik. 'Ik wist niet wat ik anders moest zeggen.'

'Zeg maar wat die vent van plan is. Waar we hem kunnen vinden.'

Ik ging weer in de gammele leunstoel zitten. 'Dat weet ik niet, Debs. Ik heb geen flauw idee wat hij van plan is.'

'Onzin,' zei ze.

'Nee, echt. Ik bedoel, technisch gesproken heeft hij feitelijk niemand vermoord, weet je.'

'Dexter,' zei ze, 'jij begrijpt nu al meer van die gozer dan Kyle deed, en hij kent de man. We moeten hem vinden. Het móét.' Ze beet op haar onderlip en even vreesde ik dat ze weer zou gaan snotteren, waardoor ik compleet hulpeloos zou zijn omdat ik van haar geen 'kom, kom' meer mocht zeggen. Maar ze raapte zich bij elkaar en was weer de stoere zus die ik kende, en snoot alleen nog een keer haar neus.

'Ik zal het proberen, Deb. Mag ik aannemen dat jij en Kyle al het voorwerk hebben gedaan? Met getuigen gepraat, en zo?'

Ze schudde haar hoofd. 'Dat hoefden we niet. Kyle wist...' Ze schrok ervan dat ze in de verleden tijd praatte en vervolgde heel resoluut: 'Kyle wéét wie het gedaan heeft en hij wéét wie de volgende is.'

'Pardon? Hij weet wie de volgende is?'

Deborah fronste haar wenkbrauwen. 'Praat niet zo. Kyle zei dat er vier mensen in Miami wonen die op zijn lijst staan. Een van hen wordt vermist, Kyle dacht dat hij al gepakt was, maar daarmee hadden we wat tijd om voor de andere drie bewaking te regelen.'

'Wie zijn die vier lui dan, Deborah? En hoe kent Kyle ze?'

Ze zuchtte. 'Kyle heeft geen namen genoemd. Maar ze maakten allemaal deel uit van een of ander team. In El Salvador. Samen met deze... dr. Danco. Dus...' Ze spreidde haar handen en zag er hulpeloos uit, dat was nieuw voor haar. En hoewel ze er een meisjesachtige charme door kreeg, kreeg ik alleen maar des te meer het gevoel dat ik werd misbruikt. De hele wereld draaide vrolijk door, wist zichzelf in de allerverschrikkelijkste problemen te storten en Drieste Dexter mocht alle rotzooi weer opruimen. Het is zo oneerlijk als wat, maar wat kun je eraan doen?

Concreter nog, wat kon ik nu doen? Ik zag met geen mogelijkheid hoe we Kyle zouden kunnen vinden voordat het te laat was. En hoewel ik bijna zeker weet dat ik dat niet hardop zei, reageerde Deborah alsof ik dat wel had gedaan. Ze sloeg met de vlakke hand op tafel en zei: 'We moeten hem vinden voordat hij aan Kyle begint. Nog voordat hij begint, Dexter! Omdat hij... ik bedoel, moet ik er soms op hopen dat Kyle tegen de tijd dat we daar zijn slechts één arm kwijt is? Of een been? En Kyle is...' Ze wendde zich af zonder haar zin af te maken en ging bij het tafeltje uit de openslaande deuren naar de duisternis buiten staan staren.

Ze had natuurlijk gelijk. Het zag ernaar uit dat we maar heel weinig konden doen om Kyle intact terug te krijgen. Zelfs niet met alle geluk van de wereld, zelfs niet als mijn duizelingwekkende intellect ons mogelijkerwijs, voor hij aan de slag ging, naar hem toe zou leiden. En dan nog... Hoe lang zou Kyle het volhouden? Waarschijnlijk had hij wel een soort training gehad om met dit soort dingen om te gaan, en hij wist wat eraan zat te komen, dus...

Maar wacht eens even. Ik deed mijn ogen dicht en dacht erover na. Dokter Danco wist dat Kyle een professional was. En, zoals ik Deborah reeds had uitgelegd, was het doel om het slachtoffer onherroepelijk in schreeuwende onherstelbare stukken te verdelen. Dus...

Ik deed mijn ogen weer open. 'Deb,' zei ik. Ze keek me aan. 'Ik verkeer in de zeldzame positie dat ik een sprankje hoop te bieden heb.'

'Gooi het eruit,' zei ze.

'Het is alleen maar een vermoeden,' zei ik. 'Maar ik denk dat de Demente dokter Kyle een tijdje te gast houdt zonder dat hij met hem aan de slag gaat.'

Ze fronste haar voorhoofd. 'Waarom zou hij dat doen?'

'Om het langer te laten duren en hem murw te maken. Kyle weet wat er gaat gebeuren. Hij zal zich schrap zetten. Maar stel je nu eens voor dat hij daar in het donker ligt, vastgebonden, dan gaat zijn fantasie aan het werk. En dus lijkt het mij niet uitgesloten,' zei ik, mijn gedachten hardop uitsprekend, 'dat eerst een ander slachtoffer aan de beurt is. De vermiste man. Kyle krijgt het allemaal te horen, de zagen, de scalpels, het kreunen en fluisteren. Hij ruikt het zelfs, hij weet dat het eraan zit te komen maar hij weet niet wanneer. Nog voor hij ook maar een teennagel verliest, is hij al half gek.'

'Jezus,' zei ze. 'Is dat jouw idee van hoop?'

'Absoluut. Want daardoor hebben we iets meer tijd om hem te vinden.'

'Jezus,' zei ze nog een keer.

'Ik kan het mis hebben,' zei ik.

Ze keek uit het raam. 'Nee, Dex. Heb het nu maar eens niet mis, deze keer niet.'

Ik schudde mijn hoofd. Dit werd een puur geestdodende klus, totaal geen lol aan. Ik kon maar twee dingen verzinnen, en die moesten allebei tot de volgende morgen wachten. Ik keek de kamer rond op zoek naar een klok. Op de videorecorder stond: 00.00 00.00 00.00. 'Heb je hier ook een klok?'

Deborah fronste haar wenkbrauwen. 'Waar heb je een klok voor nodig?'

'Om te kijken hoe laat het is,' zei ik. 'Dat doe je meestal met die dingen.'

'Wat maakt dat nou in jezusnaam uit?'

'Deborah, we hebben maar heel weinig informatie. We moeten teruggaan en het hele routineonderzoek waar Chutsky ons vanaf heeft gehaald alsnog doen. Gelukkig kunnen we met onze badge in de hand rondstruinen en rondvragen. Maar dat moet tot morgen wachten.'

'Shit,' zei ze. 'Ik haat wachten.'

'Kom, kom,' zei ik. Deborah wierp me een zure blik toe, maar hield verder haar mond.

Ik hield ook niet van wachten, maar ik had dat de laatste tijd zoveel moeten doen dat het mij gemakkelijker afging. Hoe dan ook, we bleven tot zonsopgang in onze stoel zitten dezelen. En aangezien ik de laatste tijd van ons tweeën het meest huiselijk was, zette ik koffie voor ons – één kopje per keer, want Deborahs koffiezetapparaat was zo'n eenpersoonsding voor mensen die nauwelijks een sociaal leven hebben, die feitelijk helemaal geen leven hebben. In de koelkast vond ik niets wat ook maar in de verste verte eetbaar was, tenzij je een zwerfhond was. Erg teleurstellend. Dexter is een gezonde jongen met een snelle stofwisseling. Zo'n zware dag met een lege maag te moeten beginnen was geen prettige gedachte. Ik weet dat familie boven alles gaat, maar zou die niet na een ontbijt moeten komen?

Nou ja. Onverdroten Dexter zou dit offer wel weer brengen. Pure edelmoedigheid van de geest, en op een bedankje hoefde ik niet te rekenen, maar men doet wat men moet doen.

15

Dokter Mark Spielman was een rijzige man die er eerder uitzag als een gepensioneerde linebacker dan als een eerstehulparts. Maar hij was wel de dienstdoende arts geweest toen de ambulance Het Ding bij het Jackson Memorial-ziekenhuis had afgeleverd, en daar was hij helemaal niet blij mee. 'Als ik ooit nog zoiets onder ogen krijg,' zo vertelde hij ons, 'ga ik met pensioen en teckels fokken.' Hij schudde zijn hoofd. 'Je weet hoe het er op de eerste hulp van het Jackson aan toegaat. Het is een van de drukste. De gekste gevallen komen hier binnen, dit is nou eenmaal de meest doorgedraaide stad ter wereld. Maar dit...' Spielman sloeg tweemaal met zijn knokkels op de tafel in de lichtgroene personeelskamer waar we met hem zaten te praten. 'Iets heel anders,' zei hij.

'Wat is de prognose?' vroeg Deborah aan hem, en hij keek haar scherp aan.

'Maakt u een grapje?' zei hij. 'Er is geen prognose, en die komt er ook niet. Van het lichaam is er net genoeg over om het leven te handhaven, als je dat zo wilt noemen. En geestelijk?' Hij hief zijn handen met de palmen omhoog op en liet ze op tafel vallen. 'Ik ben geen zielenknijper, maar daar is niets meer van over, en er is geen sprake van dat hij ooit nog een enkel helder moment krijgt. De enige hoop die hem rest is dat we hem zo verdoven zodat hij niet meer weet wie hij is, totdat hij sterft. Laten we allemaal voor hem hopen dat dat snel zal zijn.' Hij keek op zijn horloge, een heel mooie Rolex. 'Gaat dit lang duren? Ik heb dienst, weet u?'

'Zijn er in het bloed sporen van medicijnen aangetroffen?' vroeg Deborah.

Spielman snoof. 'Sporen? Jezus, dat bloed van die vent is een cocktailsaus. Zo'n mix heb ik nog nooit gezien. Er helemaal op gericht om hem wakker te houden en de fysieke pijn van de amputaties tegen te gaan, zodat hij niet dood zou gaan aan de shock van de meervoudige amputaties.'

'Is u iets aan de sneden opgevallen?' vroeg ik.

'De man wist wat hij deed,' zei Spielman. 'Ze waren allemaal uitgevoerd met uitstekende chirurgische technieken. Maar dat kun je op elke medische opleiding ter wereld leren.' Hij blies een adem uit en er trok even een verontschuldigende glimlach over zijn gezicht. 'Sommige wonden waren zelfs al geheeld.'

'Over hoeveel tijd hebben we het dan?' vroeg Deborah aan hem.

Spielman haalde zijn schouders op. 'Vier tot zes weken, van begin tot eind,' zei hij. Hij heeft er minstens een maand over gedaan om die vent chirurgisch te ontleden, stukje bij beetje. Ik kan me niets gruwelijkers voorstellen.'

'Hij deed het voor een spiegel,' zei ik, altijd even behulpzaam. 'Het slachtoffer moest toekijken.'

Er stond ontzetting op Spielmans gezicht te lezen. 'Mijn god,' zei hij. Hij zat daar een poosje alleen maar en zei toen: 'O, mijn god.' Toen schudde hij zijn hoofd en keek weer op zijn Rolex. 'Moet u horen, ik wil u graag van dienst zijn, maar dit is...' Hij spreidde zijn handen en liet ze weer op tafel vallen. 'Ik denk niet dat ik u nog iets zinnigs over deze zaak kan zeggen. Dus ik zal u de tijd besparen. Die meneer, eh... Chesney?'

'Chutsky,' zei Deborah.

'Die ja. Die is hier geweest en suggereerde dat we hem konden identificeren aan de hand van een irisscan en een database ergens in Virginia.' Hij trok een wenkbrauw op en tuitte zijn lippen. 'Hoe dan ook, ik heb gisteren een fax gekregen met de bevestiging van zijn identiteit. Wacht, ik haal hem wel even.' Hij stond op en verdween naar de gang. Hij kwam terug met een vel papier. 'Dit is 'm. Hij heet Manuel Borges. Een Salvadoraan, zat in de importhandel.' Hij legde het papier voor Deborah op tafel. 'Veel is het niet, maar geloof me, meer heb ik niet. Hij is ook dusdanig eh...' Hij haalde zijn schouders op. 'Ik dacht niet dat we zover zouden komen.'

Uit een speakertje klonk onduidelijk iets wat uit een televisiequiz had kunnen komen. Spielman knikte, fronste zijn voorhoofd en zei: 'Ik moet ervandoor. Hopelijk krijgen jullie hem te pakken.' Hij beende zo snel door de deur dat de fax op de tafel opwaaide.

Ik keek Deborah aan. Ze leek niet bepaald bemoedigd nu we de naam van het slachtoffer achterhaald hadden. 'Tja,' zei ik. 'Veel is het niet.'

Ze schudde haar hoofd. 'Met niet veel zouden we tenminste nog iets opschieten. Maar dit is niks.' Ze keek naar de fax en las hem één keer door. 'El Salvador. Gelieerd aan iets wat FLANGE heet.'

'Dat was onze kant,' zei ik. Ze keek naar me op. 'Die werden door de vs gesteund. Ik heb het opgezocht op het internet.'

'Top, nu hebben we dus iets ontdekt wat we al wisten.' Ze ging staan en liep naar de deur, niet zo rap als dokter Spielman maar wel zo snel dat ik me moest haasten, en ik had haar pas bij de deur naar de parkeergarage weer ingehaald.

Deborah reed snel en in stilte, ze hield haar kaken stijf op elkaar, helemaal tot aan het kleine huis in de N.W. 4th Street waar het allemaal begonnen was. Het politietape was vanzelfsprekend weggehaald, en Deborah parkeerde de wagen lukraak ergens, heel smerisachtig, en sprong eruit. Ik volgde haar over het korte pad naar het huis naast het huisje waarin we de menselijke deurvanger hadden gevonden. Deborah drukte, nog altijd zonder iets te zeggen, op de bel en even later zwaaide de deur open. Een man van middelbare leeftijd met een bril met een gouden montuur op en in een lichtbruin guayabera-hemd keek ons vragend aan.

'Wij moeten Ariel Medina spreken,' zei Deborah terwijl ze haar badge omhooghield.

'Mijn moeder rust op het moment,' zei hij.

'Het is dringend,' zei Deborah.

De man keek van haar naar mij. 'Momentje,' zei hij. Hij sloot de deur. Deborah staarde recht naar de deur, ik zag haar kaakspieren een paar minuten bewegen, toen de deur weer openging en de man ons binnenliet. 'Kom binnen,' zei hij.

We gingen achter hem aan naar een kleine, donkere kamer volgepropt met tientallen bijzettafeltjes vol religieuze snuisterijen en ingelijste foto's. Ariel, de oude dame die Het Ding in het huis ernaast had ontdekt en had gehuild op Debs schouder, zat op een grote, overdadig beklede bank met pomponnetjes over de armleuningen en kleedjes over de rug. Toen ze Deborah zag, zei ze: 'Aaah,' en ze stond op om haar te omhelzen. Deborah, die wel een *abrazo* van een oudere Cubaanse dame had kunnen verwachten, bleef even stokstijf staan voordat ze de omhelzing onhandig beantwoordde met een paar klopjes op de rug van de vrouw. Zodra het fatsoen het toeliet, deed ze een stap achteruit. Ariel ging weer op de bank zitten en beduidde Deborah naast haar te komen zitten. Dat deed ze.

De oude dame begon meteen in heel rap Spaans te ratelen. Ik spreek wat Spaans, en zelfs Cubaans kan ik een beetje volgen, maar van Ariels furieuze woordenvloed kon ik nog geen tien procent verstaan. Deborah keek me hulpeloos aan; om de een of andere exotische reden had ze op school Frans gestudeerd, en wat haar betreft had de spraakwaterval naast haar evengoed een Oud-Etruskische donderpreek kunnen zijn.

'*Por favor*, señora,' zei ik. '*Mi hermana no habla español.*'

'Ah?' Ariel keek iets minder enthousiast naar Deborah en schudde haar hoofd. 'Lázaro!' Haar zoon kwam weer tevoorschijn, en terwijl zij haar monoloog bijna zonder onderbreking vervolgde, vertaalde hij wat ze zei. 'Ik ben hier in 1962 uit Santiago de Cuba naartoe gekomen,' zei hij namens zijn moeder. 'Onder Batista heb ik verschrikkelijke dingen gezien. Mensen verdwenen. Toen kwam Castro en even kreeg ik hoop.' Ze schudde haar hoofd en spreidde haar handen. 'Geloof het of niet, maar dat dachten we toen. Alles zou anders worden. Maar het duurde niet lang of het was weer het oude liedje. En erger. Dus ben ik hiernaartoe gegaan, naar de Verenigde Staten. Hier verdwijnen geen mensen. Hier worden geen mensen in de straat doodgeschoten of gemarteld. Dat dacht ik althans. En moet je nou kijken.' Ze gebaarde met haar arm naar het huis ernaast.

'Ik moet u een paar vragen stellen,' zei Deborah, en Lazaro vertaalde.

Ariel knikte eenvoudigweg en ging gewoon door met haar meeslepende verhaal. 'Zelfs onder Castro zouden ze er niet over piekeren zoiets te doen,' zei ze. 'Ja, ze vermoorden mensen. Of ze verbannen je naar de Isles of Pines. Maar zoiets? Niet in Cuba. Alleen in Amerika,' zei ze.

'Hebt u de buurman ooit gezien?' onderbrak Deborah haar. 'De man die dat gedaan heeft?' Ariel nam Deborah even op. 'Dat moet ik weten,' zei Deb. 'Als we hem niet vinden, kan hij nog een keer toeslaan.'

'Waarom vraag jíj me dat?' vroeg Ariel via haar zoon. 'Dit is geen werk voor een meisje. Een knappe jonge vrouw als jij hoort een man te hebben, een gezin.'

'*El victimo proximo es el novio de mi hermana*,' zei ik. Het volgende slachtoffer is de aanstaande van mijn zus. Deborah keek me kwaad aan, maar Ariel zei: 'Aaah,' klakte met haar tong en knikte. 'Nou, ik weet niet wat ik je kan vertellen. Ik heb die man misschien twee keer gezien.' Ze haalde haar schouders op en Deborah boog zich ongeduldig naar haar toe. 'Alleen 's nachts, nooit van dichtbij. Hij was klein van stuk, heel klein. En ook mager. Grote bril. Meer weet ik niet. Ging nooit de deur uit, was heel rustig. Soms hoorde je muziek uit het huis komen.' Ze glimlachte even en zei: 'Tito Puente,' wat Lazaro overbodig vertaalde met: 'Tito Puente.'

'Aha,' zei ik en ze keken allemaal naar mij. 'Daarmee verdoezelde hij het lawaai,' zei ik, een beetje verlegen van alle aandacht.

'Had hij een auto?' vroeg Deborah, en Ariel fronste haar wenkbrauwen.

'Een bestelbusje,' zei ze. 'Hij reed in een oude, witte bestelbus zonder ramen. Het was heel schoon, maar zat vol deuken en roestplekken. Ik heb het een paar keer gezien, dat busje, maar het stond meestal in zijn garage.'

'U hebt de kentekenplaat zeker niet gezien?' vroeg ik, en ze keek naar mij.

'Zeker wel,' en ze stak een hand op. 'Niet vanwege het nummer, natuurlijk, dat gebeurt alleen in ouderwetse films. Maar ik weet toevallig dat het een nummerplaat uit Florida was, zo'n gele met een plaatje van een kind erop,' zei ze. Ze zweeg even en keek me boos aan omdat ik giechelde. Dat is helemaal niet verheffend, en het is absoluut geen gewoonte van me, maar ik giechelde echt en ik kon er niets aan doen.

Deborah wierp me ook een boze blik toe. 'Wat is er verdomme zo grappig?' wilde ze weten.

'Die nummerplaat,' zei ik. 'Sorry, Debs, maar weet je dan niet hoe het zit met die gele nummerplaten uit Florida? En dat voor iemand die zulke dingen doet als hij...' Ik deed mijn uiterste best om niet weer in lachen uit te barsten.

'Oké, verdomme, wat is er dan zo grappig aan de gele kentekenplaat?'

'Het is een speciale plaat, Deb,' zei ik. 'Er staat op: KIES VOOR HET LEVEN.'

En toen ik me voorstelde hoe dr. Danco daarin zijn stuiptrekkende slachtoffers vervoerde, ze volgooide met chemicaliën en ze zo nauwkeurig met zijn mes bewerkte dat ze tot het bittere einde in leven bleven, moest ik helaas weer een beetje grinniken. 'Kies voor het leven,' zei ik.

Wat wilde ik die knakker graag ontmoeten.

We liepen zonder iets te zeggen naar de auto terug. Deborah stapte in en gaf het signalement van de bestelbus door aan hoofdinspecteur Matthews en hij was het ermee eens dat een opsporingsbevel wel op zijn plaats was. Terwijl zij met de hoofdinspecteur in gesprek was, keek ik om me heen. Keurig verzorgde tuinen, die voornamelijk uit gekleurde stenen bestonden. Een paar kinderfietsjes stonden aan het tuinhek op slot, en de Orange Bowl doemde tegen de achtergrond op. Een heerlijk buurtje om in te wonen, werken, je gezin groot te brengen of... iemands armen en benen af te snijden.

'Stap in,' zei Deborah, mijn rustieke overpeinzingen verstorend. Ik gehoorzaamde en we reden weg. Op een bepaald moment stonden we voor een rood stoplicht en Deborah keek me aan en zei: 'Je kiest wel een raar moment uit om te lachen.'

'Echt, Deb,' zei ik, 'dit is het eerste stukje informatie over de persoonlijkheid van die man. Hij heeft gevoel voor humor. Dat is een hele stap voorwaarts.'

'Zeker. Misschien moeten we hem bij de komedie gaan zoeken.'

'We krijgen hem wel, Deb,' zei ik, ook al geloofden we dat allebei niet. Ze gromde alleen maar. Het licht sprong op groen en ze drukte het gaspedaal in alsof ze een giftige slang doodtrapte.

We volgden het verkeer tot haar huis. De ochtendspits liep ten einde. Op de hoek van de Flagler en de 34th Street was een auto op het trottoir terechtgekomen en tegen een lantaarnpaal voor een kerk beland. Een smeris stond naast de auto, tussen twee tegen elkaar schreeuwende mannen in. Op de stoeprand zat een meisje te huilen. Ah, het betoverende ritme van alweer een magische dag in het paradijs.

Even later reden we Medina in en parkeerde Deborah haar auto naast de mijne op de oprit. Ze zette de motor af, en even zaten we daar met zijn tweeën alleen naar het getik van de afkoelende motor te luisteren. 'Shit,' zei ze.

'Helemaal mee eens.'

'Wat doen we nu?'

'Slapen,' zei ik. 'Ik ben te moe om na te denken.'

Ze sloeg met haar beide handen op het stuur. 'Hoe kan ik nou slapen, Dexter? Terwijl ik weet dat Kyle ergens...' Ze sloeg weer machteloos op het stuur. 'Shit.'

'Die bestelbus komt wel boven water, Deb. Dat weet je best. Alle witte bestelbusjes met een nummerbord met KIES VOOR HET LEVEN erop rollen zo uit de database, en met zo'n alarmmelding is het een kwestie van tijd tot het gevonden is.'

'Kyle heeft geen tijd,' zei ze.

'Maar menselijke wezens moeten slapen, Debs,' zei ik. 'En ik ook.'

Een koerier kwam piepend de bocht om en bleef pal voor Deborahs huis abrupt staan. De chauffeur sprong eruit met een pakje en liep naar haar voordeur. Ze zei voor de laatste keer 'Shit' en stapte uit om het pakje in ontvangst te nemen.

Ik deed mijn ogen dicht en bleef nog even in de auto zitten broeden, wat ik altijd doe in plaats van denken als ik heel moe ben. Het leek werkelijk verspilde moeite, er kwam niets in me op, behalve de vraag waar ik mijn hardloopschoenen had gelaten. Mijn nieuwe gevoel voor humor stond blijkbaar nog in z'n vrij, want ik vond het best grappig, en tot mijn grote verbazing hoorde ik een verre echo van de Zwarte Ruiter. Waarom is dat zo grappig? vroeg ik. Omdat ik de schoenen bij Rita heb laten liggen? Daar kreeg ik natuurlijk geen antwoord op. De arme drommel had zeker nog altijd de bokkenpruik op. Maar toch had hij gegrinnikt. Ik vroeg. Is iets anders dan soms grappig? Maar opnieuw geen antwoord; alleen een vaag gevoel van verwachting en honger.

De koerier rammelde en reed brullend weg. Net toen ik op het punt stond te gaan geeuwen, me uit te rekken en te constateren dat mijn geestkracht echt tot een minimum was afgenomen, hoorde ik een soort kokhalzend gekerm. Ik deed mijn ogen open en zag dat Deborah een stap naar voren wankelde en toen op de stoep van haar voordeur ging zitten. Ik stapte uit de auto en haastte me naar haar toe.

'Deb?' zei ik, 'Wat is er?'

Ze liet het pakje uit haar handen vallen en verborg haar gezicht in haar handen, terwijl ze gekste geluiden maakte. Ik hurkte naast haar neer en raapte het pakje op. Het was een doosje, ongeveer zo groot dat je er een horloge in zou kunnen doen. Ik pulkte het open. Er zat een afsluitbaar zakje in. In het zakje zat een mensenvinger.

Een vinger met een grote, fonkelende, rozige ring.

16

Deze keer was er heel wat meer voor nodig om haar tot bedaren te brengen dan een schouderklopje en 'kom, kom'. Sterker nog, ik moest zien dat ze een groot glas pepermuntlikeur naar binnen werkte. Ik wist dat ze een of ander chemisch middel nodig had om haar te helpen ontspannen en zelfs te slapen, maar in haar medicijnkastje vond ik niets sterkers dan pijnstillers en drinken deed ze niet. Ten slotte vond ik in haar keukenkastje de fles likeur, en nadat ik had gecheckt of ik haar geen gootsteenontstopper zou toedienen, zorgde ik dat ze een glas achteroversloeg. Wat de smaak betreft had het trouwens evengoed gootsteenontstopper kunnen zijn. Ze huiverde en kokhalsde, maar dronk het leeg, al was het maar omdat ze te moe en te verdoofd was om tegen te sputteren.

Terwijl ze in haar stoel zonk, gooide ik wat van haar kleren in een boodschappentas en die zette ik bij de voordeur. Ze keek van de tas naar mij. 'Wat doe je?' vroeg ze. Het kwam er brabbelend uit, en ze klonk alsof ze niet in het antwoord geïnteresseerd was.

'Je komt een paar dagen bij mij logeren, zus,' zei ik.

'Dat wil ik niet,' zei ze.

'Maakt niet uit,' zei ik, 'Je moet.'

Ze keek weer naar de tas met kleren bij de voordeur. 'Waarom?'

Ik liep naar haar toe en hurkte naast haar neer. 'Deborah. Hij weet wie je bent en waar je woont. Laten we het nou net iets ingewikkelder voor hem maken, oké?'

Ze huiverde weer, maar zei niets meer toen ik haar overeind hielp en met haar de deur uit liep. Een halfuur en nog een groot glas pepermuntlikeur later lag ze zachtjes in mijn bed te snurken. Ik liet een briefje voor haar achter met het verzoek me te bellen als ze wakker was, nam haar verrassingspakketje mee en ging naar mijn werk.

Ik verwachtte niet veel belangrijke aanwijzingen te krijgen als ik de vinger aan een laboratoriumonderzoek onderwierp, maar aangezien forensisch onderzoek mijn broodwinning is, vond ik het toch nodig om hem professioneel te onderzoeken. En omdat ik plichtsgetrouw ben, stopte ik onderweg ook nog even om donuts te halen. Toen ik bij mijn kantoortje op de tweede verdieping kwam, kwam Vince Masuoka me al tegemoet. Ik boog nederig en stak de zak omhoog. 'Gegroet, o sensei,' zei ik, 'ik breng u geschenken.'

'Gegroet, grapjas,' zei hij. 'Wel eens van tijd gehoord? Je zou zijn mysteriën eens moeten onderzoeken.' Hij stak zijn pols in de lucht en wees naar zijn horloge. 'Ik ben op weg naar de lunch en nu kom jij met mijn ontbijt aanzetten?'

'Beter laat dan nooit,' zei ik, maar hij schudde zijn hoofd.

'Ach, zei hij. 'Mijn mond heeft al geschakeld. Ik ga wat *ropa vieja* en *platanos* halen.'

'Als je mijn gulle gaven versmaadt,' zei ik, 'dan geef ik je de vinger.' Hij trok een wenkbrauw op en ik overhandigde hem Debs pakje. 'Heb je een halfuurtje voor me voordat je gaat lunchen?'

Hij keek naar het doosje. 'Ik geloof niet dat ik dat op een nuchtere maag wil openmaken, wel?' zei hij.

'Oké, donut?'

Het duurde langer dan een halfuur, maar tegen de tijd dat Vince vertrok om te lunchen, hadden we vastgesteld dat we van Kyles vinger niets wijzer zouden worden. De incisie was extreem schoon en professioneel, en met een heel scherp instrument uitgevoerd dat geen enkel spoor in de wond had achtergelaten. Onder de nagel hadden we niets aangetroffen behalve een vuiltje dat overal vandaan kon komen. Ik deed de ring af, maar we vonden geen draadjes, haartjes of stukjes textiel, en op de een of andere manier was Kyle er niet in geslaagd om een telefoonnummer of een adres in de ring te graveren. Kyles bloedgroep was AB positief.

Ik deed de vinger in de koelkast en stak de ring in mijn broekzak. Dat was bepaald geen standaardprocedure, maar ik wist bijna zeker dat Deborah hem wilde hebben als we Kyle zouden kunnen terugvinden. Het zag er nu naar uit dat we hem per koerier zouden terugkrijgen, elke keer een stukje. Ik ben uiteraard niet sentimenteel, maar dat leek me bepaald niet iets waar haar hart warm van werd.

Maar nu was ik wel heel moe, en aangezien Debs nog niet gebeld had, besloot ik dat het mijn goed recht was om naar huis te gaan en een uiltje te knappen. De middagregen begon te vallen toen ik in mijn auto stapte. Ik reed door relatief rustig verkeer LeJeune helemaal af en toen ik thuiskwam, was ik maar één keer uitgescholden, een nieuw record. Ik haastte me door de regen naar binnen en constateerde dat Deborah er niet was. Op een geeltje had ze gekrabbeld dat ze later wel zou bellen. Ik was opgelucht, want ik had er al tegenop gezien op mijn tweezitsbankje te moeten slapen. Ik kroop in mijn eigen bed en sliep zonder onderbreking tot iets over zessen 's avonds.

Natuurlijk had zelfs de machtige machine die mijn lichaam is enig onderhoud nodig, en toen ik rechtop in bed ging zitten had ik grote behoefte aan olie verversen. Die lange nacht zonder veel slaap, het gemiste ontbijt, de spanning en onzekerheid te moeten bedenken wat ik anders tegen Deborah kon zeggen dan 'kom, kom', dat alles had zijn tol geëist. Ik voelde me alsof iemand mijn kamer was binnengedrongen en mijn hoofd had gevuld met zand van het strand, zelfs inclusief de kroonkurken en sigarettenpeuken.

Voor deze incidentele toestand bestaat maar één oplossing, en dat is bewegen. Maar net toen ik bedacht dat een paar kilometer hardlopen precies was wat ik nodig had, realiseerde ik me dat ik mijn loopschoenen kwijt was. Ze stonden niet op hun gewone plaats bij de voordeur en ze lagen ook niet in mijn auto. We waren wel in Miami, dus het kon heel goed zijn dat er ingebroken was en dat ze gestolen waren, het waren tenslotte echte New Balances. Maar het was nog het waarschijnlijkst dat ik ze gewoon bij Rita had laten staan. Als ik iets besluit, dan doe ik het ook. Ik kuierde naar mijn auto en reed naar Rita.

Het regende al lang niet meer – dit duurt zelden langer dan een uur – en de straten waren alweer vol met de gebruikelijke opgewekte moordlustige menigte. Mensen zoals ik. De kastanjebruine Taurus dook op Sunset achter me op en bleef de hele weg bij me. Prettig te zien dat Doakes weer aan het werk was, ik had me al een beetje in de steek gelaten gevoeld. Toen ik aanklopte, parkeerde hij als vanouds aan de overkant van de weg. Hij had net zijn motor afgezet toen Rita opendeed. 'Nou,' zei ze. 'Wat een verrassing!' Ze hief haar gezicht op voor een kus.

Ik gaf haar die, zelfs met een beetje extra zwier om Doakes te vermaken. 'Dit is niet eenvoudig om te zeggen, maar ik kom mijn hardloopschoenen halen.'

Rita glimlachte. 'Ik heb de mijne net aangetrokken. Zin om samen te gaan zweten?' Ze hield de deur voor me open.

'Dat is de beste uitnodiging die ik vandaag heb gekregen,' zei ik.

Ik vond mijn schoenen in de garage naast de wasmachine, samen met een korte broek en een mouwloos sweatshirt, frisgewassen en wel. Ik ging naar de badkamer en kleedde me om, en liet mijn werkgoed netjes opgevouwen op de wc-bril achter. Binnen een paar minuten rende ik naast Rita over straat. Ik zwaaide toen we langs brigadier Doakes kwamen. We liepen de straat uit, sloegen tweemaal rechts af en renden toen langs het nabijgelegen park. Deze route hadden we vaker genomen, we hadden zelfs uitgerekend dat hij net iets minder dan vijf kilometer was en we waren gewend aan elkaars tempo. En zo stonden we een halfuur later weer voor de voordeur van Rita's huis, bezweet en klaar voor de uitdagingen van een volgende avond in het leven op de Planeet Aarde.

'Als je het niet erg vindt spring ik eerst onder de douche,' zei ze. 'Dan kan ik alvast aan het eten beginnen terwijl jij je opfrist.'

'Natuurlijk,' zei ik. 'Ik blijf hier wel zitten stinken.'

Rita glimlachte. 'Ik haal een biertje voor je,' zei ze. Daar kwam ze even later mee terug, ging weer naar binnen en deed de deur dicht. Ik ging op een traptree zitten en nipte van mijn bier. De afgelopen dagen waren als in een roes voorbijgegaan; mijn hele leven was zó op zijn kop komen te staan dat ik feitelijk van dit moment van vredige overpeinzing genoot, terwijl ik daar rustig mijn biertje zat te drinken en ergens anders in de stad Chutsky reserveonderdelen verloor. Om mij heen bruiste het leven, met zijn slachtpartijen, wurgmoorden en amputaties, maar in Dexters Domein was het Miller-Tijd. Ik maakte een proostend gebaar in de richting van brigadier Doakes.

Ergens in het huis hoorde ik tumult. Er werd geschreeuwd, een beetje gekrijst zelfs, alsof Rita de Beatles in de badkamer had ontdekt. De voordeur schoot open en Rita vloog me in een wurggreep om de hals. Ik liet mijn bier vallen en hapte naar adem. 'Wat? Wat heb ik gedaan?' vroeg ik. Ik zag Cody en Astor in de deuropening staan. 'Het spijt me verschrikkelijk en ik zal het nooit meer doen,' voegde ik eraan toe, maar Rita bleef knijpen.

'O, Dexter,' zei ze, en nu huilde ze. Astor lachte naar me en vouwde haar handjes onder haar kin samen. Cody staarde me alleen maar aan en knikte een beetje. 'O, Dexter,' zei Rita nogmaals.

'Alsjeblieft,' zei ik, wanhopig om een beetje lucht happend. 'Echt, het was een ongelukje en ik heb het niet zo bedoeld. Wat heb ik gedaan?' Rita liet eindelijk haar wurggreep vieren.

'O, Dexter,' zei ze nog een keer, en ze streek met haar handen over mijn gezicht en keek me aan met een oogverblindende glimlach en haar ogen vol tranen. 'O, jíj!' zei ze, ook al leek ik eerlijk gezegd op dit moment heel weinig op mezelf. 'Sorry, Dexter, het was een ongelukje,' zei ze met een nasaal stemgeluid. 'Ik hoop niet dat je iets speciaals gepland had.'

'Rita, alsjeblieft, wat is er aan de hand?'

Haar glimlach werd breder en breder. 'O, Dexter. Ik heb alleen, ik bedoel, Astor moest naar de wc, en toen ze je kleren oppakte viel-ie zomaar op de vloer en, o, Dexter, wat is-ie mooi!' Ze had nu zo vaak 'O, Dexter' gezegd dat ik me Iers begon te voelen, maar ik had nog steeds geen idee wat er aan de hand was.

Totdat Rita haar hand uitstak. Haar linker. Met een grote, diamanten ring aan haar vinger.

Chutsky's ring.

'O, Dexter!' zei ze nogmaals, en ze begroef haar gezicht in mijn schouder. 'Ja, ja, ja! O, je hebt me zo gelukkig gemaakt!'

'Zo kan-ie wel weer,' fluisterde Cody.

Wat valt er daarna dan nog te zeggen behalve felicitaties?

De rest van de avond verstreek in een waas van ongeloof en Miller Lite. Ik wist heel goed dat er ergens in de ruimte een rustige, kalme hoeveelheid woorden of zinnen moest bestaan die, achter elkaar uitgesproken, Rita weer bij zinnen zouden brengen en haar zouden doen begrijpen dat ik haar die avond helemaal geen huwelijksaanzoek had willen doen, en dan zouden we er hard om lachen, elkaar goedenacht wensen en dat was dat. Maar hoe harder ik naar die ongrijpbare toverformule zocht, hoe sneller die voor me wegrende. En ik merkte dat ik redeneerde dat nog een biertje de deuren der verbeelding wel voor me zou openen, en na nog een paar biertjes ging Rita naar de winkel op de hoek en kwam terug met een fles champagne. We maakten de champagnefles soldaat en iedereen leek zo verschrikkelijk gelukkig, en van het een kwam het ander en op een of andere manier belandde ik weer bij Rita in bed, en was daar getuige van een paar buitengewoon onwaarschijnlijke en weinig achtenswaardige gebeurtenissen.

En toen ik verbluft en vol ongeloof in slaap dommelde vroeg ik me opnieuw af: waarom overkomen die verschrikkelijke dingen míj altijd?

Het is nooit aangenaam om na zo'n nacht wakker te worden. Maar midden in de nacht wakker schrikken en te denken mijn god, Deborah, is nog erger. Je denkt misschien dat ik me schuldig of ongemakkelijk voelde omdat ik iemand verwaarloosde die me nodig had, maar in dat geval heb je het helemaal mis. Zoals ik al zei, heb ik geen noemenswaardige emoties. Maar ik weet wel degelijk wat angst is, en alleen al de gedachte aan Deborahs mogelijke woede deed de deur dicht. Ik schoot mijn kleren aan en slaagde erin om zonder iemand wakker te maken bij mijn auto te komen. Brigadier Doakes had zijn post verlaten. Prettig te weten dat zelfs Doakes soms moest slapen. Of misschien had hij wel gedacht dat een pas verloofd stel een beetje privacy verdiende... Hem kennende leek me dat echter niet waarschijnlijk; hij zou nog eerder tot paus gekozen worden en naar het Vaticaan hebben moeten vluchten.

Ik reed snel naar huis en luisterde mijn antwoordapparaat af. Er was een automatisch bericht dat het tijd was voor nieuwe autobanden voor het te laat was, wat onheilspellend genoeg leek, maar geen bericht van Debs. Ik zette koffie en wachtte tot de ochtendkrant op de mat zou ploffen. Er hing iets onwerkelijks in de lucht, wat niet alleen maar werd veroorzaakt door de nawerking van de champagne. Ik was verloofd, hè? Tjonge jonge. Ik wilde dat ik mezelf kon uitfoeteren en een verklaring zou eisen over wat ik wel niet dacht dat ik aan het doen was. Maar de waarheid was helaas dat ik helemaal niets verkeerd had gedaan; ik was van top tot teen bedekt met de mantel der deugd en toewijding. En ik had niets gedaan wat je 'oerstom' zou kunnen noemen, verre van dat. Ik zette slechts een nobel en zelfs voorbeeldig leven voort, bemoeide me met mijn eigen zaken, deed mijn best om mijn zusje te helpen haar vriendje terug te vinden, bewoog, at meer dan genoeg rauwkost en hakte zelfs geen monsters in mootjes. En toch had dit pure en fatsoenlijke leven zich tegen mij gekeerd en me het lid op de neus gegeven. Een goede daad blijft nooit ongestraft, zei Harry altijd.

En wat kon ik er nu nog aan doen? Rita zou vast wel weer bijdraaien. Ik bedoel, maak 't nou, ík? Wie wil er nou met míj trouwen? Er moesten betere mogelijkheden zijn, non worden of zich bij het Vredeskorps aanmelden. We hadden het hier wel over Dexter. Kon ze in zo'n grote stad als Miami nou niet iemand vinden die ten minste menselijk was? Waarom had ze trouwens zo'n haast om te hertrouwen? De eerste keer was het ook bepaald geen pretje geweest, maar ze zag er blijkbaar geen been in om zich er opnieuw in te storten. Wilden vrouwen dan echt zo wanhopig graag trouwen?

Natuurlijk, ze moest aan de kinderen denken. Volgens traditionele opvattingen hadden ze een vader nodig, en daar was iets voor te zeggen, want waar zou ik zonder Harry zijn geweest? En Cody en Astor hadden zo blij gekeken. Zelfs als ik Rita kon laten inzien dat het om een komisch misverstand ging, zouden de kinderen dat dan ooit begrijpen?

Ik zat aan mijn tweede kop koffie toen de krant kwam. Ik bladerde erdoorheen en was in zekere zin opgelucht dat er bijna overal nog nare dingen gebeurden. De rest van de wereld was tenminste niet gek geworden.

Tegen een uur of zeven was het veilig om Deborah op haar mobiel te bellen. Geen antwoord. Ik liet een boodschap achter en een kwartier later belde ze terug. 'Goedemorgen, zusje,' zei ik, verbaasd dat ik zo opgewekt wist te klinken. 'Heb je een beetje kunnen slapen?'

'Een beetje,' mompelde ze. 'Ik werd gisteren rond een uur of vier wakker. Ik heb het pakketje kunnen traceren tot een brievenbus in Hialeah. De halve nacht heb ik in de buurt rondgereden op zoek naar de witte bestelbus.'

'Als hij het helemaal vanuit Hialeah heeft verstuurd, dan is hij er waarschijnlijk vanuit Key West heen gereden,' zei ik.

'Dat weet ik ook wel, verdomme,' snauwde ze. 'Maar wat moet ik anders doen?'

'Dat weet ik niet,' moest ik toegeven. 'Maar komt die vent uit Washington vandaag niet hierheen?'

'Over hem weten we niks,' zei ze. 'Het feit dat Kyle goed is, wil nog niet zeggen dat die vent dat ook is.'

Ze wist kennelijk niet meer dat Kyle zich niet bepaald van zijn beste kant had laten zien, in elk geval niet in het openbaar. Sterker nog, hij had helemaal niets gedaan, behalve zelf gepakt worden en zijn vinger er af laten hakken. Maar het leek me niet tactisch commentaar te hebben op hoe goed hij was, dus ik zei alleen maar: 'Nou, dan moeten we er maar van uitgaan dat hij hier iets over weet wat wij nog niet weten.'

Deborah snoof. 'Dat lijkt me niet al te moeilijk,' zei ze. 'Ik bel je wel als hij er is.' Ze hing op en ik bereidde me voor op de werkdag.

17

Om halfeen kwam Deb mijn bescheiden werkplek op het forensisch lab binnenlopen en gooide een cassettebandje op
mijn bureau. Ik keek naar haar op; erg blij zag ze er niet uit, maar
dat was geen nieuws. 'Van mijn antwoordapparaat thuis,' zei ze.
'Luister maar.'

Ik deed het klepje van mijn gettoblaster open en stopte het door
mijn zuster neergegooide bandje erin. Ik drukte op play. Het bandje piepte luid en een mij onbekende stem zei: 'Brigadier, eh, Morgan? Oké. Met Dan Burdett uit eh... Kyle Chutsky zei dat ik u
moest bellen. Ik ben in de aankomsthal van het vliegveld, en zodra
ik in mijn hotel ben, bel ik om een afspraak met u te maken, mijn
hotel is...' Er klonk geritsel en kennelijk haalde hij de mobiel van
zijn mond, want zijn stem klonk van verder weg. 'Wat zegt u? O
fijn, bedankt. Ja, hartstikke mooi.' Zijn stem klonk weer luider. 'Ik
tref hier net uw chauffeur. Bedankt dat u iemand hebt gestuurd.
Enfin, ik bel nog wel vanuit mijn hotel.'

Deborah reikte over mijn bureau en schakelde het apparaat uit.
'Ik heb verdomme helemaal niet iemand naar het vliegveld ge-
stuurd,' zei ze. 'En hoofdinspecteur Matthews zeer zeker ook niet.
Heb jij iemand naar dat klote vliegveld gestuurd, Dexter?'

'Mijn limo zat zonder brandstof,' zei ik.

'Nou dan, verdomme!' zei ze, en ik moest het met haar analyse
eens zijn.

'Hoe dan ook,' zei ik. 'Nu weten we tenminste hoe goed Kyles
vervanger is.'

Deborah liet zich in de leunstoel naast mijn bureau vallen. 'Die
achterlijke klootzak,' zei ze. 'En Kyle is...' Ze beet op haar lip en
maakte haar zin niet af.

'Heb je hoofdinspecteur Matthews hier al over ingelicht?' vroeg ik aan haar. Ze schudde haar hoofd. 'Hij moet hen onmiddellijk bellen. Ze sturen wel iemand anders.'

'Mooi. Geweldig. Ze sturen iemand anders die wellicht deze keer het helemaal haalt tot aan de bagageband. Shit, Dexter.'

'Ze moeten het ze vertellen, Debs,' zei ik. 'Wie zijn zíj trouwens? Heeft Kyle je eigenlijk ooit precies verteld voor wie hij werkt?'

Ze zuchtte. 'Nee. Hij maakte wel eens grapjes dat hij bij de Other Government Agency werkte, maar hij heeft me nooit verteld waarom dat zo grappig was.'

'Nou, wie het ook zijn, ze moeten het weten,' zei ik. Ik trok de cassette uit de gettoblaster en legde hem voor haar op mijn bureau. 'Ze moeten toch iets kunnen doen.'

Deborah verroerde zich een ogenblik niet. 'Waarom krijg ik toch het gevoel dat ze dat al gedaan hebben, en dat dat Burdett was?' zei ze. Ze griste het bandje mee en sjokte mijn kantoortje uit.

Ik zat koffie te drinken en met een jumbo chocoladekoekje als lunch toen er een oproep kwam voor een plaats delict van een moord in de buurt van Miami Shores. Angel-zonder-iets en ik reden naar de plek waar het lichaam was gevonden, in het casco van een klein huis aan een kanaal dat op het punt stond gesloopt en herbouwd te worden. De bouwwerkzaamheden waren tijdelijk gestaakt wegens juridisch gesteggel tussen de eigenaar en de aannemer. Twee spijbelende tienerjongens waren het gebouwtje stiekem binnengeglipt en hadden het lijk gevonden. Het lag languit op een stuk stevig plastic op een plaat multiplex die op twee zaagbokken lag. Iemand had met een cirkelzaag netjes hoofd, benen en armen van de romp afgezaagd. Het geheel was zo achtergelaten: romp in het midden, ontdaan van de lichaamsdelen die er een paar centimeter naast lagen.

Hoewel de Zwarte Ruiter had gegrinnikt en duistere nietszeggendheden in mijn oor fluisterde, deed ik die af als pure jaloezie en ging aan het werk. Bloedspatten waren hier alom aanwezig, heel verse zelfs, waarmee ik aan de slag kon en waar ik waarschijnlijk een opgewekte en efficiënte werkdag aan zou hebben om ze te analyseren, als ik niet de smeris die als eerste ter plaatse was geweest met een rechercheur had horen praten.

'De portemonnee lag gewoon naast het lichaam,' zei agent Snyder. 'En er zat een rijbewijs uit Virginia in op naam van ene Daniel Chester Burdett.'

Daar heb je 't al, zei ik tegen de steeds opgewondener babbelende stem achter in mijn brein. Dat verklaart absoluut een hoop, denk je ook niet? Ik keek weer naar het lijk. Hoewel het hoofd en de ledematen gehaast en barbaars waren verwijderd, was het tafereel zo netjes achtergelaten dat het me nu vaag bekend voorkwam, en de Zwarte Ruiter stemde daar vrolijk grinnikend mee in. De ruimte tussen romp en ledematen was zo precies afgemeten dat het wel leek alsof er een schuifmaat aan te pas was gekomen en het hele ensemble wekte de indruk van een anatomieles. Het heupbeen was van het dijbeen gescheiden.

'Ik heb de jongens die het gevonden hebben in de dienstwagen gezet,' zei Snyder tegen de rechercheur. Ik keek even naar hen om en vroeg me af hoe ik hun het goede nieuws moest brengen. Ik kan er natuurlijk altijd naast zitten, maar toch...

'Sonama Beech,' hoorde ik iemand mompelen. Ik keek weer naar de plaats waar Angel-zonder-iets aan de andere kant van het lichaam neerhurkte. Opnieuw hield hij met zijn pincet een stukje papier omhoog. Ik ging achter hem staan en keek over zijn schouder.

In een duidelijk, spinachtig handschrift had iemand erop geschreven: POGUE, en het met een enkele streep doorgehaald. 'Watsa Pogue?' vroeg Angel. 'Heet hij zo?'

'Het is iemand die van achter een bureau de echte troepen rondcommandeert,' zei ik.

Hij keek me aan. 'Hoe kom je aan die onzin?'

'Ik kijk veel films,' zei ik.

Angel tuurde weer naar het papier. 'Volgens mij is het hetzelfde handschrift,' zei hij.

'Net als bij die andere,' zei ik.

'De moord die geen moord was,' zei hij. 'Ik kan het weten, ik was erbij.'

Ik ging rechtop staan en haalde diep adem, in het prettige besef dat ik gelijk had. 'Dit is ook geen moord,' zei ik, en ik ging naar de plek waar de smeris met de rechercheur stond te praten.

De rechercheur in kwestie was een peervormige man die Coulter heette. Hij sabbelde aan een grote plastic fles Mountain Dew en keek uit over het kanaal dat langs de achtertuin liep. 'Wat denk je dat zo'n optrekje tegenwoordig doet?' vroeg hij aan Snyder. 'Aan zo'n kanaal. Op ruim een kilometer van de baai? Zeg het maar. Een half miljoen? Meer?'

'Neem me niet kwalijk, inspecteur,' zei ik tegen hem. 'Volgens mij hebben we een probleem.' Dat had ik altijd al eens willen zeggen, maar Coulter leek niet onder de indruk.

'Hoezo, kijk je te veel CSI, of zo?'

'Burdett is een FBI-agent,' zei ik. 'U moet onmiddellijk hoofdinspecteur Matthews bellen en hem op de hoogte stellen.'

'Móét ik dat,' zei Coulter.

'Dit staat in verband met iets waar wij onze handen niet aan mochten branden,' zei ik. 'Ze hebben iemand uit Washington gestuurd en de hoofdinspecteur opgedragen zich er niet mee te bemoeien.'

Coulter nam een teug uit zijn fles. 'En heeft hij zich daaraan gehouden?'

'Als u dat maar weet, inspecteur.'

Coulter draaide zich om en keek naar Burdetts lichaam. 'Een Fed,' zei hij. Hij nam nog een slok en keek weer naar de afgezaagde lichaamsdelen. Toen schudde hij zijn hoofd. 'Die lui vallen onder druk altijd uit elkaar.' Hij keek weer uit het raam en haalde zijn mobiele telefoon tevoorschijn.

Deborah arriveerde op de plaats delict toen Angel-zonder-iets net zijn spullen in de wagen terugdeed, drie minuten eerder dan hoofdinspecteur Matthews. Ik wil de hoofdinspecteur niet bekritiseren. Eerlijk gezegd had Debs echt niet dat extra vleugje Aramis hoeven opspuiten, maar hij had dat wel gedaan, en het had ook aardig wat tijd gekost om zijn das opnieuw te strikken. Vlak na Matthews arriveerde er een wagen die ik zo langzamerhand beter kende dan mijn eigen auto: een kastanjebruine Fort Taurus, met brigadier Doakes aan het stuur. 'Hoera, hoera, de hele bende is er,' zei ik vrolijk. Agent Snyder keek me aan alsof ik had voorgesteld naakt rond te dansen, maar Coulter stak alleen maar zijn wijsvinger in de fles mineraalwater en liet die langs zijn zij bungelen toen hij op de hoofdinspecteur toe liep.

Deborah had van een afstandje naar de plaats delict gekeken en gaf Snyders partner de opdracht om het politielint iets naar achteren te verplaatsen. Tegen de tijd dat ze eindelijk naar me toe liep om met me te praten, was ik al tot een schokkende conclusie gekomen. Het was begonnen als een exercitie in ironische ingevingen, maar uitgegroeid tot iets waar ik met de beste wil van de wereld niets tegenin kon brengen. Ik liep naar Coulters dure raam en staarde naar buiten, leunde tegen de muur en dacht diep over mijn idee na. Op de een of andere manier vond de Zwarte Ruiter mijn idee hoogst amusant en hij begon angstaanjagende tegenstrijdigheden te murmelen. En ten slotte besefte ik, alsof ik atoomgeheimen aan de Taliban aan het verkopen was, dat het 't enige was wat we konden doen. 'Deborah,' zei ik toen ze naar de plaats waar ik had staan peinzen toe kwam, 'deze keer komt de cavalerie niet.'

'Dat meen je niet, Sherlock,' zei ze.

'Wij zijn als enigen over, en dat is niet genoeg.'

Ze streek een haarlok uit haar gezicht en slaakte een diepe zucht. 'Wat heb ik nou gezegd?'

'Maar je nam de volgende stap niet, zus. En omdat wij niet genoeg zijn, hebben we hulp nodig, van iemand die hier iets vanaf weet...'

'Christus, Dexter! We hebben die mensen als vóér aan die vent overgeleverd!'

'Wat betekent dat brigadier Doakes als enige kandidaat overblijft,' zei ik.

Het is misschien niet fraai om te vermelden dat haar mond openviel. Maar ze staarde me echt met open mond aan voordat ze zich omdraaide om naar Doakes te kijken, die naast Burdetts lichaam met hoofdinspecteur Matthews stond te praten.

'Brigadier Doakes,' herhaalde ik. 'Voorheen sergeánt Doakes. Van de commando's. Gedetacheerd naar El Salvador.'

Ze keek eerst naar mij en daarna weer naar Doakes.

'Deborah,' zei ik. 'Als we Kyle nog willen vinden, moeten we hier meer over te weten komen. We moeten de namen op Kyles lijstje weten en we moeten weten wat voor team dat is geweest, waarom dit allemaal gebeurt. En Doakes is de enige die ik kan bedenken die dat weet.'

'Doakes wil jou dood hebben,' zei ze.

'Geen enkele werksituatie is ideaal,' zei ik met mijn opgewektste, standvastigste glimlach. 'En ik denk dat hij net zo graag wil dat dit ophoudt als Kyle.'

'Misschien iets minder graag,' zei Deborah, scherp als altijd. 'En ook niet zo graag als ik.'

'Oké,' zei ik. 'Volgens mij is hij je enige kans.'

Op de een of andere manier leek Deborah nog steeds niet overtuigd. 'Hoofdinspecteur Matthews wil Doakes hier vast niet voor inzetten. We moeten het eerst met hem bespreken.'

Ik wees naar de plaats waar diezelfde hoofdinspecteur met Doakes stond te overleggen. 'Ziedaar,' zei ik.

Deborah beet nog een tijdje op haar lip en zei uiteindelijk: 'Shit. Het zou kunnen werken.'

'Anders weet ik het ook niet meer.'

Ze ademde weer diep in, en alsof iemand een knop had omgezet liep ze met opeengeklemde kaken op Matthews en Doakes af. Ik volgde in haar kielzog en probeerde met de kale muren te versmelten, zodat Doakes niet op me af zou springen en mijn hart zou uitrukken.

'Hoofdinspecteur,' zei Deborah. 'We moeten hier proactief mee omgaan.'

Hoewel het woord 'proactief' een van zijn lievelingswoorden was, keek Matthews haar aan alsof ze een kakkerlak in de sla was. 'Wat er nu moet gebeuren,' zei hij, 'is dat die... lúí... in Washington ons eindelijk een bekwaam iemand sturen om deze toestand in orde te brengen.'

Deborah wees naar Burdett. 'Ze hebben hém gestuurd,' zei ze.

Matthews keek even naar Burdett en tuitte bedachtzaam zijn lippen. 'Wat is jouw voorstel?'

'We hebben een paar aanwijzingen,' zei ze, en ze knikte naar mij. Ai, ik wou dat ze dat niet had gedaan, want Matthews draaide zijn hoofd in mijn richting en, erger nog, Doakes ook. Als zijn hongerige-hondenuitdrukking al iets zei, was het wel dat zijn gevoelens voor mij er niet milder op waren geworden.

'Wat is jouw betrokkenheid bij deze zaak?' vroeg Matthews aan mij.

'Hij verleent forensische assistentie,' verklaarde Deborah, en ik knikte bescheiden.

'Shit,' zei Doakes.

'We hebben niet veel tijd,' zei Deborah. 'We moeten die gast vinden voordat we... voordat er meer van dit soort lijken opduiken. We kunnen het niet voor eeuwig onder de pet houden.'

'Ik denk dat de term "media zaaien waanzin" hier wel van toepassing is,' opperde ik behulpzaam. Matthews keek me nors aan.

'Ik heb ongeveer het hele plaatje van wat Kyle... van wat Chutsky, bedoel ik, van plan was,' ging Deborah verder. 'Maar ik kom er niet verder mee omdat ik niet over achtergrondinformatie beschik.'

Ze prikte met haar kin in de richting van Doakes. 'En brigadier Doakes heeft die wel.'

Doakes keek verbaasd, wat overduidelijk een uitdrukking was die hij niet erg goed had geoefend. Maar nog voordat hij zijn mond open kon doen ging Deborah door. 'Volgens mij kunnen wij met z'n drieën die kerel veel eerder te pakken krijgen dan wanneer de volgende Fed hier is en is bijgepraat over wat hier tot nu toe is gebeurd.'

'Shit,' zei Doakes weer. 'Wil je dat ik met hém ga samenwerken?' Hij hoefde niet te wijzen om iedereen te laten weten dat hij mij bedoelde, maar dat deed hij toch, hij stak een gespierde, knokige wijsvinger naar mijn gezicht.

'Ja, inderdaad,' zei Deborah. Hoofdinspecteur Matthews beet op zijn lip en keek besluiteloos, en Doakes zei nogmaals 'shit'. Ik hoopte echt dat zijn sociale vaardigheden zouden verbeteren als we gingen samenwerken.

'Jij zegt dat je hier iets van af weet,' zei Matthews tegen Doakes, en met tegenzin verplaatste de brigadier zijn boze blik naar de hoofdinspecteur.

'Eh...' zei Doakes.

'Vanuit eh... vanuit het leger,' zei Matthews. Hij leek niet bepaald bang voor de gemelijke woede die uit Doakes' ogen sprak, maar misschien was dat de macht der gewoonte van iemand die de leiding heeft.

'Eh...' zei Doakes nogmaals.

Hoofdinspecteur Matthews fronste zijn wenkbrauwen, wilde zo goed mogelijk overkomen als een daadkrachtig man die een belangrijke beslissing neemt. De rest van ons wist het kippenvel onder controle te houden.

'Morgan,' zei hoofdinspecteur Matthews ten slotte. Hij keek naar Debs en wachtte even. Een bestelbus met ACTION NEWS op de zijkant stond langs de stoep voor het huis stil en er stapten mensen uit. 'Verdomme,' zei Matthews. Hij keek van het lichaam naar Doakes. 'Wil je het doen, brigadier?'

'Ze zullen het in Washington niet leuk vinden,' zei Doakes, 'net zomin als ik het hier leuk vind.'

'Wat ze in Washington leuk vinden interesseert mij steeds minder,' zei Matthews. 'Wij hebben onze eigen problemen. Kun je dit voor je rekening nemen?'

Doakes keek naar mij. Ik probeerde serieus en toegewijd te kijken, maar hij schudde alleen zijn hoofd. 'Ja,' zei hij. 'Ja, dat kan ik wel.'

Matthews sloeg hem op zijn schouder. 'Beste kerel,' zei hij, en hij haastte zich naar de nieuwsploeg.

Doakes keek me nog steeds aan. Ik keek terug. 'Denk er maar aan dat je me nu veel gemakkelijker in de gaten kunt houden,' zei ik.

'Als dit voorbij is,' zei hij. 'Gaat het alleen tussen jou en mij.'

'Maar niet eerder,' zei ik, en ten slotte knikte hij slechts een keer.

'Niet eerder,' zei hij.

18

Doakes nam ons mee naar een cafetaria op Calle Ocho, tegenover een autohandelaar. Hij bracht ons naar een tafeltje in een achterafhoekje en ging zitten met zijn gezicht naar de deur. 'Hier kunnen we praten,' zei hij, en hij deed zo zijn best om het te laten klinken als een spionagefilm dat ik wilde dat ik mijn zonnebril bij me had gehad. Maar Chutsky kon nog steeds elk moment bij de post zitten. Hopelijk zat zijn neus er nog aan.

Voordat we aan praten toekwamen, kwam er een man uit de achterkamer die Doakes de hand schudde. 'Alberto,' zei hij, '*Como estas?*' Doakes antwoordde in vloeiend Spaans – beter dan het mijne, eerlijk gezegd, hoewel ik graag mag denken dat ik een mooier accent heb. 'Luis,' zei hij. '*Mas o menos.*' Ze babbelden een minuutje met elkaar en Luis bestelde voor ons allemaal een klein kopje vreselijk zoete Cubaanse koffie en een schaal *pastelita's*. Hij knikte een keer naar Doakes en verdween toen weer in de achterkamer.

Deborah volgde de hele vertoning met toenemend ongeduld en toen Luis eindelijk weg was, kwam ze ter zake. 'We moeten de naam hebben van iedereen die er in El Salvador bij was,' barstte ze los.

Doakes keek haar alleen maar aan en nipte van zijn koffie. 'Wordt een lange lijst,' zei hij.

Deborah fronste haar voorhoofd. 'Je weet heus wel wat ik bedoel,' zei ze. 'Verdomme, Doakes, hij heeft Kyle.'

Doakes liet zijn tanden zien. 'Yep. Ouwe Kyle wordt oud. Dat zou hem in zijn goeie jaren niet zijn overkomen.'

'Wat deed jíj daar dan eigenlijk?' vroeg ik. Ik weet het, het was een beetje een uitstapje, maar ik kon mijn nieuwsgierigheid naar zijn antwoord niet in bedwang houden.

Nog altijd met een glimlach, als het er tenminste een was, keek

Doakes me aan en zei: 'Wat denk je?' En net onder de oppervlakte klonk het rollen van de donder van een barbaarse vreugde, recht vanuit de diepte van mijn donkere achterbank, van het ene roofdier dat tijdens een maanverlichte nacht tegen het andere gromde. En zeg nou eerlijk, wat had hij daar nou anders gedaan kunnen hebben? Precies zoals Doakes mij kende, kende ik hem: als een kille moordenaar. Zelfs zonder wat Chutsky had gezegd, was het zonneklaar wat Doakes in een moorddadige circus als El Salvador zoal had uitgespookt. Hij zou een van de directeuren zijn geweest.

'Hou op met dat gestaar,' zei Deborah. 'Namen moet ik hebben.'

Doakes pakte een *pastelito* van de schaal en leunde achterover. 'Waarom praten jullie mij eerst niet even bij,' zei hij. Hij nam een hap en Deborah tikte even met haar vinger op tafel voordat ze besloot dat daar wat in zat.

'Goed,' zei ze. 'We hebben een globaal profiel van de man die hier bezig is, en van zijn busje. Een witte bestelbus.'

Doakes schudde zijn hoofd. 'Laat maar zitten. We wéten allang wie hier achter zit.'

'We hebben ook de identiteit van het eerste slachtoffer,' zei ik. 'Ene Manuel Borges.'

'Wel, wel,' zei Doakes. 'Goeie ouwe Manuel, hè? Jullie hadden hem beter door mij kunnen laten afmaken.'

'Vriendje van je?' vroeg ik, maar Doakes negeerde mijn vraag.

'Wat hebben jullie nog meer?' zei hij.

'Kyle had een lijst met namen,' zei Deborah. 'Een lijst van mannen uit dezelfde eenheid. Hij zei dat een van hen het volgende slachtoffer zou worden. Maar hij heeft geen namen genoemd.'

'Nee, dat zou hij niet doen.'

'Dus moet jij ze ons vertellen,' zei ze.

Doakes leek erover na te denken. Als ik zo'n hoge pief was als Kyle, zou ik een van die jongens er uitpikken en hem in de gaten houden.' Deborah tuitte haar lippen en knikte. 'Probleem is dat ik géén hoge pief ben zoals Kyle, maar gewoon een simpele diender uit de provincie.'

'Wil je een banjo?' zei ik, maar om de een of andere reden vond hij dat niet grappig.

'Ik ken hier in Miami maar één vent uit het team van destijds,' zei hij, na een snelle, woedende blik op mij. 'Twee jaar geleden kwam ik Oscar Acosta in de Publix tegen. Die zouden we kunnen opsporen.' Hij wees met zijn kin naar Deborah. 'En ik kan nog twee namen bedenken. Je kunt ze natrekken, kijken of ze hier zijn.' Hij spreidde zijn handen. 'Meer heb ik niet. Ik zou ook nog een paar ouwe maatjes in Virginia kunnen bellen, maar ik heb geen idee wat dat oplevert.' Hij snoof. 'Hoe dan ook, ze zouden er minstens twee dagen over doen voordat ze snappen wat ik eigenlijk van ze wil en wat ze daarmee zouden moeten doen.'

'Dus,' zei Deborah, 'we gaan die vent die je bent tegengekomen in de gaten houden? Of gaan we met hem praten?'

Doakes schudde zijn hoofd. 'Hij kent me vast nog wel. Ik kan met hem praten. Als jij hem gaat schaduwen krijgt hij dat in de gaten, en verdwijnt hij waarschijnlijk.' Hij keek op zijn horloge. 'Kwart voor drie. Oscar komt over een paar uur thuis. Wacht op mijn telefoontje.' Hij toonde mij zijn ik-hou-je-wel-in-de-gaten-glimlach van 150 watt en zei: 'Waarom ga jij niet bij je knappe verloofde wachten?' Hij stond op en liep de deur uit, de rekening aan ons overlatend.

Deborah staarde me aan. 'Verloofde?' zei ze.

'Het is nog niet definitief,' zei ik.

'Ben je verlóófd?'

'Ik wilde het je vertellen,' zei ik.

'Wanneer dan? Op je derde trouwdag?'

'Wanneer ik heb ontdekt hoe het zover gekomen is,' zei ik. 'Ik begrijp het nog steeds niet helemaal.'

Ze snoof. 'Nou, ik anders ook niet.' Ze stond op. 'Kom, ik breng je terug naar je werk. Daarna mag je bij je verloofde gaan zitten wachten,' zei ze. Ik liet wat geld achter op de tafel en liep gedwee achter haar aan.

Vince Masuoka liep net de gang door toen Deborah en ik uit de lift stapten. 'Sjalom, knul-chick,' zei hij. 'Gaat-ie?'

'Hij is verloofd,' zei Deborah voordat ik iets kon zeggen. Vince keek haar aan alsof ze had gezegd dat ik zwanger was.

'Hij is wát?' vroeg hij.

'Ver-loofd. Gaat trouwen,' zei ze.

'Tróúwen? Dexter?' Zijn gezicht worstelde om de juiste uitdrukking te vinden, wat niet makkelijk was aangezien hij ze altijd leek te veinzen, een van de redenen waarom ik het zo goed met hem kon vinden: twee nepmensen, wij waren van hetzelfde soort.

Uiteindelijk koos hij voor iets wat leek op 'opgetogen verrast', niet heel overtuigend, maar wel een passende keuze. 'Mazzeltof!' zei hij, en hij omhelsde me onbeholpen.

'Dank je,' zei ik, nog steeds compleet overdonderd door de hele toestand en me afvragend of ik er werkelijk wel mee zou moeten doorgaan.

'Nou,' zei hij terwijl hij in zijn handen wreef, 'dit mogen we niet straffeloos voorbij laten gaan. Morgen bij mij?'

'Waarvoor?' vroeg ik.

Hij keek me met zijn beste nepglimlach aan. 'Oud Japans ritueel uit de tijd van Tokugara Shogunate. We gaan een stuk in onze kraag zuipen en vieze filmpjes kijken,' zei hij, en hij wendde zich met een wellustige blik tot Deborah. 'Of we kunnen je zusje uit een slagroomtaart laten springen.'

'Wat dacht je ervan als we jou uit je reet laten springen,' zei Debs.

'Dat is een heel goed idee, Vince, maar ik weet niet of...' zei ik, terwijl ik wanhopig mijn best deed om te vermijden dat de verloving nog officiëler werd, en ook om een eind te maken aan die rotopmerkingen die ze elkaar naar het hoofd slingerden voordat ik hoofdpijn zou krijgen. Maar Vince liet me niet uitpraten.

'Nee, nee,' zei hij, 'dit is hoogstnoodzakelijk. Erezaak. Geen ontkomen aan. Morgenavond, acht uur,' zei hij, en tijdens het weglopen draaide hij zich om naar Deborah en voegde eraan toe: 'Je hebt vierentwintig uur om met je kwastjes te oefenen.'

'Oefen met je eigen kwast,' zei ze.

'Ha! Ha!' zei hij met die afschuwelijke neplach van hem en hij verdween in de gang.

'Malloot,' mompelde Deborah nog, en ze draaide zich om om de andere kant uit te lopen. 'Ga na je werk maar naar je verloofde. Ik bel je zodra ik iets van Doakes gehoord heb.'

Er bleef van de werkdag niet veel meer over. Ik ordende een aantal dossiers, bestelde een doos Luminol bij onze leverancier en zag dat ik een stuk of zes berichten in mijn inbox had. En met een gevoel dat ik nog heel wat gedaan had, stapte ik in mijn auto en loodste die door de vertroostende slachting van het spitsuur. Ik ging langs mijn flat voor een schoon stel kleren. Debs was nergens te bekennen, maar het bed was onopgemaakt, dus ik wist dat ze er was geweest. Ik propte mijn kleren in een weekendtas en ging naar Rita.

Tegen de tijd dat ik daar aankwam, was het al helemaal donker.

Ik wilde er eigenlijk niet heen, maar wist niet wat ik anders moest doen. Deborah verwachtte dat ik daar zou zijn als ze me nodig had, en zij zat in mijn flat. Dus parkeerde ik op Rita's oprit en stapte uit. Puur in een reflex keek ik door de straat naar Doakes' parkeerplaats, die natuurlijk leeg was. Die was bezig met Oscar te praten, zijn oude legerkameraad. En opeens drong het tot me door dat ik vrij was, uit het zicht van die gemene bloedhondenogen die er zo lang voor hadden gezorgd dat ik mezelf niet had kunnen zijn. Een zacht aanzwellende lofzang van pure, donkere verrukking rees in me op en het contrapunt kwam daverend omlaag vanaf een maan die plotseling van achter een wolkendek sijpelde, een vlammende, kwijlende, driekwart maan die nog altijd laag en reusachtig aan de zwarte nachthemel hing. En de muziek kwam dreunend uit de luidsprekers en klom tegen de bovenste regionen van Dexters Donkere Arena op, waar de sluwe fluisteringen aanzwollen en zich met de maanmuziek samenvoegden, een ophitsend spreekkoor van doe 't, doe 't, doe 't, en mijn lichaam sidderde van binnenuit toen ik me afvroeg: waarom ook niet?

Ja, waarom niet? Ik kon best een paar gelukkige uurtjes wegglippen. Ik zou mijn mobiele telefoon natuurlijk meenemen, ik wilde me niet onverantwoordelijk gedragen. Maar waarom zou ik niet profiteren van zo'n maanverlichte nacht zonder Doakes en in de donkere bries wegglippen? De gedachte aan de rode laarzen trokken aan me als een springvloed. Reiker woonde hier maar een paar kilometer vandaan. Ik kon er binnen tien minuten zijn. Ik kon naar binnen sluipen en het bewijs vinden dat ik nodig had, en dan... ik neem aan dat ik zou moeten improviseren, maar die stem net onder de oppervlakte zat vanavond vol ideeën en er zou heus wel een in me opkomen die de zoete verlossing zou bewerkstelligen waar we beiden zo naar snakten. O, doe het, Dexter, joelden de stemmen en toen ik op mijn tenen bleef staan om ernaar te luisteren en opnieuw dacht: waarom niet? en daar geen redelijk antwoord op kon bedenken...

... zwaaide de voordeur wijd open en tuurde Astor naar buiten. 'Hij is het!' riep ze naar binnen. 'Hij is er!'

En dat was zo. Hier, in plaats van daar. Een beetje op de bank hangen in plaats van in de duisternis weg te dansen. Met het saaie masker van Dexter de Bankzitter, in plaats van de zilveren glans van de Donkere Wreker.

'Kom binnen, Dexter,' zei Rita, die de deuropening met zo'n warme, lieve opgewektheid vulde dat ik mijn tanden voelde knarsen, en de menigten binnen in mij joelden teleurgesteld, maar verlieten langzaam het stadion, game over, want wat konden we tenslotte doen? Niets, natuurlijk, en dat deden we dan ook, terwijl ik gedwee achter de gelukkige parade van Rita, Astor en de immer zwijgzame Cody aan het huis in ging. Ik slaagde erin niet ineen te krimpen, maar echt, was dit niet een beetje te veel van het goede? Maakten we niet allemaal een tikkeltje te veel misbruik van Dexters opgewekte blijmoedigheid?

Het avondeten was ergerlijk gezellig, alsof iets of iemand me ervan wilde overtuigen dat ik me inkocht in levenslang geluk en varkenskoteletten, en ik speelde het mee, ook al lag mijn hart er niet. Ik sneed het vlees in kleine stukjes, wensend dat het iets anders was, terwijl ik aan de kannibalen uit de Stille Zuidzee dacht, die mensen 'lang varkensvlees' noemden. Eigenlijk klopte dat wel, want het was dat andere varken dat ik pas echt dolgraag in mootjes wilde hakken, en niet dit futloze, met champignonsoep overdekte lapje op mijn bord. Maar ik glimlachte, prikte in mijn sperziebonen en kwam er op de een of andere manier tot de koffie doorheen. Op de proef gesteld door varkenskarbonade, maar ik overleefde het.

Na het eten zaten Rita en ik van onze koffie te nippen, terwijl de kinderen een klein portie yoghurtijs aten. Hoewel koffie naar verluidt een opwekkend middel is, hielp die me niet bij het bedenken van een manier om een uitweg te vinden, zelfs niet om een paar uurtjes weg te glippen, laat staan uit deze levenslange gelukzaligheid die me van achter had beslopen en me bij m'n nekvel had gegrepen. Ik kreeg het gevoel alsof ik aan de randen vervaagde en met mijn vermomming samensmolt, totdat uiteindelijk het gelukkige rubbermasker zou versmelten met mijn feitelijke gelaatstrekken en ik werkelijk dat ding werd wat ik voorgaf te zijn, dat de kinderen meenam naar het voetballen, bloemen kocht als hij te veel bier had gedronken, schoonmaakmiddelen vergeleek en bezuinigde in plaats van dat ik de verdorvenen van hun vlees ontdeed. Het was een heel deprimerend idee, en ik was misschien ongelukkig geworden als niet net op tijd de deurbel was gegaan.

'Dat is vast Deborah,' zei ik. Ik wist vrij zeker dat ik niet alle hoop op redding die ik had in mijn stem liet doorklinken. Ik stond op en liep naar de voordeur, zwaaide die open en zag een prettig ogende, te dikke vrouw met lang blond haar.

'O,' zei ze. 'U bent zeker, eh... Is Rita thuis?'

Nou, ik vermoed dat ik Eh was, ook al was ik me daar tot nu toe niet bewust van geweest. Ik riep Rita en ze kwam er glimlachend aan. 'Kathy!' zei ze. 'Fijn om je te zien, hoe gaat het met de jongens? Kathy is van hiernaast,' legde ze aan me uit.

'Aha,' zei ik. Ik kende de meeste kinderen uit de buurt, maar hun ouders niet. Dit was blijkbaar de moeder van de enigszins groezelige elfjarige jongen van hiernaast en zijn bijna altijd afwezige oudere broer. Aangezien dat betekende dat ze geen autobommen of flesjes antrax bij zich had, glimlachte ik en ging weer bij Cody en Astor aan tafel zitten.

'Jason is op kamp,' zei ze. 'En Nick hangt thuis rond en doet pogingen een puber te worden, zodat hij een snor kan laten staan.'

'O, hemel,' zei Rita.

'Nicky is een engerd,' fluisterde Astor. 'Hij wilde m'n broek naar beneden trekken zodat hij kon kijken.' Cody roerde zijn yoghurtijs tot bevroren pudding.

'Luister, Rita, sorry dat ik je met etenstijd stoor,' zei Kathy.

'We waren net klaar. Wil je koffie?'

'O, nee, ik zit net weer op één kop per dag,' zei ze. 'Dokters voorschrift. Maar het gaat om onze hond, ik vroeg me af of jullie Rascal soms hebben gezien? Hij is al een paar dagen weg en Nick maakt zich zo'n zorgen.'

'Ik heb hem niet gezien. Ik zal het de kinderen vragen,' zei Rita. Maar toen ze zich omdraaide om het te vragen, keek Cody me aan, stond geluidloos op en liep de kamer uit. Astor stond ook op.

'Wij hebben hem niet gezien,' zei ze. 'Niet sinds hij vorige week de vuilnisemmer heeft omgegooid.' Ze ging achter Cody aan de kamer uit. Ze lieten hun half opgegeten toetjes op tafel staan.

Rita keek haar kinderen met open mond na en wendde zich toen weer tot haar buurvrouw. 'Sorry, Kathy. Kennelijk heeft niemand van ons hem gezien. Maar we zullen naar hem uitkijken, oké? Hij komt vast wel weer boven water. Zeg Nick maar dat hij zich geen zorgen moet maken.' Ze babbelde nog even met Kathy, terwijl ik naar het yoghurtijs staarde en me afvroeg waar ik zo-even getuige van was geweest.

De voordeur ging dicht en Rita kwam terug naar haar koud geworden koffie. 'Kathy is aardig,' zei ze. 'Maar ze heeft haar handen vol aan de jongens. Ze is gescheiden, haar ex heeft een huis gekocht in Islamorada, hij is advocaat. Maar hij blijft daar. Kathy moet de jongens alleen opvoeden en ik denk niet dat ze altijd streng genoeg optreedt. Ze is verpleegster bij een chiropodist bij de universiteit.'

'En haar schoenmaat?'

'Ben ik aan het wauwelen?' vroeg Rita. Ze beet op haar lip. 'Sorry. Ik was alleen maar een beetje bezorgd... Het zal wel gewoon...' Ze schudde haar hoofd en keek me aan. 'Dexter, heb jij soms...'

Ik kwam er nooit achter, want mijn mobiele telefoon tsjilpte. 'Sorry,' zei ik en ik liep naar de tafel naast de voordeur waar ik hem had laten liggen.

'Doakes heeft net gebeld,' zei Deborah zonder plichtplegingen. 'Die vent met wie hij zou praten heeft de benen genomen. Doakes is achter hem aan om te kijken waar hij naartoe gaat, maar hij heeft ons nodig als ondersteuning.'

'Snel, Watson, de jacht gaat beginnen,' zei ik, maar Deborah was niet in een literaire stemming.

'Ik pik je over vijf minuten op,' zei ze.

19

Ik legde het Rita haastig uit en ging buiten staan wachten. Deborah deed wat ze zei en binnen vijfenhalve minuut waren we op Dixie Highway op weg naar het noorden.

'Ze zijn bij Miami Beach,' zei ze. 'Doakes zei dat hij die vent, Oscar, benaderde voor een gesprek en hem vertelde wat er aan de hand is. Oscar zegt dat hij daarover moet nadenken, Doakes zegt oké, ik bel je. Maar hij houdt het huis vanaf de straat in de gaten en tien minuten later komt die gast de deur uit en stapt met een weekendtas in zijn auto.'

'Waarom zou hij nu op de vlucht slaan?'

'Zou jij dat niet doen als je wist dat Danco achter je aan zat?'

'Nee,' zei ik, alleen al bij het idee gelukkig over wat ik echt zou doen als ik tegenover de dokter kwam te staan. 'Ik zou een val voor hem zetten en hem laten komen.' En dan, dacht ik, maar dat zei ik niet hardop tegen Deborah.

'Nou, Oscar is niet zoals jij.'

'Dat zijn er maar weinig,' zei ik. 'Welke kant is hij opgegaan?'

Ze fronste haar wenkbrauwen en schudde haar hoofd. 'Hij rijdt gewoon rond en Doakes houdt hem in het oog.'

'Waar brengt hij ons naartoe, denken we?' vroeg ik.

Deborah schudde haar hoofd en zeilde om een oude Cadillac met vouwdak vol gillende tieners heen. 'Dat maakt niet uit,' zei ze, en nam plankgas de afslag naar Palmetto Expressway op. 'Oscar is nog steeds onze beste mogelijkheid. Als hij buiten het gebied probeert te komen, pakken we hem op, maar tot die tijd houden we hem in de gaten om te kijken wat er gebeurt.'

'Hartstikke goed, echt een geweldig idee, maar wat zou er kunnen gebeuren, denken we?'

'Dat weet ik niet, Dexter!' beet ze me toe. 'Maar we weten dat deze man vroeg of laat het doelwit van de dokter wordt, oké? Dat weet hij zelf ook. Dus misschien wil hij er alleen achter zien te komen of hij gevolgd wordt voordat hij op de loop gaat. Shit,' zei ze, en ze zwenkte om een oude oplegger vol kratten met kippen heen. Hij reed misschien vijftig kilometer per uur, had geen achterlichten en boven op de lading zaten drie mannen die met hun ene hand hun gedeukte hoed vasthielden en zich met de andere aan de lading vastklemden. Deborah gaf een korte stoot met de sirene toen ze erlangs stoof. Kennelijk had het geen enkel effect, de mannen daarboven knipperden niet eens met hun ogen.

'Hoe dan ook,' zei ze toen ze het stuur weer rechttrok en het gaspedaal weer indrukte. 'Doakes wil ons aan de Miami-kant voor back-up. Zodat Oscar geen al te rare dingen kan doen. We rijden parallel aan Biscayne.'

Daar zat wat in; zolang Oscar nog in Miami Beach was, kon hij geen kant op. Als hij een doorgaande weg zou oversteken of naar het noorden wilde, helemaal aan het eind van Haulover Park, zouden we hem daar oppakken. We hadden hem in een hoek gedreven, tenzij hij een helikopter had klaarstaan. Ik liet Deborah haar gang gaan en ze wist zowaar zonder feitelijke slachtoffers te maken richting noorden te rijden.

Bij de luchthaven sloegen we oostwaarts af naar de 836. Het verkeer was hier wat drukker en Deborah zigzagde er intens geconcentreerd tussendoor. Ik hield mijn gedachten voor me en zij tentoonspreidde haar jarenlange verkeerservaring in Miami door iets te winnen, wat neerkwam op een non-stop, voor-iedereen-gratis kippenracespelletje. We kwamen zonder kleerscheuren door het knooppunt met de I-95 heen en sloegen af naar Biscayne Boulevard. Ik ademde diep in en voorzichtig weer uit toen Deborah gas terugnam naar normale snelheid.

De radio kraakte een keer en de stem van Doakes zei: 'Morgan, waar zit je?'

Deborah pakte de microfoon en zei het hem. 'Biscayne bij de MacArthur Causeway.'

Er viel een korte stilte. Toen zei Doakes: 'Hij staat aan de kant bij de ophaalbrug bij de Venetian Causeway. Geef aan jouw kant dekking.'

'Begrepen,' zei Deborah, en ik kon niet nalaten te zeggen: 'Ik voel me zo officiéél als je dat zegt.'

'Wat bedoel je?' zei ze.

'Eigenlijk niks,' zei ik.

Ze keek me met een ernstige smerisblik aan, maar ze had een jong gezicht en heel even had ik het gevoel dat we weer kinderen waren, in Harry's dienstwagen zaten en tikkertje speelden; alleen moest ik deze keer een goeierik zijn, wat me heel onzeker maakte.

'Dit is geen spelletje, Dexter,' zei ze, want ze had natuurlijk dezelfde herinneringen. 'Kyles leven staat op het spel.' Ze trok haar gezicht weer in de Ernstige Grote-Vissengrijns toen ze vervolgde: 'Waarschijnlijk begrijp je er niets van, maar ik geef om die man. Ik voel me bij hem zo... Shit. Straks ga je trouwen, maar dan nog zul je het nooit begrijpen.' We waren bij het stoplicht bij N.E. 15th Street aangekomen en ze sloeg rechts af. Links doemden de resten van de Omni Mall op, en recht voor ons lag de Venetian Causeway.

'Ik ben niet zo goed in gevoelens, Debs,' zei ik. 'En ik weet het allemaal niet met dat huwelijksgedoe. Maar ik vind het maar niks als jij ongelukkig bent.'

Tegenover de kleine jachthaven bij het oude Herald-gebouw minderde Deborah vaart en parkeerde de wagen met de neus naar de Venetian Causeway. Ze zweeg even, liet haar adem tussen haar tanden door ontsnappen en zei: 'Sorry.'

Dat verraste me een beetje, want ik moet toegeven dat ik iets wilde zeggen wat daar heel erg op leek, gewoon om de sociale radertjes aan de gang te houden. Ik zou het vrijwel zeker wat slimmer hebben geformuleerd, maar het kwam op hetzelfde neer. 'Waarom?'

'Ik wilde je niet... Ik weet dat jij anders bent, Dex. Daar probeer ik echt aan te wennen... Maar je blijft mijn broer.'

'Geadopteerd,' zei ik

'Dat is bullshit en dat weet je best. Je bent mijn broer, en ik weet dat je hier alleen maar voor mij bent.'

'Eigenlijk hoopte ik altijd dat ik "begrepen" in een radio mocht zeggen.'

Ze snoof. 'Oké, wees maar een klootzak. Maar evengoed bedankt.'

'Graag gedaan.'

Ze griste naar de radio. 'Doakes. Wat doet-ie?'

Na een korte stilte antwoordde Doakes: 'Zo te zien is hij aan het bellen.'

Deborah keek me met gefronst voorhoofd aan. 'Hij is op de vlucht, wie moet hij nou bellen?'

Ik haalde mijn schouders op. 'Misschien regelt hij iets waardoor hij het land uit kan komen. Of...'

Ik viel stil. Dat idee was te belachelijk voor woorden, en ik had het automatisch niet in mijn hoofd mogen toelaten, maar op een of andere manier was het er, het stuiterde op de grijze cellen en zwaaide met een rood vlaggetje.

'Wat?' vroeg Deborah dwingend.

Ik schudde mijn hoofd. 'Onmogelijk. Stom. Gewoon een wild idee dat maar niet weg wil gaan.'

'Oké. Hoe wild?'

'Stel nou... Ik héb gezegd dat dit stom was, ja?'

'Het is nog veel stommer als je eromheen blijft draaien,' snauwde ze. 'Wat is dat idee?'

'Stel nou dat Oscar met de goede dokter belt en het met hem op een akkoordje wil gooien?' zei ik. En ik had gelijk, dit klonk echt stom.

Debs snoof. 'Een akkoordje? Hoe dan?'

'Nou,' zei ik, 'Doakes zei dat hij een tas bij zich heeft. Daar kan geld in zitten, waardepapieren, of zelfs een postzegelverzameling. Dat weet ik niet. Maar hij heeft waarschijnlijk iets wat zelfs voor onze chirurgische vriend waardevol kan zijn.'

'Zoals?'

'Hij weet wellicht waar de rest van het team zich verschuilt.'

'Shit,' zei ze. 'Iedereen verraden in ruil voor zijn leven?' Ze kauwde op haar lip terwijl ze daar over nadacht. Na een minuut schudde ze haar hoofd. 'Dat is behoorlijk vergezocht,' zei ze.

'Vergezocht is heel wat beter dan stom,' zei ik.

'Dan weet Oscar hoe hij met de dokter in contact kan komen.'

'De ene griezel weet altijd een manier om bij een andere te komen. Wel eens van lijsten, databanken en wederzijdse contacten gehoord? Heb je *Bourne Identity* niet gezien?'

'Jawel, maar hoe weten we of Oscar hem heeft gezien?' zei ze

'Ik zeg alleen dat het kán.'

'Hm-m,' zei ze. Ze keek uit het raam, dacht na, trok een gezicht en schudde haar hoofd. 'Kyle zei iets als... dat je na een tijdje vergat in welk team je zat, zoiets als *free agents* bij baseball. Dus pap je aan met de tegenpartij, en... Shit, dat klinkt idioot.'

'Aan welke kant Danco ook staat, Oscar hééft hem op een of andere manier weten te bereiken.'

'En wat dan nog? Wij niet,' zei ze.

Daarna zwegen we een paar minuten. Ik neem aan dat Debs aan Kyle zat te denken en zich afvroeg of we hem op tijd zouden vinden. Ik probeerde me voor te stellen of ik net zo om Rita zou geven, maar dat schoot niet op. Zoals ze zo scherpzinnig had opgemerkt, was ik verloofd en zou ik het toch nooit begrijpen. En dat zou ook nooit gebeuren, wat ik doorgaans als een zegen beschouw. Ik heb altijd liever met mijn hersens willen denken dan met gerimpelde, iets zuidelijker gelegen lichaamsdelen. Ik bedoel, echt, zien mensen zichzelf dan werkelijk niet wankelend rondlopen, kwijlen en hun broek laten zakken, met tranen in hun ogen en slappe knieen, en zich compleet belachelijk gaan gedragen bij iets waarvan zelfs dieren nog het verstand hebben om dat snel af te handelen zodat ze zich met zinniger dingen kunnen bezighouden, op zoek gaan naar vers vlees, bijvoorbeeld?

Nou, ik snapte er niets van, daar waren we het al over eens. Dus ik keek uit over het water naar de gedempte lichtjes van de huizen aan de overkant van de Causeway. Er stonden een paar appartementengebouwen in de buurt van de tolpoort, en daarachter verspreid staande, bijna even grote huizen. Misschien zou ik als ik de lotto won eens met zo'n echte makelaar kunnen gaan praten om me iets te laten zien met een keldertje waar een pedofiele fotograaf mooi in paste. Toen ik daaraan dacht, kwam er een zachte fluistering van mijn persoonlijke achterbankstem, maar daar kon ik natuurlijk niets aan doen, behalve misschien de maan toejuichen die boven het water hing. En over dat datzelfde door de maan beschilderde water klonk opeens het gerinkel van een galmende bel ten teken dat de brug openging.

De radio kraakte. 'Hij rijdt weer,' zei Doakes. 'Ik ga de brug op. Houd 'm in de gaten, een witte Toyota 4Runner.'

'Ik zie 'm,' zei Deborah in de radio. 'We gaan achter hem aan.'

De witte suv stak de Causeway over en draaide net 15th Street op vlak voordat de brug openging. Deborah wachtte heel even tot hij voorbij was en ging achter hem aan. Op Biscayne Boulevard sloeg hij rechts af en dat deden wij even later ook. 'Hij rijdt in noordelijke richting op Biscayne,' zei ze in de radio.

'Begrepen,' zei Doakes. 'Ik volg vanaf hier.'

De 4Runner reed met normale snelheid door het betrekkelijk rustige verkeer, hij reed zo'n acht kilometer boven maximumsnelheid, wat in Miami als de snelheid van een toerist wordt beschouwd, zo langzaam dat de automobilisten die hem passeerden terecht een klap op de claxon gaven. Maar dat leek onze Oscar niets te kunnen schelen. Hij hield zich aan alle verkeerstekens en bleef op de rechterweghelft, reed door alsof hij nergens naartoe hoefde en alleen maar een ontspannen avondritje na het eten maakte.

Toen we bij 79th Street kwamen, pakte Deborah de radio. 'We passeren nu 79th Street,' zei ze. 'Hij heeft geen haast, rijdt in noordelijke richting door.'

'Begrepen,' zei Doakes en Deborah keek naar mij.

'Ik zei niks,' zei ik.

'Maar je dacht heel wat,' zei ze.

We gingen verder naar het noorden en moesten twee keer voor een verkeerslicht stoppen. Deborah zorgde er zorgvuldig voor een paar auto's achter hem te blijven, wat in Miami niet moeilijk was omdat de meeste auto's om, over of door alle andere voertuigen proberen te komen. Vanuit tegengestelde richting kwam een brandweerauto aanrijden, die bij de kruispunten met zijn sirene loeide. Het had hetzelfde effect als een blatend lammetje. Ze negeerden de sirene en bleven stug op hun felbegeerde stukje asfalt tussen de rommelige rijen auto's rijden. De bestuurder van de brandweerwagen, zelf een automobilist uit Miami, zigzagde er simpelweg toeterend en met gillende sirene tussendoor, een Verkeersduet.

We kwamen bij 123rd Street, de laatste afslag naar Miami Beach voordat hij 826 North Miami Beach kruiste, en Oscar bleef naar het noorden rijden. Deborah zei dat tegen Doakes toen we erlangs reden.

'Waar gaat hij verdomme naartoe?' mompelde Deborah toen ze de radio terugzette.

'Misschien maakt hij gewoon een ritje,' zei ik. 'Het is een prachtige nacht.'

'Hm. Wil je soms een sonnet schrijven?'

Normaal gesproken zou ik daar een gevat antwoord op weten, maar er kwam niets in me op, misschien doordat we op zo'n opwindende jacht waren. En trouwens, Debs zag eruit alsof ze wel een overwinning kon gebruiken, hoe klein ook.

Een paar straten verder schoot Oscar plotseling naar de linker rijbaan en sloeg links af, pal vóór het tegemoetkomende verkeer, waarmee hij een woedend claxonconcert van bestuurders in beide richtingen ontketende.

'Hij verandert koers,' zei Deborah tegen Doakes, 'westwaarts op de 135th Street.'

'Ik steek achter jullie door,' zei Doakes. 'Op Broad Causeway.'

'Wat is er in de 135th Street?' vroeg Debs zich hardop af.

'Opa-Locka Airport,' zei ik. 'Een paar kilometer verderop.'

'Shit,' zei ze, en ze pakte haar radio. 'Doakes, Hij gaat naar Opa-Locka Airport.'

'Ben onderweg,' zei hij, en ik hoorde zijn sirene loeien voordat hij de verbinding verbrak.

Het vliegveld Opa-Locka was van oudsher geliefd bij mensen in de drugshandel en degenen die zich met geheime operaties inlieten. Dat kwam goed uit, want de scheidslijn tussen die twee was vaak behoorlijk vaag. Er zou met gemak een vliegtuigje op Oscar kunnen staan te wachten, klaar om hem het land uit en overal op de Cariben, Midden- of Zuid-Amerika te brengen, met uiteraard aansluitingen op de rest van de wereld, hoewel ik betwijfelde of hij naar Soedan of zelfs Beiroet zou willen. Ergens op de Cariben leek me redelijk waarschijnlijk, maar onder de huidige omstandigheden leek het land uitvluchten sowieso geen onverstandige zet, en Opa-Locka Airport was om te beginnen een logische plek.

Oscar reed nu wat sneller, hoewel 135th Street niet zo breed was en het er net zo druk was als op Biscayne Boulevard. We namen een smalle brug over een kanaal en toen Oscar aan de overkant was, meerderde hij plotseling vaart en wurmde zich bij een s-bocht in de weg door het verkeer.

'Verdomme, hij is ergens van geschrokken,' zei Deborah. 'Hij heeft ons vast in de gaten.' Ze versnelde om hem bij te houden, nog steeds met een paar auto's ertussen, ook al had het nu weinig zin meer te doen alsof we hem niet achtervolgden.

Hij was inderdaad ergens van geschrokken, want Oscar reed nu zo woest en gevaarlijk dat het niets scheelde of hij botste op het verkeer of reed de stoep op, en uiteraard was Debs niet van plan zichzelf te verliezen in zo'n soort klotewedstrijdje. Ze bleef bij hem en zwenkte om de auto's heen die nog stonden bij te komen van hun aanvaring met Oscar. Even verderop schoot hij naar de verste linkerbaan, waardoor een oude Buick in een slip raakte, de stoeprand ramde en door een hek in de voortuin van een lichtblauw huis belandde.

Zou de aanblik van onze burgerwagen de reden zijn dat Oscar zich zo ging gedragen? Het was leuk dat te denken en ik voelde me er heel belangrijk door, maar ik geloofde het niet; tot nu toe had hij beheerst en weloverwogen gehandeld. Als hij ons had willen afschudden, was het waarschijnlijker dat hij een of andere plotselinge en sluwe zet had gedaan, bijvoorbeeld de ophaalbrug oprijden op het moment dat die opening. Dus waarom was hij opeens zo in paniek? Om wat te doen te hebben, boog ik naar voren en keek in de buitenspiegel. De blokletters op de spiegel vertelden me dat objecten in de spiegel dichterbij waren dan ze leken. Zoals de zaken er nu voorstonden was dat een heel onplezierige gedachte, want op dat moment verscheen er slechts één object in de spiegel.

Een gedeukte, witte bestelbus.

En die zat achter ons aan, en achter Oscar aan. Hij paste zich aan onze snelheid aan en volgde onze bewegingen door het verkeer. 'Nou,' zei ik. 'Zo stom was het dus toch niet.' En ik verhief mijn stem boven de piepende banden en het getoeter van de andere weggebruikers uit.

'Hé, Deborah,' zei ik. 'Ik wil je niet afleiden, maar als je even hebt, kun je dan in je achteruitkijkspiegel kijken?'

'Wat bedoel je daar verdomme mee?' snauwde ze, maar haar ogen flitsten naar de spiegel. Het was maar gelukkig dat we net op een recht stuk weg reden, want heel even vergat ze te sturen. 'O, shit,' fluisterde ze.

'Ja, dat dacht ik nou ook,' zei ik.

Het viaduct van de I-95 strekte zich verderop voor ons uit, en vlak voordat hij eronderdoor reed zwenkte Oscar woest over drie rijbanen naar rechts en schoot een zijweg in die parallel liep aan de autoweg. Deborah vloekte en keerde om hem te volgen. 'Zeg 't tegen Doakes!' zei ze, en gehoorzaam pakte ik de radio.

'Brigadier Doakes,' zei ik. 'We zijn niet alleen.'

De radio knetterde een keer. 'Wat bedoel je, verdomme?' zei Doakes, bijna alsof hij Deborahs reactie had gehoord en het zo mooi vond dat hij het moest herhalen.

'We zijn net naar 6th Avenue afgeslagen, en worden gevolgd door een witte bestelbus.' Geen antwoord, dus ik zei nogmaals: 'Heb ik gezegd dat de bestelbus wit is?' en deze keer had ik de onuitsprekelijke voldoening Doakes te horen grommen: 'Etterbak.'

'Dat dachten wij nou ook,' zei ik.

'Laat het busje voor je rijden en blijf bij hem,' zei hij.

'Nee, shit,' siste Deborah tussen haar opeengeklemde tanden, toen zei ze iets veel ergers. Ik kwam ook in de verleiding zoiets te zeggen, want toen Doakes zijn radio uitschakelde, reed Oscar met ons achter hem aan in de richting van de oprit naar de I-95 en schoot op het allerlaatste moment weer via het geplaveide talud op 6th Avenue terug. Zijn 4Runner stuiterde op de weg en helde even als een dronkenman naar rechts, accelereerde en kwam weer recht op de wielen. Deborah trapte vol op de rem en we slipten in een halve bocht; de witte bus slipte vóór ons, stuiterde op het talud en sloot het gat met de 4Runner. Binnen een halve seconde kreeg Debs ons weer op koers en volgde hen door de straat.

Hier was de zijweg smal, rechts stond een rij met huizen en links een hoge, gele, betonnen wal met daarop de I-95. We reden langs een paar huizenblokken terwijl we vaart meerderden. Een minuscuul oud, hand in hand lopend echtpaar bleef op de stoep staan kijken toen onze merkwaardige optocht langs hen schoot. Misschien heb ik me het verbeeld, maar het leek alsof ze wapperden in de wind van Oscars langsrijdende auto en het busje.

We liepen onze achterstand iets in, en het witte busje kwam ook steeds dichter bij de 4Runner. Maar Oscar meerderde weer vaart; negeerde een stopbord, waardoor wij voor een pick-uptruck moesten uitwijken die in een bocht zwenkte tijdens zijn pogingen de 4Runner en de bestelbus te omzeilen. De truck zwalkte klunzig om zijn as en botste op een brandweerpaaltje. Maar Debs klemde alleen maar haar kaken op elkaar, zwenkte om de vrachtwagen heen het kruispunt over, het getoeter en de fontein water uit het brandweerpaaltje negerend, en bij het volgende huizenblok kwam ze weer dichterbij.

Een paar straten voor Oscar uit zag ik bij een groot kruispunt een verkeerslicht op rood staan. Zelfs van hieraf kon je zien dat zich gestaag een verkeersstroom naar het kruispunt bewoog. Natuurlijk heeft niemand het eeuwige leven, maar als ik er iets over te zeggen had, zou ik toch zeker niet op deze manier dood willen gaan. Tv-kijken met Rita leek plotseling een stuk aantrekkelijker. Ik deed mijn best om een beleefde, maar overtuigende manier te bedenken om Deborah over te halen te stoppen en even de rozengeur op te snuiven, maar net toen ik mijn machtige brein het meest nodig had, liet die het afweten en voor ik het weer op gang kreeg, naderde Oscar het kruispunt.

Het was heel goed mogelijk dat Oscar deze week naar de kerk was geweest, want het licht sprong op groen toen hij over het kruispunt schoot. De witte bestelbus volgde dicht achter hem, die hard moest remmen om een door rood rijdende, kleine, blauwe auto te ontwijken, en toen was het onze beurt terwijl het licht nu helemaal op groen stond. We zwenkten om de bestelbus heen en haalden het bijna... maar dit was tenslotte Miami, en een cementtruck reed achter de blauwe auto door rood en kwam recht op ons af. Ik slikte hevig toen Deborah op de rem stond en om de truck zeilde. We stootten hard tegen de stoeprand en de twee linkerwielen reden even over de stoep voor ze weer op de weg stuiterden. 'Heel fijn,' zei ik, toen Deborah weer wegspurtte. En het zou best eens zo kunnen zijn dat ze de tijd had genomen om me voor mijn compliment te bedanken, ware het niet dat het witte busje precies dat moment had gekozen om van ons oponthoud te profiteren, weer naast ons op te duiken en naar ons toe zwenkte. De achterkant van onze auto schoot naar links, maar Deborah vocht om op de weg te blijven.

De bestelbus beukte opnieuw op ons in, harder nu, vlak achter mijn deur, en terwijl ik voor de klap wegdook, vloog het portier open. Onze auto zwenkte en Deborah remde, misschien niet de beste strategie, want op hetzelfde moment accelereerde de bus en deze keer sloeg hij zo hard tegen mijn deur dat die losschoot en wegstuiterde, met een ferme klap tegen het achterwiel van de bestelbus aan sloeg en als een misvormd wiel vonken schietend wegrolde.

Ik zag dat de bestelbus licht wiebelde en hoorde het ratelende geluid van een lekke band. Toen sloeg de muur van wit nog één keer tegen ons aan. Onze auto bokte hevig, slingerde naar links, stuiterde naar de berm en brak door een hek dat de zijweg van het talud van de I-95 scheidde. We tolden rond alsof onze banden van boter waren. Deborah vocht met opgetrokken lippen met het stuur en we haalden het bijna over de afslag. Ik was deze week níét naar de kerk geweest, en toen we met onze voorwielen tegen de wegrand aan de overkant van de afrit tot stilstand kwamen, botste een grote, rode suv tegen onze achterbumper. We schoten de grassige berm tussen autoweg en afrit op waar in het midden een grote vijver was. Ik had slechts een ogenblik om te zien dat de nachtelijke hemel in de plaats leek te komen van het gekortwiekte gras. Toen sprong de auto hevig op en explodeerde de airbag aan passagierszijde in mijn gezicht. Ik had het gevoel alsof ik een kussengevecht met Mike Tyson had uitgevochten; ik was nog steeds verbijsterd toen de auto op z'n kop rolde, in de vijver belandde en het water naar binnen stroomde.

20

Ik ben niet te verlegen om mijn bescheiden talenten te erkennen. Ik geef bijvoorbeeld met alle liefde toe dat ik bovengemiddeld slimme opmerkingen kan maken, en ik heb ook een zekere flair zodat mensen me mogen. Maar heel eerlijk gezegd, ben ik er ook meer dan toe bereid mijn tekortkomingen te bekennen, en nadat ik bij mezelf te rade was gegaan, kon ik niet anders dan toegeven dat ik absoluut niet goed ben in het inademen van water. Terwijl ik daar verdwaasd aan mijn autogordel hing, het water naar binnen zag gutsen en om mijn hoofd zag kolken, begon het erop te lijken dat dit een heel grote tekortkoming in mijn karakter was.

Het laatste wat ik van Deborah had gezien toen het water zich boven haar hoofd sloot, was niet bemoedigend. Ze hing roerloos in haar gordel, met haar ogen dicht en haar mond open, eigenlijk precies het omgekeerde van hoe ze normaal gesproken was, wat wellicht geen best teken was. Toen stroomde het water tot over mijn ogen en kon ik helemaal niets meer zien.

Ik mag ook graag denken dat ik goed reageer op onverwachte gebeurtenissen die zich zo nu en dan voordoen, dus ik was er vrij zeker van dat mijn plotselinge verbijstering en apathie het gevolg waren van het feit dat ik door elkaar was geschud en vervolgens tegen een airbag was gebotst. Hoe dan ook, ik hing naar het scheen een behoorlijke tijd ondersteboven in het water en ik schaam me te moeten toegeven dat ik vooral eenvoudigweg treurde om mijn eigen heengaan. Dierbare Dode Dexter, hij had zoveel in zich, wilde nog zoveel donkere medereizigers ontleden, en werd nu zo tragisch in de bloei van zijn leven weggerukt. Helaas, de Zwarte Ruiter, ik heb hem goed gekend. En de arme jongen stond eindelijk op het punt om te trouwen! Wat verschrikkelijk verdrietig, ik stelde me Rita in het wit voor, huilend bij het altaar, twee kleine kinderen snikkend aan haar voeten. Lieve kleine Astor, haar haar in een ge-toupeerde ballon opgestoken, een lichtgroene bruidsmeisjesjurk doorweekt van de tranen. En de stille Cody in zijn kleine smoking, starend naar de achterkant van de kerk en wachtend, terwijl hij aan ons laatste vistochtje dacht en zich afvroeg of hij ooit nog eens het mes erin zou zetten, het zachtjes omdraaide, het helderrode bloed op het lemmet zag borrelen en glimlachte, en dan...

Kalm aan, Dexter. Waar haal je dat nou weer vandaan? Een retorische vraag, natuurlijk, maar ik had niet het zachte geamuseerde gerommel van mijn oude, innerlijke vriend nodig om het antwoord te weten. Maar op zijn aanwijzingen legde ik een paar verspreide stukjes tot een halve puzzel, en realiseerde me dat Cody...

Is het niet merkwaardig waar we aan denken als we doodgaan? De auto had zich op zijn afgeplatte dak genesteld, deinde nu slechts zacht wiegend heen en weer en was helemaal vol water gelopen, zo dik en modderig dat ik het nog niet had kunnen zien als er een schot op het puntje van mijn neus zou worden afgevuurd. En toch kon ik Cody glashelder voor me zien, duidelijker dan de laatste keer dat ik met hem in dezelfde ruimte was geweest, en achter het scherpe beeld van zijn kleine gedaante torende een reusachtige zwarte figuur uit, een zwarte schim zonder gelaatstrekken, die op de een of andere manier leek te lachen.

Zou het? Ik zag weer voor me met hoeveel plezier hij het mes in zijn vis had gezet. Ik dacht na over zijn vreemde reactie op de vermiste hond van de buren; ongeveer hetzelfde als mijn reactie toen mij als jongen naar een hond uit de buurt werd gevraagd, die ik had meegenomen en waarmee ik had geëxperimenteerd. En ik herinnerde me dat ook hij net zo'n traumatische ervaring had gehad als ik, toen zijn biologische vader in een angstaanjagende, door drugs veroorzaakte woede hem en zijn zusje had aangevallen en hem met een stoel had geslagen.

Het was volslagen ondenkbaar om over na te denken. Een belachelijke gedachte, maar... Alles stukjes lagen er. Het werd perfect, in poëtische zin.

Ik had een zoon.

Iemand Net Als Ik.

Alleen had hij geen wijze pleegvader om hem te begeleiden tijdens zijn eerste kinderstapjes in de wereld van villen en schillen; geen alziend oog van een Harry om hem te leren degene te worden die hij kon zijn, hem te helpen veranderen van een doelloos kind met willekeurige moordneigingen tot een in cape gehulde wreker; niemand die hem zorgvuldig en geduldig langs de valkuilen leidde op weg naar het glanzende lemmet van de toekomst... voor Cody zou er niemand zijn, niet als Dexter hier en nu in dat troebele water zou sterven.

Het klinkt veel te melodramatisch als ik zou zeggen: door die gedachte kwam ik krachtig in actie, en ik ben alleen opzettelijk melodramatisch als ik publiek heb. Maar toch, toen Cody's ware aard tot me doordrong, hoorde ik ook, bijna als een echo, een lage, lichaamloze stem zeggen: maak je gordel los, Dexter. En op een of andere manier wist ik mijn plotseling reusachtige en onhandige vingers naar de gordelsluiting te brengen en te friemelen om die los te maken. Ik had het gevoel dat ik met een ham een draad door een naald probeerde te krijgen, maar ik prikte en duwde tot ik voelde dat iets meegaf. Natuurlijk viel ik daarop met mijn hoofd op het dak, een beetje hard, als je bedenkt dat ik onder water zat. Maar door de klap op mijn hoofd werden wel nog een paar spinnenwebben weggeveegd, en ik rekte me uit en reikte naar de opening waar het portier was weggeslagen. Ik wist mezelf erdoorheen te trekken en met mijn gezicht naar boven gekeerd door een paar centimeter modder op de bodem van de vijver.

Ik ging rechtop staan en trapte hard naar de oppervlakte. Het was een behoorlijk krachteloze trap, maar hard genoeg om het wateroppervlak te bereiken, want het water was maar een kleine meter diep. Door de trap was ik tot mijn knieën omhooggekomen en wankelend op mijn voeten stond ik even te kokhalzen en zoog de heerlijke lucht in. Een wonderbaarlijk en ondergewaardeerd iets, lucht. Hoe waar was het dat we de dingen pas waarderen als we ze niet meer hebben. Een verschrikkelijke gedachte als je je al die arme mensen van deze wereld voorstelt die het zonder lucht moesten stellen, mensen zoals...

... Deborah?

Een echt menselijk wezen zou wellicht veel eerder aan zijn verdrinkende zus hebben gedacht, maar laten we wel wezen, na alles wat ik had doorstaan is er een grens aan wat je van een imitatiemens kunt verwachten. En feitelijk dacht ik nú aan haar, misschien nog steeds op tijd om iets van betekenis te doen. Maar hoewel ik niet bepaald aarzelde om haar te hulp te schieten, moest ik er onwillekeurig ook aan denken dat we vanavond wellicht een beetje te veel van Plichts-getrouwe Drieste Dexter vroegen, toch? Ik was er nog niet uit of ik moest er meteen alweer in.

Maar toch, familie was familie, en klagen heeft me nog nooit geholpen. Ik haalde diep adem en liet me weer in het modderige water zakken, zocht op de tast mijn weg naar de deuropening en naar de bestuurdersstoel van Debs' ondersteboven liggende auto. Iets sloeg me recht in het gezicht en trok verwoed aan mijn haar... Debs zelf, hoopte ik, want als er iets anders in het water bewoog, zou dat absoluut scherpere tanden hebben. Ik reikte omhoog en probeerde haar vingers uit elkaar te halen. Het was al moeilijk genoeg om mijn adem in te houden en blindelings om me heen te graaien, zonder tegelijkertijd een kapsel à l'improviste op te lopen. Maar Deborah hield zich stevig vast, wat in zekere zin een goed teken was, want dan leefde ze nog, maar ik vroeg me wel af wat er eerst aan zou gaan: mijn hoofdhuid of mijn longen. Dit ging zo niet; met beide handen wrikte ik haar vingers uit mijn arme tere haardos. Toen ging ik langs haar arm naar haar schouder en over haar lichaam heen tot ik haar gordel vond. Langs de riem reikte ik naar de sluiting en drukte die los.

Natuurlijk zat die vast. Ik bedoel, we wisten dat het een van die dagen was, hè? Het was het een na het ander, en echt, het ging veel te ver dat zelfs maar een klein dingetje goed zou gaan. Om dat nog eens te onderstrepen hoorde ik *blurp* in mijn oor en ik realiseerde me dat Deborahs tijd op raakte en nu haar geluk beproefde door water in te ademen. Het zou kunnen dat ze daar beter in was dan ik, maar dat geloofde ik niet.

Ik gleed dieper het water in en zette mijn knieën schrap tegen het dak van de auto, terwijl ik met mijn schouder tegen Deborahs middenrif duwde om haar uit de gordel omhoog te werken. Toen trok ik de losse riem zo ver mogelijk door de gesp zodat hij zo lang mogelijk werd en helemaal loshing. Ik zette mijn voeten schrap en trok Deborah tussen de riem door naar de deur. Ze leek zelf ook een beetje slapjes; misschien was ik ondanks mijn heldhaftige pogingen toch nog te laat. Ik wurmde me door de deuropening en trok haar achter me aan. Mijn shirt bleef achter iets in de deuropening haken en scheurde, maar ik zette toch door, worstelde me opnieuw omhoog naar de nachtelijke lucht.

Deborah was een dood gewicht in mijn armen en er stroomde

een straaltje goor water uit haar mondhoek. Ik hees haar over mijn schouder en plaste door de modder naar het gras. De blubber vocht de hele weg bij elke stap terug en op minder dan drie stappen van de auto verloor ik mijn linkerschoen. Maar schoenen zijn tenslotte veel gemakkelijker te vervangen dan zussen, dus ik marcheerde verder tot ik op het gras kon klimmen en Deborah op haar rug op vaste grond kon neerleggen.

Ergens in de buurt loeide een sirene, vrijwel meteen gevolgd door een tweede. Vreugde en gelukzaligheid: er was hulp onderweg. Misschien hadden ze zelfs wel een handdoek bij zich. Intussen was ik er niet zeker van of ze op tijd zouden zijn voor Deborah. Ik liet me naast haar vallen, legde haar hoofd met het gezicht omlaag over mijn knie en werkte zo veel mogelijk water naar buiten. Toen rolde ik haar op haar rug, haalde een vingerlading modder uit haar mond en begon met mond-op-mondbeademing.

Eerst was mijn enige beloning nog een golf modderwater, wat de klus er niet aangenamer op maakte. Maar ik bleef doorgaan, en algauw maakte Debs een huiverende stuiptrekking en spuugde nog heel wat meer water uit, waarvan helaas het meeste op mij terechtkwam. Ze begon vreselijk te hoesten, haalde diep adem, wat klonk als een roestige, openzwaaiende scharnier, en zei: 'Verdomme!!'

Voor deze keer vergaf ik haar haar altijd stugge welbespraaktheid. 'Welkom terug,' zei ik. Deborah rolde zich zwakjes op haar gezicht en probeerde zich op handen en knieën op te duwen. Maar ze viel weer op haar gezicht terug, naar adem snakkend van de pijn.

'O god. O, shit, ik heb iets gebroken,' kreunde ze. Ze draaide haar hoofd opzij en spuugde nog wat water uit, terwijl ze haar rug kromde en tussen stuiptrekkingen en misselijkheid diep, reutelend ademhaalde. Ik sloeg haar gade en moest toegeven dat ik best tevreden was over mezelf. Het was Dexter de Duikende Duck gelukt en hij had de dag gered. 'Is overgeven niet iets geweldigs?' vroeg ik aan haar. 'Ik bedoel, als je het alternatief in ogenschouw neemt?' Natuurlijk was een echt vinnig antwoord voor een arm meisje in haar verzwakte toestand te veel gevraagd, maar ik was blij te zien dat ze sterk genoeg was om: 'loop naar de hel' te fluisteren.

'Waar doet het pijn?' vroeg ik.

'Verdomme,' zei ze en ze klonk heel zwak, 'Ik kan mijn linkerarm niet bewegen. De hele arm...' Ze brak af en probeerde de arm in kwestie te bewegen, maar zo te zien wist ze zichzelf alleen maar een hoop pijn te bezorgen. Ze siste terwijl ze diep inademde, waardoor ze weer zachtjes moest hoesten, waarna ze zich naar adem happend op haar rug liet vallen.

Ik ging naast haar op m'n knieën zitten en prikte zachtjes in haar bovenarm. 'Hier?' vroeg ik. Ze schudde haar hoofd. Ik verplaatste mijn hand naar boven, naar het schoudergewricht en sleutelbeen, en ik hoefde haar niet eens meer te vragen waar het was. Haar adem stokte, ze knipperde hevig met haar ogen en zelfs door de modder op haar gezicht kon ik haar een paar tinten bleker zien worden. 'Je sleutelbeen is gebroken,' zei ik.

'Dat kan niet,' zei ze met een zwakke en rasperige stem. 'Ik moet Kyle vinden.'

'Nee,' zei ik. 'Je moet naar de eerste hulp. Als je hiermee blijft rondlopen, eindig je straks regelrecht naast hem, helemaal vastgebonden en ingetapet, en daar schiet niemand wat mee op.'

'Maar ik móét,' zei ze.

'Deborah, ik heb je net uit een te water geraakte auto gered waarbij een heel mooi bowlinghemd is verpest. Wil jij nou mijn perfect goede heldenmoed bederven?'

Ze hoestte weer en gromde van de pijn in haar sleutelbeen die met haar stuiptrekkende ademhaling meebewoog. Ik zag dat ze nog niet klaar was met tegensputteren, maar het begon tot haar door te dringen dat ze heel veel pijn had. En aangezien ons gesprek toch nergens toe leidde was het maar goed dat Doakes arriveerde, vrijwel onmiddellijk gevolgd door een paar ambulancebroeders.

De beste brigadier keek me streng aan, alsof ik de auto persoonlijk in de vijver had gereden en over de kop was gegaan. 'Jullie zijn 'm kwijt, hè?' zei hij, wat verschrikkelijk oneerlijk was.

'Ja, toen we ondersteboven in het water lagen, bleek het veel lastiger dan ik dacht om hem te blijven achtervolgen,' zei ik. 'De volgende keer moet jij dat eens proberen en dan hier staan klagen.'

Doakes keek me alleen maar nors aan en gromde. Toen knielde hij naast Deborah neer en zei: 'Ben je gewond?'

'Sleutelbeen,' zei ze. 'Het is gebroken.' Ze herstelde zich nu snel van de schok en vocht tegen de pijn door op haar lip te bijten en raspend adem te halen. Ik hoopte dat de EHBO-ers iets hadden wat beter zou helpen.

Doakes zei niets, hij keek me slechts met woedende blik aan. Deborah stak haar goede arm op en greep zijn arm vast. 'Doakes,' zei ze, en hij keek naar haar. 'Vind 'm,' zei ze. Hij keek toe hoe ze op haar tanden beet en er een volgende pijnscheut door haar heen ging.

'Daar zijn we al,' zei een van de ambulancebroeders. Het was een pezige jongeman met stekeltjeshaar, en hij en zijn oudere, steviger collega hadden de brancard door het hek, waar Debs auto een gat in had geslagen, gemanoeuvreerd. Doakes wilde opzij stappen zodat ze bij Deborah konden komen, maar ze trok verrassend krachtig aan zijn arm.

'Vind hem,' zei ze nogmaals. Doakes knikte alleen maar, maar dat was niet genoeg voor haar. Deborah liet zijn arm los en hij maakte plaats voor het ambulancepersoneel. Ze onderzochten Debs vluchtig, legden haar op de brancard, trokken die omhoog en reden naar de gereedstaande ziekenwagen. Ik keek haar na en vroeg me af wat er was gebeurd met onze dierbare vriend in de witte bestelbus. Hij had een lekke band, hoe ver was hij daarmee gekomen? Waarschijnlijk zou hij proberen op een ander voertuig over te stappen, liever dan een hulpdienst te bellen om hem te helpen de band te verwisselen. Dus zouden we hoogstwaarschijnlijk ergens in de buurt een achtergelaten bus met lekke band vinden en zou er een auto gestolen zijn.

In een impuls, die in mijn ogen uitermate grootmoedig was, gezien zijn houding jegens mij, liep ik naar Doakes om hem te zeggen wat ik dacht. Maar ik had nog maar anderhalve stap in zijn richting gezet toen ik lawaai onze kant op hoorde komen. Ik draaide me om om te kijken.

Midden op de weg rende een gedrongen man van middelbare leeftijd, hij droeg alleen een boxershort, meer niet. Zijn buik hing over zijn broekband en wiebelde hevig toen hij naar ons toe kwam, en het was duidelijk dat hij niet veel ervaring met hardlopen had. Hij maakte het zichzelf nog eens moeilijker door tijdens het rennen met zijn armen boven zijn hoofd te zwaaien en te roepen: 'Hé! Hé! Hé!' Tegen de tijd dat hij het talud van de I-95 had overgestoken en bij ons aankwam, was hij buiten adem en snakte zo erg naar lucht om iets zinnigs te kunnen zeggen, maar ik had een aardig goed idee van wat hij wilde zeggen.

'De buf,' hijgde hij. Ik realiseerde me dat dit een combinatie was van zijn Cubaanse accent en het feit dat hij buiten adem was en 'de bus' probeerde te zeggen

'Een wit busje? Met een lekke band? En uw auto is weg,' zei ik en Doakes keek me aan.

Maar de hijgende man schudde zijn hoofd. 'Wit busje, ja. Ik dacht ik hoor een hond binnen, misschien gewond,' zei hij, en hij wachtte even om weer diep adem te halen zodat hij ons fatsoenlijk het complete afgrijzen uit de doeken kon doen. 'En toen...'

Maar hij verspilde zijn kostbare adem. Doakes en ik sprintten al de straat op in de richting waaruit hij gekomen was.

21

Brigadier Doakes was kennelijk vergeten dat hij achter míj hoorde aan te gaan, want hij kwam ruim twintig meter eerder bij de bestelbus aan dan ik. Natuurlijk had hij het grote voordeel dat hij beide schoenen aanhad, maar toch, hij liep behoorlijk goed. De bus stond op de stoep voor een vaal oranje huis met een koraalstenen muur eromheen. Hij stond met de voorbumper tegen een omver gereden paaltje en de achterkant van het voertuig had een schuiver de straat op gemaakt, zodat we de felgele nummerplaat met KIES VOOR HET LEVEN konden zien.

Toen ik Doakes had ingehaald, had hij de achterdeur al open en hoorde ik het jammerende geluid dat uit de bus kwam. Eigenlijk klonk het deze keer niet zo erg als hondengejank, of misschien begon ik er alleen maar aan te wennen. Het was iets schriller dan de vorige keer, wat minder monotoon, eerder een scherp gorgelen dan jodelen, maar nog altijd herkenbaar als de roep van de levende doden.

Het zat vastgesnoerd aan een autostoel zonder rugleuning die op zijn kant was gelegd, dus lag die in de lengterichting van het busje. De ogen schoten woest heen en weer en op en neer in hun ooglidloze kassen, de liploze, tandeloze mond stond gefixeerd in een ronde O en kermde zoals een baby kermt, maar zonder armen en benen kon hij geen duidelijke bewegingen maken.

Doakes was ernaartoe gekropen en keek intens uitdrukkingsloos in wat er van het gezicht over was. 'Frank,' zei hij, en het ding rolde met zijn ogen naar hem. Het gehuil stopte heel even, en ging toen op een hogere toon verder, met een nieuw kwelling weeklagend alsof hij ergens om smeekte, leek het wel.

'Herken je deze?' vroeg ik.

Doakes knikte. 'Frank Aubrey,' zei hij.

'Hoe weet je dat?' vroeg ik. Want echt, je zou toch denken dat je alle vroegere mensen in zo'n toestand nauwelijks van elkaar zou kunnen onderscheiden. Het enige herkenningspunt dat ik kon zien waren de rimpels in zijn voorhoofd.

Doakes bleef ernaar kijken, maar hij gromde en knikte naar de hals. 'Tatoeage. Het is Frank.' Hij gromde nogmaals, boog zich naar voren en griste een stukje papier weg dat op de bank was geplakt. Ik leunde voorover om te kijken: in hetzelfde spinachtige handschrift dat ik al eens eerder had gezien, had dr. Danco EER geschreven.

'Haal de ambulancebroeders,' zei Doakes.

Ik haastte me terug naar de plek waar ze juist de deuren van de ziekenwagen dichtdeden. 'Hebben jullie nog een plekje?' vroeg ik. 'Hij neemt niet veel ruimte in beslag, maar hij moet zwaar verdoofd worden.'

'Hoe is hij eraan toe?' vroeg stekeltjeshaar aan me.

Een heel goede vraag voor iemand in zijn beroep, maar de antwoorden die me te binnen schoten, leken me wat oneerbiedig, en dus zei ik maar: 'Ik denk dat jullie die zware verdoving wellicht zelf ook wel willen.'

Ze keken me aan alsof ik ze in de maling nam en zagen de ernst van de situatie nog niet echt in. Toen keken ze elkaar aan en haalden hun schouders op. 'Oké, kerel,' zei de oudere man. 'We vinden wel een plekje voor 'm.' De jongen met het stekeltjeshaar schudde zijn hoofd, maar hij draaide zich om, maakte de deur weer open en trok de brancard naar zich toe.

Terwijl ze door de straat naar Danco's gecrashte bus liepen, klom ik achter in de ziekenwagen om te kijken hoe het met Debs ging. Ze had haar ogen dicht en zag erg bleek, maar ze scheen makkelijker adem te halen. Ze opende één oog en keek me aan. 'We rijden niet.' zei ze.

'Dr. Danco heeft zijn busje in de prak gereden.'

Ze verstarde en wilde overeind komen, haar beide ogen sperden zich open. 'Hebben jullie hem?'

'Nee, Debs. Alleen zijn passagier. Ik denk dat hij op weg was om hem af te leveren, want hij was er helemaal klaar mee.'

Ik had gedacht dat ze al bleek zag, maar nu vervaagde ze bijna. 'Kyle,' zei ze.

'Nee,' zei ik. 'Volgens Doakes is het iemand die Frank heet.'

'Weet je het zeker?'

'Voor de volle honderd procent. Hij heeft een tatoeage in zijn hals. Het is Kyle niet, zusje.'

Deborah deed haar ogen dicht en zonk als een leeglopende ballon terug op haar stretcher. 'Goddank,' zei ze.

'Ik hoop dat je het niet erg vindt om je taxi met Frank te delen,' zei ik.

Ze schudde haar hoofd. 'Dat vind ik niet erg,' zei ze, en toen deed ze haar ogen weer open. 'Dexter. Geen gesodemieter met Doakes. Help hem Kyle te vinden. Alsjeblieft?'

Het kwam vast door de medicijnen, want ik kon op één vinger de keren tellen dat ik haar iets zo treurig had horen vragen. 'Oké, Deb. Ik zal mijn best doen,' zei ik, en haar ogen vielen weer dicht.

'Dank je,' zei ze.

Ik kwam net op tijd terug bij Danco's busje om de oudere ambulancebroeder overeind te zien komen van de plek waar hij duidelijk had overgegeven. Hij draaide zich om om iets tegen zijn partner te zeggen, die op de stoeprand in zichzelf zat te mompelen over de geluiden die Frank binnenin nog steeds maakte. 'Kom op, Michael,' zei hij. 'Kom op, jongen.'

Michael leek geen belangstelling te hebben om in beweging te komen, behalve dat hij heen en weer wiegde en steeds maar herhaalde: 'O god. O jezus. O god.' Ik besloot dat hij ook niet op een aanmoediging van mij zat te wachten en liep om het busje heen naar de bestuurdersdeur. Die was opengezwaaid en ik gluurde naar binnen.

Dr. Danco moest haast hebben gehad, want hij had een duur uitziende scanner laten liggen, van het soort dat door politievolgers en nieuwtjesjagers wordt gebruikt om de politiecommunicatie tijdens noodgevallen af te luisteren. Het was geruststellend te weten dat Danco ons hiermee had weten te vinden en niet door een soort magische kracht.

Verder was de bus schoon. Er lagen geen lucifersboekjes die hem konden verraden, en geen stukje papier met adressen of waar op de achterkant een cryptisch Latijns woord op was gekrabbeld. Helemaal niets wat ons enige aanwijzing zou geven. Misschien waren er vingerafdrukken, maar aangezien we al wisten wie de bestuurder van het busje was, hadden we daar niet veel aan.

Ik nam de scanner mee en liep naar de achterkant van de bestel-

bus. Doakes stond bij de open achterdeur terwijl de oudere ambulancebroeder eindelijk zijn partner zover had gekregen om op te
staan. Ik gaf Doakes de scanner. 'Dit lag op de voorbank,' zei ik. 'Hij
heeft ons afgeluisterd.'

Doakes keek er alleen naar en legde het achter in de bestelbus.
Aangezien hij niet erg spraakzaam leek, vroeg ik: 'Enig idee wat we
nu moeten doen?'

Hij keek me aan, zei niets, en ik keek verwachtingsvol terug. En
ik neem aan dat we daar hadden kunnen blijven staan tot we wortel
hadden geschoten als de ambulancebroeders er niet waren geweest.
'Oké, jongens,' zei senior, en wij stapten opzij zodat ze bij Frank
konden komen. Op dit moment leek de gedrongen broeder prima
in orde te zijn, alsof hij hier was om de ontwrichte enkel van een
jongen te spalken. Zijn collega zag er bepaald ongelukkig uit en ik
kon zelfs op twee meter afstand zijn ademhaling horen.

Ik stond naast Doakes en keek toe hoe ze Frank op de brancard
schoven en hem wegreden. Toen ik weer naar Doakes keek, zag ik
dat hij me weer stond aan te staren. Bovendien schonk hij me zijn
buitengewoon onaangename glimlach. 'Nu komt het op jou en mij
aan,' zei hij. 'En van jou ben ik nog niet zo zeker.' Hij leunde tegen
de toegetakelde bestelbus en deed zijn armen over elkaar. Ik hoorde de deur van de ziekenwagen dichtslaan en even later begon de
sirene te loeien. 'Op jou en mij,' zei Doakes nogmaals, 'en zonder
scheidsrechter.'

'Nog meer van je simpele boerenwijsheid?' zei ik, want daar
stond ik dan, mijn hele linkerschoen en een mooi bowlingshirt op-
geofferd, om het nog maar niet over mijn hobby te hebben, Deborahs sleutelbeen, een perfecte prima politieburgerwagen, en daar
stond híj, nog geen kreukeltje in zijn shirt, cryptische vijandige opmerkingen te maken. Echt, de man was me te veel.

'Vertrouw je niet,' verklaarde hij.

Het leek me een heel goed teken dat brigadier Doakes eindelijk
openhartig werd door zijn twijfels en gevoelens met me te delen.
Toch vond ik dat ik hem bij de les moest houden. 'Dat maakt niet
uit. Onze tijd raakt op,' zei ik. 'Nu Frank is afgewerkt en afgeleverd, zal Danco wel aan Kyle beginnen.'

Hij hield zijn hoofd schuin en schudde die traag. 'Kyle doet er
niet toe,' zei hij. 'Kyle wist waar hij in verzeild raakte. Het gaat erom dat we de dokter te pakken krijgen.'

'Voor mijn zus doet Kyle er wel toe,' zei ik. 'Dat is de enige reden waarom ik hier ben.'

Doakes knikte. 'Dat is een goeie,' zei hij. 'Ik zou je bijna geloven.'

Om een of andere reden kreeg ik op dat moment een idee. Ik moet toegeven dat Doakes mega-irritant was, en niet alleen omdat hij me van mijn belangrijke persoonlijke onderzoek afhield, ook al was dat duidelijk al erg genoeg. Maar nu bestond hij het om mijn acteerspel te bekritiseren, wat alle perken van beschaafd gedrag te buiten ging. Dus misschien was ergernis wel de moeder van de uitvinding; zo poëtisch leek het niet, maar het was er wel. In elk geval schoof er in Dexters stoffige schedel een deurtje open en daar scheen een klein lichtje uit; een waarachtig stukje geestelijke activiteit. Natuurlijk zou Doakes er wellicht niet veel van denken, tenzij ik hem kon laten inzien wat een goed idee het feitelijk was, dus ik waagde een poging. Ik voelde me een beetje als Bugs Bunny die Elmer Fudd tot iets dodelijks probeert over te halen, maar de man zag het aankomen. 'Brigadier Doakes,' zei ik, 'Deborah is de enige familie die ik heb, en je mag mijn betrokkenheid niet in twijfel trekken, dat hoort niet. En zeker niet,' zei ik, en nu moest ik de neiging onderdrukken fanatiek mijn nagels te gaan vijlen, 'omdat jij tot nu toe geen moer hebt uitgevoerd.'

Wat hij verder ook was, een kille moordenaar en wat niet meer, brigadier Doakes was blijkbaar wel in staat emoties te voelen. Misschien was dat het grote verschil tussen ons, de reden dat hij zijn witte hoed zo stevig op zijn hoofd hield en vocht tegen iets wat zijn eigen kant zou moeten zijn. Hoe dan ook, ik zag een vlaag woede over zijn gezicht schieten, en heel diep vanbinnen was er een bijna hoorbare grom van zijn innerlijke schaduw. 'Geen moer,' zei hij. 'Dat is een goeie.'

'Geen moer,' zei ik ferm. 'Deborah en ik hebben al het loopwerk gedaan en alle risico's gelopen, dat weet je best.'

Heel even spanden hij zijn kaakspieren aan, alsof ze uit zijn gezicht zouden springen om mij wurgen, en het zwijgende innerlijke gegrom zwol aan tot een gebulder dat tot mijn Zwarte Ruiter doordrong, die rechtop ging zitten en antwoordde; en zo bleven we daar staan, terwijl onze reusachtige zwarte schaduwen in een onzichtbaar treffen om elkaar heen draaiden.

Het was heel goed mogelijk dat het zou ontaarden in afgescheurd vlees en plassen bloed op straat als een patrouillewagen niet op dat moment piepend naast ons tot stilstand was gekomen en ons stoorde. Er stapte een jonge smeris uit en Doakes stak in een reflex zijn badge naar hem uit, zonder zijn blik van mij af te wenden. Hij maakte een sussende beweging met zijn andere hand, en de smeris liep naar de auto terug en stak zijn hoofd in de wagen om met zijn partner te overleggen. 'Goed dan,' zei Doakes tegen mij, 'heb je iets in gedachten?'

Het was bepaald niet perfect. Bugs Bunny zou ervoor gezorgd hebben dat hij er zelf op zou komen, maar het was goed genoeg. 'Nou je het zegt,' zei ik, 'heb ik wel een idee. Maar het is wat riskant.'

'Hm-m,' zei hij. 'Dacht ik al.'

'Als het te veel voor je is, moet je maar iets anders bedenken,' zei ik. 'Maar volgens mij is het 't enige wat we kunnen doen.'

Ik zag dat hij erover nadacht. Hij wist dat ik hem uit zijn tent lokte, maar er zat net genoeg waarheid in wat ik had gezegd en wel zoveel trots of boosheid in hem dat hem dat niet kon schelen.

'Kom maar op,' zei hij tenslotte.

'Oscar is ontsnapt,' zei ik.

'Daar lijkt het wel op.'

'Dan blijft er maar één persoon over in wie dr. Danco is geïnteresseerd,' zei ik en ik wees recht naar zijn borst. 'Jij.'

Hij kromp niet letterlijk ineen, maar zijn voorhoofd trok samen en hij vergat even adem te halen. Toen knikte hij langzaam en ademde diep in. 'Glibberige klerelijer,' zei hij.

'Dat ben ik inderdaad,' gaf ik toe. 'Maar ik heb wel gelijk.'

Doakes pakte de scanner op en legde die opzij zodat hij in de deuropening van het busje kon zitten. 'Oké,' zei hij, 'Ga door.'

'Om te beginnen wed ik dat hij een andere scanner gaat halen,' zei ik met een knikje naar het apparaat naast Doakes.

'Hm-m.'

'Dus als we weten dat hij meeluistert, kunnen we hem alles laten horen wat we willen. Namelijk,' zei ik met mijn allerbeste glimlach, 'wie je bent, en waar je bent.'

'Wie ben ik dan?' zei hij, en hij leek niet onder de indruk van mijn glimlach.

'Je bent de vent die een val voor hem heeft gezet waardoor hij in handen van de Cubanen is gevallen,' zei ik.

Hij keek me even aan en schudde toen zijn hoofd. 'Je wilt echt mijn hoofd op het hakblok hebben, hè?'

'Absoluut,' zei ik. 'Maar je maakt je toch geen zorgen, wel?'

'Hij heeft Kyle, geen punt.'

'Maar jij weet dat hij eraan komt,' zei ik. 'Dat wist Kyle niet. Trouwens, zou jij niet net wat beter in dit soort dingen moeten zijn dan Kyle?'

Het was schaamteloos, zo doorzichtig als wat, maar hij trapte erin. 'Ja, dat ben ik ook,' zei hij. 'En jij bent een goeie kontkruiper.'

'Ik kruip niet,' zei ik. 'Het is de naakte, simpele waarheid.'

Doakes keek naar de scanner naast hem. Daarna keek hij over de autoweg uit. De straatlantaarns maakten een oranje vlek van een zweetdruppel die over zijn voorhoofd in een oog liep. Hij veegde hem onbewust weg en staarde nog altijd naar de I-95. Hij had me al zo lang zonder met zijn ogen te knipperen aangekeken, dat ik er wat ongemakkelijk van werd dat hij ergens anders naar keek terwijl ik in zijn buurt was. Het was bijna alsof ik onzichtbaar was.

'Goed dan,' zei hij. Hij keek me eindelijk weer aan en nu zat het oranje lichtje in zijn ogen. 'We doen het.'

22

Brigadier Doakes bracht me naar het hoofdbureau terug. Het was een vreemd en verwarrende ervaring om zo dicht bij hem te zitten, en we wisten niet veel tegen elkaar te zeggen. Ik betrapte mezelf erop dat ik hem vanuit mijn ooghoek zijdelings zat te bestuderen. Wat zou er in hem omgaan? Hoe kon hij datgene zijn waarvan ik wist dat hij dat was, zonder er ook maar iets mee te dóén? Als ik me met mijn speelmomenten moest inhouden ging dat op m'n zenuwen werken, maar Doakes leek daar helemaal geen last van te hebben. Misschien was het door El Salvador wel helemaal uit zijn systeem verdwenen. Voelde het anders als je het alleen met de officiële toestemming van een overheid deed? Of was het dan gewoon gemakkelijker, omdat je niet bang hoefde te zijn dat je werd gepakt?

Dat wist ik niet, en ik zag mezelf het hem zeker niet vragen. Alsof hij het punt wilde onderstrepen, kwam hij voor een rood licht tot stilstand, wendde zich tot mij en keek me aan. Ik deed alsof ik het niet merkte, staarde strak voor me uit door de voorruit, maar hij wendde zijn blik pas weer af toen het licht op groen sprong.

We reden regelrecht naar het wagenpark van de politie en Doakes zette me op de voorbank van een andere Ford Taurus. 'Geef me een kwartier,' zei hij, met een knik naar de radio. 'Daarna roep je me op.' Zonder nog een woord te zeggen stapte hij weer in zijn auto en reed weg.

Aan m'n lot overgelaten overdacht ik de afgelopen verbazingwekkende uren. Deborah in het ziekenhuis, ik een bondje met Doakes en mijn openbaring over Cody tijdens mijn bijnadoodervaring. Natuurlijk kon ik me compleet in de jongen vergissen. Wellicht was er een andere verklaring voor zijn gedrag toen de vermiste hond ter sprake kwam, en zo gretig als hij het mes in zijn vis had gestoken, kon heel goed een normale kinderlijke wreedheid zijn. Maar merkwaardig genoeg merkte ik dat ik wilde dat het waar was. Ik wilde dat hij net zo zou worden als ik, vooral, besefte ik, omdat ik hem wilde vormen opdat hij zijn voetjes op het Harry-Pad zou zetten.

Zag die menselijke drang om zich voort te planten er dan zo uit, een zinloos en krachtig verlangen om die geweldige, onvervangbare mij te reproduceren, ook al was de mij in kwestie een monster dat waarachtig geen recht had om tussen de mensen te leven? Dat zou zonder meer verklaren waarom heel veel van die ongelooflijk onaangename idioten die ik elke dag tegenkwam zo waren geworden. Maar in tegenstelling tot hen was ik me er volledig van bewust dat de wereld zonder mij beter af was; ik vond mijn eigen gevoelens in de kwestie belangrijker dan hoe de wereld er wellicht over dacht. Maar nu wilde ik dolgraag meer van mezelf voortbrengen, zoals Dracula een nieuwe vampier creëert om hem in het duister te vergezellen. Ik wist dat het verkeerd was, maar wat zou ik er een plezier aan beleven!

En wat was ik toch een stomkop! Had de periode bij Rita op de bank werkelijk mijn eens zo machtige intellect veranderd in een trillende, sentimentele brij? Hoe kon ik zoiets absurds bedenken? Waarom bedacht ik in plaats daarvan geen plan om aan het huwelijk te ontsnappen? Geen wonder dat ik niet eerder aan die walgelijke surveillance van Doakes had weten te ontkomen: ik had al mijn hersencellen opgebruikt en ik raakte leeg.

Ik keek op mijn horloge. Veertien minuten verspild aan absurd geestelijk gewauwel. Het was bijna zover. Ik pakte de radio en riep Doakes op.

'Brigadier Doakes, waar zit je?'

Even hoorde ik niets, toen gekraak. 'Eh... dat zeg ik nu liever niet.'

'Nog eens, brigadier?'

'Ik ben een verdachte op het spoor, en ik ben bang dat hij me in de gaten heeft.'

'Wat voor verdachte?'

Stilte, alsof Doakes dacht dat ik al het werk zou doen en niet wist wat hij moest zeggen. 'Een vent uit mijn diensttijd. Gevangengenomen in El Salvador, denkt misschien dat ik erachter zit.' Stilte. 'Die vent is gevaarlijk,' zei hij.

'Wil je rugdekking?'

'Nog niet. Voorlopig ga ik hem proberen af te schudden.'

'Begrepen,' zei ik, met een lichte opwinding dat ik dat eindelijk een keer mocht zeggen.

We herhaalden de standaardberichten nog een paar keer, alleen om er zeker van te zijn dat ze bij dr. Danco zouden aankomen, en elke keer zei ik 'begrepen'. Toen we het rond één uur 's nachts voor gezien hielden, voelde ik me opgetogen en voldaan. Misschien zou ik morgen iets proberen als 'snap ik' en 'Roger'. Eindelijk iets om me op te verheugen.

Ik vond een patrouillewagen die naar het zuiden ging en haalde de smeris over om me bij Rita af te zetten. Ik liep op mijn tenen naar mijn auto, stapte in en reed naar huis.

Toen ik in mijn optrekje terugkwam en zag dat het er een chaos was, herinnerde ik me dat Debs hier hoorde te zijn, maar dat ze in plaats daarvan in het ziekenhuis lag. Ik zou haar morgen opzoeken. Intussen was het een gedenkwaardige maar uitputtende dag geweest; een vijver ingejaagd door een benenknipper, een auto-ongeluk overleefd om daarna bijna te verdrinken, een perfect goede schoen kwijtgeraakt, en als klap op de vuurpijl, alsof het allemaal nog niet erg genoeg was, gedwongen om met brigadier Doakes een bondje te sluiten. Arme, Doodvermoeide Dexter. Geen wonder dat ik zo moe was. Ik tuimelde in bed en viel onmiddellijk in slaap.

De volgende morgen parkeerde Doakes zijn auto naast de mijne op het parkeerterrein van het hoofdbureau. Hij stapte uit met een nylon sporttas die hij op mijn motorkap zette. 'Heb je de was meegebracht?' vroeg ik beleefd. Nogmaals ging mijn opgewekte goedgeluimdheid geheel langs hem heen.

'Als ons plan überhaupt werkt, pakt hij mij of ik hem,' zei hij. Hij ritste de tas open. 'Als ik hem pak, is het klaar. Als hij mij pakt...' Hij haalde een gps-ontvanger tevoorschijn en zette die op mijn motorkap. 'Als hij mij pakt, ben jij mijn rugdekking.' Hij liet me een paar duizelingwekkende tanden zien. 'Kun je nagaan hoe goed ik me voel.' Hij haalde een mobiele telefoon tevoorschijn en legde die naast de gps-ontvanger. 'Dit is mijn verzekering.'

Ik keek naar de twee kleine voorwerpen op mijn motorkap. Ze leken me niet echt bedreigend, maar misschien kon je het ene naar iemand gooien en dan met het andere iemands hoofd raken. 'Geen bazooka?' vroeg ik.

'Niet nodig. Alleen dit,' zei hij. Hij reikte nog een keer in de sporttas. 'En dit,' zei hij, hij hield een stenoblokje in zijn hand en sloeg het op de eerste bladzijde open. Zo te zien stonden er series cijfers en letters op en in de spiraal was een goedkope balpen geschoven.

'De pen is machtiger dan het zwaard,' zei ik.

'Deze wel, ja,' zei hij. 'De bovenste regel is een telefoonnummer. De tweede regel is een toegangscode.'

'Waar krijg ik toegang toe?'

'Dat hoef je niet te weten,' zei hij. 'Gewoon bellen, de code intoetsen en mijn mobiele nummer doorgeven. Zij geven je dan de coördinaten van mijn telefoon. En jij komt me halen.'

'Dat klinkt eenvoudig,' zei ik, terwijl ik me afvroeg of dat wel echt zo was.

'Zelfs voor jou,' zei hij

'Maar wie krijg ik dan aan de lijn?'

Doakes schudde alleen maar zijn hoofd. 'Iemand die bij me in het krijt staat,' zei hij en hij haalde een draagbare politieradio uit de tas. 'Nu het makkelijke gedeelte,' zei hij. Hij gaf me de radio en stapte weer in zijn auto.

Nu we kennelijk het aas voor dr. Danco hadden uitgegooid, was stap twee om hem op de juiste tijd op de juiste plaats te krijgen, en het gelukkige toeval dat Vince Masuoka vanavond een feestje gaf was te perfect om te negeren. De daaropvolgende paar uur reden we ieder in onze eigen auto door de stad en herhaalden over en weer een paar keer dezelfde berichten, voor de zekerheid in verschillende variaties. We hadden ook een paar patrouille-eenheden ingeschakeld, die de boel volgens Doakes nou eens niet zouden verprutsen. Ik nam aan dat hij het bij wijze van grap nog zwak uitdrukte, maar de smerissen in kwestie zagen er de grap niet van in en hoewel ze niet echt beefden, deden ze overdreven hun best om brigadier Doakes ervan te overtuigen dat ze dat inderdaad niet zouden doen, dat verprutsen. Het was geweldig om met een man te werken die tot zo'n loyaliteit kon inspireren.

Ons kleine team vulde de rest van de dag de radiogolven met gebabbel over mijn verlovingsfeestje, vertelde hoe ze bij Vince' huis moesten komen en herinnerde elkaar eraan hoe laat het zou beginnen. En na de lunch viel de genadeslag. Ik zat in mijn auto voor een

McDonald's en riep brigadier Doakes nog een laatste keer op voor een zorgvuldig opgelezen conversatie.

'Brigadier Doakes, hier Dexter, ontvangt u mij?'

'Doakes hier,' zei hij na een korte stilte.

'Het betekent veel voor me als u vanavond op mijn verlovings-feestje komt.'

'Ik kan nergens naartoe,' zei hij. 'Deze vent is veel te gevaarlijk.'

'Eén drankje maar. Naar binnen en naar buiten,' drong ik aan.

'Je hebt gezien wat hij met Manny heeft gedaan, en Manny was een gewoon werkpaard. Ik heb die vent aan een paar akelige men-sen overgeleverd. Als hij me in handen krijgt, wat gaat hij mij dan wel niet aandoen?'

'Ik ga trouwen, brig,' zei ik. Ik vond de Verwonderde Stripver-haal-smaak heerlijk toen ik hem brig noemde. 'Dat gebeurt niet elke dag. En met al die smerissen in de buurt zal hij heus niets pro-beren.'

Er volgde een lange, theatrale stilte, waarin ik wist dat Doakes tot zeven telde zoals we hadden opgeschreven. Toen kraakte de zender weer. 'Oké. Ik kom rond negen uur even langs.'

'Begrepen, brig,' zei ik opgetogen dat ik dat nog een keer kon zeggen en om mijn geluk compleet te maken voegde ik eraan toe: 'Dat betekent heel veel voor me. Over en uit.'

'Over en uit,' zei hij.

Ik hoopte dat ons kleine hoorspel ergens in de stad bij ons beoogde publiek was aangekomen. Als hij nu voor een operatie zou staan te schrobben, zou hij dan zijn oren spitsen en luisteren? Als uit zijn ont-vanger de prachtige, warme stem van brigadier Doakes klonk, zou hij misschien een botzaag neerleggen, zijn handen afvegen en op een stukje papier het adres noteren. En dan ging hij weer vrolijk verder met zijn werk – aan Kyle Chutsky wellicht? – met de innerlijke rust van een man die een klus heeft te klaren en na zijn werkdag een druk-ke sociale agenda heeft.

Alleen maar om er absoluut zeker van te zijn, zouden onze pa-trouillevrienden het bericht een paar keer ademloos herhalen, en zonder dat te verprutsen, dat brigadier Doakes hoogstpersoonlijk aanwezig zou zijn, rond een uur of negen.

En wat mij betreft, mijn werk zat er voor een paar uur op en ik ging naar het Jackson Memorial-ziekenhuis om mijn favoriete vo-gel met gebroken vleugel te bezoeken.

Deborah zat met gips om haar borst rechtop in bed in een kamer op de vijfde verdieping met een prachtig uitzicht over de snelweg, en hoewel ik zeker wist dat ze haar een pijnstiller hadden gegeven, keek ze helemaal niet blij toen ik haar kamer binnenwandelde. 'Godverdomme, Dexter,' begroette ze me, 'zeg tegen ze dat ze me als de donder moeten laten gaan. Of breng me tenminste mijn kleren, zodat ik zelf weg kan.'

'Ik ben blij te zien dat je je alweer wat beter voelt, zusjelief,' zei ik. 'Je bent in een oogwenk opgeknapt.'

'Ik ben opgeknapt als ze me m'n verdomde kleren teruggeven,' zei ze. 'Wat gebeurt er allemaal daarbuiten? Wat heb jij uitgespookt?'

'Doakes en ik hebben een, al zeg ik het zelf, bepaald vernuftige valstrik gezet, en Doakes is het lokaas,' zei ik. 'Als dr. Danco toehapt komt hij vanavond op mijn, eh, feestje. Vince' feestje,' voegde ik eraan toe, en ik realiseerde me dat als ik afstand wilde nemen van het hele idee om me te gaan verloven, dit een malle manier was om dat te doen, maar ik voelde me er toch beter door. Maar kennelijk was dit geen troost voor Debs.

'Je verlovingsfeestje,' zei ze, en toen snauwde ze: 'Shit. Je hebt Doakes zover gekregen dat hij zich voor jou in de waagschaal stelt.' En ik geef toe dat het uit haar mond heel elegant klonk, maar ik wilde niet dat ze over dat soort dingen nadacht; ongelukkige mensen genezen minder snel.

'Nee, Deborah, serieus,' zei ik met mijn zalvendste stem. 'We doen dit om dr. Danco te pakken te krijgen.'

Ze keek me een hele poos kwaad aan en toen begon ze tot mijn verbazing te snotteren en slikte een traan weg. 'Ik moet je wel vertrouwen,' zei ze. 'Maar ik vind dit verschrikkelijk. Het enige waar ik aan kan denken is wat hij met Kyle doet.'

'Dit gaat lukken, Debs. We krijgen Kyle heus terug.' Omdat ze per slot van rekening mijn zusje was, voegde ik er niet aan toe: 'Of in elk geval het meeste.'

'Allejezus, het is klote om hier vast te zitten,' zei ze. 'Ik zou jullie rugdekking moeten geven.'

'We kunnen dit echt aan, zus,' zei ik. 'Er komen een stuk of twaalf smerissen op dat feest, allemaal gewapend en gevaarlijk. En ik ben er natuurlijk ook,' zei ik, een beetje op m'n teentjes getrapt omdat ze mijn aanwezigheid zo laag inschatte.

Maar dat bleef ze doen. 'Ja. Als Doakes Danco krijgt, krijgen we Kyle terug. Als Danco Doakes krijgt, ben jij uit de problemen. Echt gehaaid, Dexter. Zo win je altijd.'

'Dat was nog niet eens bij me opgekomen,' loog ik. 'Ik dacht alleen maar aan het hogere goed. Bovendien is Doakes naar verluidt heel ervaren in dit soort zaken. En hij kent Danco persoonlijk.'

'Jezus, Dex, ik word hier knettergek van. Wat nou als...' Ze onderbrak zichzelf en beet op haar lip. 'Je zorgt maar dat het lukt,' zei ze. 'Hij heeft Kyle al veel te lang.'

'Dat gaat lukken, Deborah,' zei ik. Maar we geloofden het geen van beiden echt.

De artsen wilden Deborah per se nog vierentwintig uur ter observatie te houden. Dus nam ik opgewekt afscheid van mijn zus, haastte me de zonsondergang in en van daaruit naar mijn flat om te douchen en me om te kleden. Wat moest ik aan? Ik kon geen richtlijnen bedenken over wat je in deze tijd van het jaar aan moest op een verlovingsfeestje dat je werd opgedrongen, dat zelfs kon uitdraaien op een gewelddadige confrontatie met een wraakzuchtige maniak. Bruine schoenen waren overduidelijk uit, maar buiten dat waren er geen strenge regels. Na ampele overwegingen liet ik me door eenvoudige goede smaak leiden en koos ik een limoengroen, met rode elektrische gitaren en roze scheurijzers bedrukt hawaïhemd. Eenvoudig, maar elegant. Nog een kakibroek en een paar hardloopschoenen en ik was er helemaal klaar voor.

Maar ik had nog een uur over voordat ik er moest zijn, en mijn gedachten dwaalden opnieuw af naar Cody. Was ik de juiste voor hem? En zo ja, hoe kon hij dan in zijn eentje omgaan met zijn ontwakende Ruiter? Hij had mijn leiding nodig en ik merkte dat ik die dolgraag wilde geven.

Ik verliet mijn appartement en reed naar het zuiden in plaats van naar Vince' huis in het noorden. Binnen een kwartier klopte ik bij Rita aan en keek naar de overkant van de straat, naar de lege plek die voorheen werd bezet door brigadier Doakes in zijn kastanjebruine Taurus. Vanavond was hij zich zonder enige twijfel thuis aan het voorbereiden, maakte hij zich op voor de ophanden zijnde strijd en poetste hij zijn kogels. Zou hij dr. Danco proberen te doden, zich gesterkt voelend met de wetenschap dat hij dat wettelijk mocht doen? Hoe lang was het geleden sinds hij iemand had gedood? Zou hij het missen? Kwam de behoefte nu als een orkaan over hem heen en blies die alle rede en remmingen weg?

De deur ging open. Rita straalde en sprong naar me toe, sloeg haar armen om me heen en kuste mijn gezicht. 'Hallo, mooie jongen,' zei ze. 'Kom erin.'

Ik omhelsde haar even voor de vorm en maakte me los uit haar omhelzing. 'Ik kan niet heel lang blijven,' zei ik.

Ze ging nog meer stralen. 'Ik weet het,' zei ze. 'Vince heeft me gebeld. Hij deed er zo schattig over. Hij beloofde me dat hij je in de gaten zou houden, zodat je geen al te gekke dingen gaat doen. Kom toch binnen,' zei ze, en ze trok me aan mijn arm. Toen ze de deur dicht had gedaan, zei ze plotseling heel serieus tegen me: 'Moet je horen, Dexter. Je moet weten dat ik geen jaloers type ben, en dat ik je vertrouw. Ga er maar gewoon heen en heb een leuke avond, oké?'

'Dat doe ik zeker, dank je,' ook al betwijfelde ik of dat inderdaad zou gebeuren. Ik vroeg me af wat Vince tegen haar had gezegd waardoor ze dacht dat het feestje een gevaarlijke valkuil van verleiding en zonde zou worden. Wat dat betreft, zou dat nog wel eens kunnen ook. Aangezien Vince ook grotendeels synthetisch was, kon hij nogal onvoorspelbaar zijn in sociale omstandigheden, zoals bijvoorbeeld tot uiting was gekomen in zijn bizarre seksuele toespelingen jegens mijn zus.

'Lief van je om voor het feestje nog even langs te komen,' zei Rita, terwijl ze me naar de bank leidde waar ik zo'n groot deel van mijn recente leven op had gesleten. 'De kinderen wilden weten waarom zij niet mee mochten.'

'Ik praat wel met ze,' zei ik, terwijl ik alleen maar stond te popelen om Cody te zien om te proberen te ontdekken of ik gelijk had gehad.

Rita glimlachte, alsof ze opgetogen was te merken dat ik werkelijk met Cody en Astor ging praten. 'Ze zijn in de tuin,' zei ze. 'Ik haal ze wel.'

'Nee, blijf maar hier,' zei ik. 'Ik ga wel naar buiten.'

Cody en Astor waren in de achtertuin met Nick, de aanmatigende idioot van de buren die Astor in haar blootje wilde zien. Ze keken op toen ik de deur openschoof en Nick draaide zich om en repte zich naar zijn eigen tuin terug. Astor kwam op me afgerend en drukte zich tegen me aan en Cody kwam achter haar aan geslenterd, hij keek alleen, zonder enige emotie op zijn gezicht. 'Hoi,' zei hij met zijn zachte stem.

'Gegroet en saluut, jonge burgers,' zei ik. 'Zullen we onze officiële toga aantrekken? Caesar roept ons naar de senaat.'

Astor hield haar hoofd schuin en keek me aan alsof ze me net een rauwe kat naar binnen had zien werken. Cody zei alleen heel zachtjes: 'Wat.'

'Dexter,' zei Astor, 'waaróm mogen we niet met je mee naar het feest?'

'In de eerste plaats,' legde ik uit, 'moeten jullie morgen naar school. Maar in de tweede plaats ben ik bang dat het een grotemensenfeestje is.'

'Betekent dat dat er blote meisjes bij zijn?' vroeg ze.

'Wat denken jullie wel niet dat ik ben?' zei ik opperst verontwaardigd. 'Denken jullie nou echt dat ik óóit naar een feest met blote meisjes ga?'

'Jak,' zei Astor, en Cody fluisterde: 'Ha.'

'Maar belangrijker is nog dat ze ook heel stom dansen en ze hebben allemaal lelijke shirtjes aan, en het is niet goed voor jullie als jullie dat zouden zien. Dan zouden jullie alle respect voor grote mensen verliezen.'

'Welk respect?' zei Cody, en ik schudde zijn hand.

'Goed gezegd,' zei ik. 'Ga nu maar naar jullie kamer.'

Astor moest giechelen. 'Maar we willen naar het feest,' zei ze.

'Ik ben bang dat dat niet gaat,' zei ik. 'Maar ik heb een deel van de schat meegenomen, zodat jullie niet weglopen.' Ik gaf haar een rol wafels, ons geheime ruilmiddel. Ze zou hem later eerlijk met Cody delen, uit het zicht van alle priemende ogen. 'Nou, jongelui,' zei ik. Ze keken verwachtingsvol naar me op. Maar op dat punt bleef ik steken, trillend van verlangen naar het antwoord op de vraag waarvan ik niet zeker wist of, of zelfs hoe, ik die zou moeten stellen. Ik kon niet bepaald zeggen: 'Trouwens, Cody, ik vroeg me af of je graag dingen doodmaakt?' Dat was natuurlijk wel precies wat ik wilde weten, maar het leek me niet het soort vraag dat je aan een kind kon stellen, en zeker niet aan Cody, die over het algemeen zo spraakzaam was als een kokosnoot.

Vaak leek zijn zusje Astor het woord namens hem te voeren. De druk van een vroege jeugd in het bijzijn van een gewelddadige bruut van een vader had een symbiotische relatie tussen hen gecreeerd, zo hecht dat als hij cola dronk, zij boerde. Wat er ook in Cody omging, Astor zou er uitdrukking aan kunnen geven.

'Mag ik jullie iets serieus vragen?' zei ik, en ze wisselden een blik uit die meer zei dan een heel gesprek, maar de buitenwereld niets. Toen knikten ze, bijna alsof hun hoofd aan dezelfde tafelvoetbalstang vastzat.

'De hond van de buren' zei ik.

'Heb ik toch al gezegd,' zei Cody.

'Hij gooide altijd de vuilnisbak om,' zei Astor. 'En hij poepte in onze tuin. Nicky probeerde hem ons te laten bijten.'

'Dus Cody heeft hem uit de weg geruimd?'

'Laat dat maar aan Cody over,' zei Astor. 'Hij vindt dat soort dingen leuk. Ik kijk alleen maar toe. Ga je het tegen mama zeggen?'

Het was eruit. Hij vindt dat soort dingen leuk. Ik keek naar hen beiden, die mij niet bezorgder aanstaarden dan wanneer ze hadden gezegd dat ze vanille-ijs lekkerder vonden dan aardbeienijs. 'Ik zal het niet tegen je moeder zeggen,' zei ik. 'Maar jullie mogen het verder ook tegen niemand vertellen, nooit. Alleen wij drieën, begrepen?'

'Oké,' zei Astor met een blik op haar broer. 'Maar waarom niet, Dexter?'

'De meeste mensen begrijpen het niet,' zei ik. 'Zelfs je moeder niet.'

'Maar jij wel,' zei Cody met zijn hese fluisterstem.

'Ja,' zei ik. 'En ik kan helpen.' Ik haalde diep adem en voelde een echo door mijn botten rollen, helemaal uit de tijd van Harry van zo lang geleden tot de Dexter van nu, onder dezelfde avondhemel in Florida waar Harry en ik onder hadden gestaan toen hij hetzelfde tegen mij zei. 'We moeten je eerst op orde brengen,' zei ik en Cody keek me zonder te knipperen met zijn grote ogen aan en knikte.

'Oké,' zei hij.

23

Vince Masuoka had een klein huis in North Miami, helemaal aan het eind in een doodlopende straat die uitkwam op 125th Street. Het was zachtgeel geschilderd met lichtpaarse sierlijsten, waardoor ik mijn smaak voor mijn collega's ernstig in twijfel trok. In de voortuin stonden een paar goed gesnoeide struiken, bij de voordeur was een cactustuin en de kinderhoofdjes van het pad werden door een rij van die op zonnecellen werkende lampen verlicht.

Ik was er een keer eerder geweest, iets langer dan een jaar geleden, toen Vince had besloten om een of andere reden een gekostumeerd feestje te geven. Ik had Rita meegenomen, want bij vermommingen draait het erom dat je er ook in gezien wordt. Zij was als Peter Pan gegaan en ik, uiteraard, als Zorro; de Donkere Wreker met het zwaard in de aanslag. Vince had de deur opengedaan in een strakke, satijnen jurk met een fruitmand op zijn hoofd.

'J. Edgar Hoover?' vroeg ik hem.

'Warm. Carmen Miranda,' had hij gezegd voordat hij ons naar een fontein dodelijke punch begeleidde. Al na één slok besloot ik het bij mineraalwater te houden, maar dat was natuurlijk lang voor mijn bekering tot bier zuipende, roodbloedige man. Er was toen een non-stop soundtrack van monotone technopopmuziek gedraaid, waarvan het volume was ontworpen om vrijwillig een eigenhandig uitgevoerde hersenoperatie te ondergaan, en het feestje was uitermate luidruchtig en vrolijk geworden.

Voor zover ik wist had Vince sindsdien geen feestjes meer gegeven, in elk geval niet zo uitgebreid. Toch zong de herinnering kennelijk nog rond, want het was voor Vince niet moeilijk om binnen vierentwintig uur een enthousiaste menigte te verzamelen om aan mijn vernedering mee te werken. En zoals hij had beloofd, draaiden er door het hele huis vieze filmpjes op een aantal videoschermen die hij had neergezet, zelfs achter het huis op zijn patio. En uiteraard was de fruitpunchfontein er ook.

Omdat de geruchten over het vorige feest nog vers in het geheugen van de buurt lagen, was het hele huis vol lawaaischoppers, overwegend mannelijk, die op de punch aanvielen alsof ze hadden gehoord dat er een prijs was uitgeloofd voor degene die als eerste blijvend hersenletsel opliep. Ik kende zelfs een paar feestgangers. Angel Batista-zonder-iets was er van mijn werk, samen met Camilla Figg en een handvol andere zuiplappen van het lab, en een paar smerissen die ik kende, met inbegrip van de vier die Doakes plechtig hadden beloofd het niet te verprutsen. De rest van de groep leek willekeurig van South Beach geplukt te zijn, geselecteerd om hun talent om harde, schrille woooo-geluiden te produceren wanneer de muziek veranderde of als er op het videoscherm iets heel erg onwaardigs te zien was.

Het duurde niet lang voordat het feest ontaardde in iets waar we allemaal nog heel lang spijt van zouden krijgen. Om kwart voor negen was ik de enige die nog zelfstandig rechtop kon blijven staan. De meeste agenten hadden buiten bij de fontein gebivakkeerd, in een grimmige kluwen van zich steeds sneller buigende ellebogen. Angel-zonder-iets lag vast in slaap onder de tafel, met een gelukzalige glimlach op zijn gezicht. Zijn broek was weg en iemand had midden op zijn hoofd een strook haar weggeschoren.

Zoals de zaken er nu voorstonden, leek dit me een geschikt moment om onopgemerkt naar buiten te glippen om te kijken of brigadier Doakes al was gearriveerd. Daar bleek ik me echter in te vergissen. Ik had nog maar twee stappen buiten de deur gezet toen een groot gewicht van achteren op me neerstortte. Ik draaide me snel om en kwam tot de ontdekking dat Camilla Figg zich over mijn rug probeerde te draperen. 'Hoi,' zei ze met een opgewekte, maar enigszins langgerekte glimlach.

'Hallo,' zei ik opgewekt. 'Zal ik een drankje voor je halen?'

Ze keek me met gefronste wenkbrauwen aan. 'Heb geen drankje nodig. Wouwalleen hallo zeggen.' De frons werd dieper. 'Jeez, wa ben je 'n leukerd,' zei ze. 'Wouwik j'ltijd noggissegge.'

Nou, het arme ding was duidelijk dronken, maar dan nog... een leukerd? Ik? Ik vermoed dat alcohol het gezichtsvermogen vertroebelt, maar kom nou toch, wat kon er in hemelsnaam schattig zijn aan iemand die je liever opensnijdt dan je de hand schudt? Bovendien had ik met Rita mijn buik meer dan vol van vrouwen. Voor zover ik het me kon herinneren hadden Camilla en ik nog nooit meer dan drie woorden met elkaar gewisseld. Ze had het er nooit eerder over gehad dat ik een zogenaamde leukerd was. Ze was me eerder uit de weg gegaan, bloosde liever en keek de andere kant op in plaats van me eenvoudigweg goedemorgen te wensen. En nu verkrachtte ze me zowat. Waar sloeg dit op?

Hoe dan ook, ik had geen tijd me bezig te houden met het ontcijferen van het menselijk gedrag. 'Heel erg bedankt,' zei ik, terwijl ik me probeerde van haar te ontdoen zonder dat een van ons ernstig gewond zou raken. Ze had haar handen stevig om mijn nek geslagen en ik trok eraan, maar ze klemde zich als een zuignap aan me vast. 'Volgens mij heb je wat frisse lucht nodig, Camilla,' zei ik in de hoop dat ze de hint op zou pikken en naar achteren zou teruggaan. In plaats daarvan trok ze me nog dichter naar zich toe, duwde haar gezicht tegen het mijne, terwijl ik verwoed naar achteren wankelde.

'Ik neem m'n frizze lucht hier wel!' zei ze. Ze tuitte haar lippen tot een pruilmondje en duwde me naar achteren tot ik tegen een stoel aanstootte en bijna viel.

'Eh... wil je niet even zitten?' vroeg ik hoopvol.

'Nee,' zei ze, terwijl ze me naar haar gezicht omlaag trok met wat voelde als tweemaal haar werkelijke gewicht, 'ik wil neuken.'

'Ah, nou,' stamelde ik, overweldigd door haar volslagen schokkende schaamteloosheid en het absurde ervan. Waren alle mensenvrouwen soms gek? Niet dat de mannen een haar beter waren. Het feest om me heen zag eruit alsof dat door Hieronymus Bosch was gearrangeerd, terwijl Camilla vastbesloten was me naar de fontein te slepen, waarachter ongetwijfeld een bende vogelsnavels stond te wachten om haar te helpen mij te betoveren. Maar het schoot door me heen dat ik nu het perfecte excuus kon gebruiken om betovering te voorkomen. 'Ik ga trouwen, weet je.' Hoe moeilijk het ook was om het over m'n lippen te krijgen, het was alleen maar eerlijk dat het ook wel eens goed uitkwam.

'Klosak,' sprak Camilla. 'Knappe klosak.' Ze zakte opeens in elkaar en haar handen vielen van mijn nek. Ik kon haar amper opvangen en voorkomen dat ze op de grond viel.

'Dat zal best, ja,' zei ik. 'Maar je moet hoe dan ook een paar minuten gaan zitten.' Ik probeerde haar op de stoel te wurmen, maar dat was als honing schenken op het lemmet van een mes en ze gleed op de vloer.

'Knappe klosak,' zei ze, en ze deed haar ogen dicht.

Het is altijd leuk te horen dat je collega's een hoge pet van je op hebben, maar mijn romantische intermezzo had een paar minuten geduurd en ik moest nu echt buiten gaan kijken waar brigadier Doakes bleef. Terwijl ik Camilla overliet aan haar zoete sluimer en vochtige liefdesdromen, liep ik nogmaals naar de voordeur.

En nogmaals werd ik belaagd, deze keer een wilde aanval op mijn bovenarm. Vince zelf greep me bij mijn biceps, sleurde me weg van de deur en terug in het surrealisme. 'Hé!' lalde hij. 'Hé, feestbeest! Waar gaat je heen?'

'Ik geloof dat ik mijn sleutels in de auto heb laten liggen,' zei ik, terwijl ik me uit zijn dodelijke greep los probeerde te wurmen. Maar hij trok alleen maar harder aan me.

'Nee, nee, nee,' zei hij en hij sleepte me naar de fontein. 'Het is jouw feestje, jij gaat helemaal nergens naartoe.'

'Het is een geweldig feest, Vince' zei ik. 'Maar ik moet nu echt...'

'Drink!' zei hij. Hij dompelde een glas in de fontein en stak het ruw naar me uit zodat de helft op mijn mooie hemd morste. 'Dit heb je nodig. Banzai!' Hij hield zijn eigen glas in de lucht en sloeg de inhoud achterover. Gelukkig voor alle betrokkenen kreeg hij daar een hevige hoestbui van en wist ik weg te glippen terwijl hij dubbel klapte en vocht om wat lucht.

Ik wist helemaal tot aan de voordeur te komen en halverwege het pad, toen hij weer in de deuropening verscheen. 'Hé,' schreeuwde hij. 'Je mag nu nog niet weg, er komen nog strippers!'

'Ik ben zo terug,' riep ik. 'Schenk nog maar wat voor me in!'

'Is goed!' zei hij met zijn namaakglimlach. 'Ha! Banzai!' En met een opgewekte zwaai keerde hij weer naar het feest terug. Ik draaide me om om Doakes te zoeken.

Hij had zo lang pal aan de overkant gestaan van waar ik me bevond, dat ik hem onmiddellijk in de gaten zou moeten hebben, maar dat was niet zo. Toen ik ten slotte de bekende kastanjebruine Taurus zag, besefte ik hoe slim hij was geweest. Hij had verderop in de straat onder een grote boom geparkeerd, die het licht van de straatlantaarns afschermde. Zoiets zou iemand doen die niet gezien wilde worden, maar die tegelijk dr. Danco het vertrouwen wilde geven dat hij zonder gezien te worden dicht bij het huis kon komen.

Ik liep naar de auto en het portierraam schoof omlaag. 'Hij is er nog niet,' zei Doakes.

'Het is de bedoeling dat je binnenkomt voor een drankje,' zei ik.

'Ik drink niet.'

'Dan ga je duidelijk ook nooit naar feestjes, want dan zou je wel weten dat je die niet in je eentje in je auto hoort te vieren.'

Brigadier Doakes zei niets, maar het raam schoof omhoog, het portier ging open en hij stapte uit. 'Wat doe je als hij nu komt?' vroeg hij.

'Erop vertrouwen dat mijn charme me redt,' zei ik. 'Kom mee naar binnen, nu er nog iemand daarbinnen bij bewustzijn is.'

We staken samen de straat over, nog net niet hand in hand, maar het leek onder de omstandigheden zo merkwaardig, dat we het net zo goed wel hadden kunnen doen. Toen we midden op de weg liepen kwam er een auto de hoek om onze richting uit. Ik wilde wegvluchten en in een rij oleanders duiken, maar was heel trots op mijn ijzige kalmte toen ik in plaats daarvan slechts een blik wierp op de naderende auto. Die reed langzaam door en tegen de tijd dat brigadier Doakes en ik de overkant van de straat hadden bereikt, was hij bij ons.

Doakes draaide zich om en keek naar de auto, en ik ook. Vijf opgeschoten jongens op een rij keken ons stuurs aan. Een van hen draaide zijn hoofd om en zei iets tegen de anderen, en ze moesten lachen. De auto reed door.

'Laten we maar naar binnen gaan,' zei ik. 'Ze zagen er gevaarlijk uit.'

Doakes gaf geen antwoord. Hij zag dat de auto aan het eind van de straat keerde en liep toen naar Vince' voordeur. Ik liep achter hem aan en was net op tijd bij hem om de deur voor hem open te houden.

Ik was maar een paar minuten buiten geweest, maar het aantal slachtoffers was indrukwekkend gegroeid. Twee van de smerissen bij de fontein lagen languit op de grond en een van de South Beachvluchtelingen stond over te geven in een Tupperwarebak waar een paar minuten geleden nog gelatinepudding in had gezeten. De muziek dreunde harder dan ooit en ik hoorde Vince vanuit de keuken roepen: 'Banzai!' dat werd meegejoeld door een onsamenhangend koor van andere stemmen. 'Laat alle hoop varen,' zei ik tegen brigadier Doakes, en hij mompelde iets wat klonk als achterlijke randdebielen. Hij schudde zijn hoofd en ging naar binnen.

Doakes dronk niets en danste ook niet. Hij vond een hoek in de kamer waar geen bewusteloze lijven lagen en bleef daar alleen maar staan, terwijl hij eruitzag als de Meedogenloze Man met de zeis op een studentencorpsfeest. Ik vroeg me af of ik iets moest doen om hem in de stemming te brengen. Misschien kon ik Camilla Figg op hem afsturen om hem te verleiden.

Ik zag hoe de brave, in de hoek staande brigadier om zich heen keek, en vroeg me af wat hij dacht. Het was een prachtige metafoor: Doakes zwijgend alleen in een hoek, terwijl om hem heen het menselijk leven onstuimig doorwoedde. Als ik iets kon voelen, zou er nu waarschijnlijk een bron van sympathie voor hem in me moeten opwellen. Hij leek volkomen onaangedaan door de situatie, hij vertrok zelfs geen spier toen twee leden van de South Beach-troep in hun nakie langsrenden. Zijn blik viel op het dichtstbij staande beeldscherm, waarop nogal schokkende en primitieve beelden van dieren te zien waren. Doakes keek er zonder enige interesse of emotie naar; hij keek alleen maar, toen verplaatste hij zijn blik naar de agenten op de grond, naar Angel onder de tafel en Vince in de keuken als leider van een polonaise. Zijn blik reisde helemaal naar mij toe, zonder enige uitdrukking op zijn gezicht. Hij liep de kamer door en ging voor me staan.

'Hoe lang moeten we blijven?' vroeg hij.

Ik schonk hem mijn allerbeste lach. 'Het is een beetje veel, hè? Al die vreugde en dat plezier, je zult er wel zenuwachtig van worden.'

'Ik wil m'n handen wassen,' zei hij. 'Ik wacht buiten.'

'Is dat nou wel zo'n goed idee?' vroeg ik.

Hij gebaarde met zijn hoofd naar de polonaise van Vince, die in een berg van spastische hilariteit instortte. 'Dat wel, dan?' zei hij. En hij had natuurlijk een punt, hoewel in termen van pure dodelijke pijn en afgrijzen een groep polonaisedansers op de grond bepaald niet tegen dr. Danco op kon. Maar ik veronderstel dat je de menselijke waardigheid in ogenschouw moet nemen, als die al ergens echt bestaat. Terwijl ik op dat moment de kamer rondkeek, hield ik dat niet voor mogelijk.

De voordeur zwaaide open. Doakes en ik draaiden ons allebei om, al onze reflexen stonden op scherp, en het was goed dat we op gevaar bedacht waren, want anders zouden we in een hinderlaag zijn gelokt door twee halfnaakte vrouwen met een gettoblaster. 'Hallo?' riepen ze, en ze werden beloond met een schor, schril woooo! van de polonaisegangers op de grond. Vince worstelde zich onder de stapel lijven vandaan en stond op zijn voeten te zwaaien. 'Hé!' riep hij. 'Hallo allemaal! Strippers zijn er! Banzai!' Er klonk een nog luider woooo! en een van de smerissen op de grond worstelde zich op zijn knieën, waarbij hij zachtjes heen en weer wiegde en starend met zijn mond het woord strippers mimede.

Doakes keek de kamer rond en weer naar mij. 'Ik ben buiten,' zei hij, en hij liep naar de deur.

'Doakes,' zei ik, en ik vond het echt geen goed idee. Maar ik was nog geen stap bij hem vandaan of ik werd opnieuw woest in de val gelokt.

'Hebbes!' brulde Vince, die me in een onhandige berenomhelzing hield.

'Vince, laat me los,' zei ik.

'Komt niets van in!' gnuifde hij. 'Hallo, allemaal! Help me es met de blozende bruidegom!' Een golf ex-polonaisegangers en de laatste smeris die bij de fontein nog op zijn benen stond, kwamen toegesneld en opeens zat ik midden in een uitgelaten minigroepje dansende mensen, de lijven duwden me naar de stoel waar Camilla Figg was flauwgevallen en op de vloer was gerold. Ik worstelde om weg te komen, maar dat had geen zin. Ze waren met te veel en hadden te veel van Vince' raketsap gedronken. Ik kon alleen maar toekijken hoe brigadier Doakes, met een laatste blik van gesmolten steen, door de voordeur de nacht in liep.

Ze verankerden me in de stoel en gingen in een dichte halve cirkel om me heen staan, en het was duidelijk dat ik geen kant op kon. Ik hoopte maar dat Doakes zo goed was als hij dacht dat hij was, want het was duidelijk dat hij een tijdje op zichzelf aangewezen was.

De muziek stopte, en ik hoorde een bekend geluid waarvan de haren op mijn armen recht overeind gingen staan: het krakende en scheurende geluid van duct tape dat van de rol getrokken werd, mijn eigen lievelingsprelude voor een Concerto voor een Lemmet. Iemand hield mijn armen vast en Vince wond me met drie banen tape om mijn borst aan de stoel vast.

'Oké dan!' schreeuwde Vince. Een van de strippers zette haar gettoblaster aan en de show begon. De eerste stripper, een stuurs kijkende, zwarte vrouw, begon voor mijn ogen te vibreren, terwijl ze een paar onnodige kledingstukken verwijderde. Toen ze vrijwel naakt was, ging ze op mijn schoot zitten, likte aan mijn oor en wiebelde met haar billen. Vervolgens duwde ze mijn hoofd tussen haar borsten, kromde haar rug en sprong naar achteren, terwijl de andere stripper, een vrouw met Aziatische gelaatstrekken maar blond haar, naar voren kwam en het hele proces herhaalde. Toen ze een poosje op mijn schoot had gewiebeld, voegde de eerste stripper zich bij ons en gingen ze aan weerskanten van me zitten. Toen bogen ze zich zodanig naar voren dat hun borsten langs mijn gezicht streken en begonnen elkaar te zoenen.

Op dat moment bracht Vince ze een groot glas van zijn moorddadige fruitpunch, en ze dronken het op terwijl ze ritmische bleven wiebelen. Een van de twee zei: 'Woo! Lekkere punch!' Ik wist niet wie van de twee dat zei, maar ze leken het er samen over eens te zijn. De dames begonnen nu nog meer te kronkelen en krioelen, en de menigte om mij heen joelde alsof het een hondsdolheidsconventie bij volle maan was. Natuurlijk werd mijn blikveld enigszins verduisterd door vier heel grote en onnatuurlijk stevige borsten, van elke kleur twee, maar het klonk alsof iedereen een hoop plezier had, behalve ik.

Soms vraag je je af of niet een kwade genius met een beroerd gevoel voor humor het in het universum voor het zeggen heeft. Ik wist genoeg van de menselijke man om te weten dat het gros van hen met alle liefde hun overtollige lichaamsdeel zouden willen verruilen om te zijn waar ik nu was. En toch was het enige waaraan ik kon denken dat ik met net zoveel liefde een paar lichaamsdelen zou willen verruilen om uit deze stoel en van die naakte, kronkelende vrouwen weg te kunnen komen. Natuurlijk had ik liever dat het om iemand anders lichaamsdeel ging, maar dat zou ik opgewekt in ontvangst nemen.

Maar er bestond geen gerechtigheid. De twee strippers zaten op mijn schoot op het ritme van de muziek te wippen en zweetten mijn mooie rayon shirt helemaal onder; en elkaar, terwijl om ons heen het feest voortwoedde. Na wat een eindeloos vloek in het vagevuur leek, slechts onderbroken door Vince, die de strippers nog een drankje kwam brengen, gingen de kronkelende vrouwen eindelijk van mijn schoot af en begonnen in de omringende meute rond te dansen. Ze raakten gezichten aan, nipten van andermans drankjes en grepen hier en daar iemand in zijn kruis. Ik maakte van de afleiding gebruik om mijn handen los te maken en het duct tape weg te halen, en toen pas kwam ik erachter dat niemand meer op Dimple Dexter lette, in theorie de Man van de Avond. Met een snelle blik om me heen werd duidelijk waarom: iedereen in de kamer stond in een slordige kring naar de dansende strippers te kijken, die nu compleet naakt waren en glinsterden van het zweet en de gemorste drank. Vince leek wel een stripfiguur, zoals hij daar met uitpuilende ogen stond, maar hij was in goed gezelschap. Iedereen die nog bij bewustzijn was, stond in dezelfde houding ademloos te staren en zwaaide licht heen en weer. Ik had mezelf op een vlammende tuba het huis uit kunnen schieten en niemand zou het hebben gemerkt.

Ik stond op, liep zorgvuldig achter de meute om en glipte door de voordeur naar buiten. Ik had gedacht dat brigadier Doakes wel ergens in de buurt van het huis zou wachten, maar hij was nergens te zien. Ik stak de straat over en keek in zijn auto. Die was ook leeg. Ik keek de straat af en daarvoor gold hetzelfde. Er was geen spoor van hem te bekennen.

Doakes was verdwenen.

24

Er zijn veel aspecten aan het menselijk bestaan die ik nooit zal begrijpen, en dan bedoel ik niet alleen intellectueel gesproken. Het mankeert me nu eenmaal aan het vermogen tot empathie, evenals het voelen van emoties. Ik vind dat niet echt een gemis, maar daardoor begrijp ik veel aspecten van de ervaringen die gewone mensen hebben helemaal niet.

Maar één bijna overweldigende algemene menselijke ervaring voel ik heel oppermachtig, en dat is verleiding. En toen ik in de lege straat voor Vince Masuoka's huis aan het zoeken was, en me realiseerde dat dr. Danco op een of andere manier Doakes had meegenomen, kwam het als duizelingwekkende, bijna verstikkende golven over me heen. Ik was vrij. Die gedachte kolkte om me heen en beukte op me in met zijn elegante en volkomen terechte eenvoud. Ik zou met het grootste gemak van de wereld gewoon weg kunnen lopen. Doakes mocht zijn onderonsje hebben met de dokter, ik zou dat 's morgens rapporteren en doen alsof ik te veel gedronken had – het was tenslotte mijn verlovingsfeestje! – en ik wist niet precies wat er met de beste brigadier was gebeurd. Wie zou dat kunnen weerleggen? Het was zo zeker als wat dat niemand op het feestje ook maar bij benadering kon ontkennen dat ik niet naar de peepshow keek en de hele tijd bij hen was.

Doakes zou verdwenen zijn. Voorgoed weggerukt in een laatste nevel van afgehakte ledematen en waanzin, die nooit meer zijn licht zou laten schijnen over mijn donkere deuropening. Vrijheid voor Dexter, vrij om mezelf te zijn, en daar hoefde ik helemaal niets voor te doen. Zelfs ik kon dat aan.

Dus waarom liep ik dan niet weg? Sterker nog, waarom maakte ik niet gewoon een wat langer wandelingetje, naar Coconut Grove, waar een zekere kinderfotograaf al veel te lang op mijn aandacht had moeten wachten? Zo simpel, zo veilig... Inderdaad, waarom niet? Het was een uitgelezen nacht voor duistere lust met een somber kantje, met een bijna volle maan en die ene ontbrekende factor waardoor de hele zaak een achteloos, informeel tintje kreeg. De indringende fluisteringen waren het met me eens, en rezen in een sissend, hardnekkig koor in me op.

Het was er allemaal. Tijdstip, doelwit, het grootste deel van de maan en zelfs een alibi, en de spanning had zich nu al zo lang in me opgebouwd dat ik mijn ogen maar dicht hoefde te doen en het helemaal vanzelf zou laten gebeuren, op de automatische piloot door al het geluk heen lopen. En daarna weer die zoete ontlading, de naglans van de boterzachte spieren waaruit alle knopen waren afgevoerd, het gelukzalig laten wegdrijven in mijn eerste complete nacht slaap sinds tijden. En de volgende ochtend zou ik verkwikt en opgelucht zijn en zou ik Deborah vertellen...

O. Deborah. Die was er ook nog, hè?

Moest ik Deborah vertellen dat zich plotseling de gelegenheid van een no-Doakeszone voordeed en dat ik met Behoefte en Mes de duisternis in was gestormd, terwijl de laatste vingers van haar vriendje op een vuilnisbelt belandden? Ook al drongen mijn innerlijke cheerleaders erop aan dat het oké was, dacht ik op een of andere manier niet dat zij dat ook vond. Ik had het gevoel dat er iets definitiefs zat in mijn relatie met mijn zus, een kleine beoordelingsfout wellicht, maar een die ze niet makkelijk zou kunnen vergeven, en ook al ben ik niet in staat om feitelijk liefde te voelen, wilde ik Debs betrekkelijk gelukkig in mijn buurt houden.

En dus werd ik opnieuw opgezadeld met mijn deugdzame geduld en een gevoel van lankmoedige rechtschapenheid. Draconische, Plichtsgetrouwe Dexter. Het komt wel, hield ik mijn andere ik voor. Vroeg of laat zal het gebeuren. Moet het gebeuren, het zal niet eeuwig wachten, maar dit gaat nu voor. Hij sputterde natuurlijk wat, want het moest nu niet te lang meer duren, maar ik wist zijn gemopper de kop in te drukken, rammelde nog één keer opgewekt aan de tralies en haalde mijn mobiele telefoon tevoorschijn.

Ik toetste het nummer in dat Doakes me had gegeven. Even later klonk er een toon, en toen niets, alleen een vaag geruis. Ik toetste de lange toegangscode in, hoorde een klik en toen zei een neutrale vrouwenstem: 'Nummer,' Ik gaf de stem Doakes' telefoonnummer. Er viel een stilte en toen las de stem me de coördinaten voor;

die krabbelde ik haastig op de blocnote. De stem wachtte even, en voegde eraan toe: 'Beweegt zich in westelijke richting, snelheid honderd kilometer per uur.' Toen viel de lijn dood.

Ik heb nooit beweerd dat ik een deskundig navigator ben, maar op mijn boot gebruik ik een kleine gps-unit. Dat is handig om goede visgronden te markeren. Dus ik slaagde erin zonder mijn hoofd te stoten of een explosie te veroorzaken de coördinaten in te voeren. Het toestel dat Doakes me had gegeven was wat geavanceerder dan het mijne en had zelfs een scherm met een kaart. De coördinaten op de kaart kwamen overeen met Interstate 75 in de richting van Alligator Alley, de doorgaande weg naar de westkust van Florida.

Ik was lichtelijk verbaasd. Het overgrote deel van het gebied tussen Miami en Naples bestaat uit de Everglades, een moeras dat wordt onderbroken door stukken min of meer droog land. Het zat er vol slangen, kaaimannen en indianengoktenten, wat mij absoluut niet het soort omgeving leek om je ontspannen en te genieten van een vredige amputatiesessie. Maar de gps loog niet en de stem aan de telefoon waarschijnlijk ook niet. Als de coördinaten niet klopten, dan had Doakes dat aan zichzelf te wijten en was hij sowieso verloren. Ik had geen keus. Ik voelde me een beetje schuldig dat ik het feestje verliet zonder mijn gastheer te bedanken, maar ik stapte in mijn auto en zette koers naar de I-75.

Binnen een paar minuten reed ik op de autoweg en toen snel naar het noorden naar de I-75. Als je op de 75 naar het westen rijdt, wordt de bebouwing steeds minder dicht. Dan is er nog één laatste uitbarsting van kleine winkelcentra en huizen vlak voor de tolpoort naar Alligator Alley. Bij de tol zette ik mijn auto aan de kant van de weg en belde het nummer weer. Dezelfde neutrale vrouwenstem gaf me een paar coördinaten en de lijn viel stil. Ik maakte daaruit op dat ze niet meer in beweging waren.

Volgens de kaart bevonden brigadier Doakes en dr. Danco zich comfortabel midden in een ongemarkeerde waterwildernis, zo'n zestig kilometer voor me uit. Ik wist niet hoe het zat met Danco, maar ik dacht niet dat Doakes hier wel bij zou varen. Misschien loog die gps toch. Maar toch moest ik iets doen, dus ik reed de weg weer op, betaalde de tol, en vervolgde mijn weg in westelijke richting.

Op een plek parallel aan de gps-locatie sloeg een kleine toegangsweg rechts af. In het donker was hij bijna niet te zien, te meer omdat ik honderdvijftien kilometer per uur reed. Maar ik zag hem toen ik er langs zoefde; ik remde, bleef in de berm staan, reed achteruit en tuurde ernaar. Het was een eenbaanszandweg die nergens naartoe ging, over een gammele brug liep en vervolgens lijnrecht de duisternis van de Everglades in. In de koplampen van de passerende auto's kon ik slechts vijftig meter van de weg zien, en er viel niets te zien. Tussen twee bandensporen groeide een strook kniehoog onkruid. Een groepje lage bomen hing aan weerskanten over de weg, en dat was het.

Ik overwoog uit te stappen en op zoek te gaan naar een aanwijzing, totdat ik me realiseerde hoe dwaas dat was. Dacht ik soms dat ik Tonto was, de trouwe indiaanse gids? Ik kon niet aan een omgebogen twijgje zien hoeveel blanke mannen er in het afgelopen uur waren langsgekomen. Misschien verbeeldde Dexters plichtsgetrouwe, maar nu ongeïnspireerde brein zich wel dat hij Sherlock Holmes was, in staat om de bandensporen te onderzoeken en daaruit af te leiden dat er een manke, linkshandige gebochelde met rood haar met een Cubaanse sigaar en een ukelele daarheen op weg was gegaan. Ik zou geen aanwijzingen vinden, niet dat dat er iets toe deed. De treurige waarheid was dat het hier was of dat het er voor vanavond voor me op zat, en voor brigadier Doakes aanzienlijk langer.

Gewoon om er absoluut zeker van te zijn – of in elk geval om me van elke blaam te zuiveren – belde ik Doakes' supergeheime nummer nogmaals. De stem gaf me dezelfde coördinaten en hing op; waar ze ook waren, ze waren daar nog steeds, ergens langs dit smerige en donkere weggetje.

Blijkbaar had ik geen keus meer. De plicht riep en die moest Dexter nakomen. Ik gaf een ruk aan het stuur en reed de weg op.

Volgens de gps had ik nog negen kilometer te gaan voor ik aankwam op de plek waar me wat dan ook wachtte. Ik deed mijn dimlichten uit en reed met stadslicht langzaam verder, terwijl ik de weg zorgvuldig afzocht. Daardoor had ik meer dan genoeg tijd om na te denken, wat niet altijd goed is. Ik dacht aan wat ik aan het eind van de weg zou aantreffen en wat ik zou doen als ik er was. En hoewel het bepaald geen goed moment was om over na te denken, besefte ik dat ik, ook al zou ik dr. Danco aan het eind van deze weg aantreffen, geen idee had hoe ik het aan zou moeten pakken. 'En jij komt me halen,' had Doakes gezegd, en het klonk zo simpel, tot dat je op een donkere avond met geen dreigender wapen dan een stenoblok door de Everglades reed. En dr. Danco had blijkbaar niet veel moeite gehad met de anderen die hij te pakken had genomen, ondanks het feit dat het ruwe, goed bewapende gasten waren. Hoe kon de arme, hulpeloze Dociele Dexter nou hopen dat hij hem kon dwarsbomen waar de Machtige Doakes zo snel ten onder was gegaan?

Wat zou ik doen als hij mij te pakken kreeg? Ik geloof niet dat ik het als jodelend bintje goed zou doen. Ik weet ook niet of ik gek zou worden, aangezien de meeste kenners hoogstwaarschijnlijk zouden zeggen dat ik dat al was. Zou ik toch knappen en doordraaien zodat ik in het land van de eeuwige schreeuw zou belanden? Of zou ik, door wat ik ben, me bewust blijven van wat er met me gebeurde? Ik, mijn dierbare ik, vastgebonden op een tafel en kritiek leverend op de toegepaste ontledingstechniek? Het antwoord zou me zonder meer heel veel vertellen over wat ik was, maar ik besloot dat ik dat antwoord nou ook weer niet zó nodig hoefde te weten. Het idee alleen al was me bijna zoveel dat ik echte emoties ging voelen, en niet van het soort waar iemand dankbaar voor is.

De nacht had me rondom ingesloten, en niet op een aangename manier. Dexter is een stadsjongen, gewend aan felle lichten die donkere schaduwen maken. Hoe verder ik op de weg vorderde, hoe donkerder het leek te worden, en hoe donkerder het werd, hoe meer de hele zaak op een hopeloze zelfmoordtrip begon te lijken. Deze situatie vroeg duidelijk om een peloton mariniers, niet voor een toevallig langskomende forensische labrat met zelfmoordneigingen. Wie dacht ik nou werkelijk die ik was? Sir Dexter de Durfal die te hulp galoppeerde? Wat kon ik nou helemaal uitrichten? Trouwens, wat zou iemand kunnen doen behalve bidden?

Bidden doe ik natuurlijk niet. Tot wat zou iemand als ik moeten bidden en waarom zou het naar me luisteren? En als ik al Iets zou vinden, wat dat dan ook mocht zijn, waarom zou dat me dan niet uitlachen of een bliksemflits op m'n keel afvuren? Het zou heel geruststellend zijn om me tot een of andere hogere macht te kunnen wenden, maar uiteraard kende ik maar één hogere macht. En ook al was die sterk, vlug en slim en kon die buitengewoon goed door de inktzwarte nacht sluipen, maar zou zelfs de Zwarte Ruiter dit wel aankunnen?

Volgens de gps was ik nog geen halve kilometer van brigadier Doakes vandaan, of tenminste van zijn mobiele telefoon, toen ik bij een hek kwam. Het was zo'n breed, aluminium hek dat op melkveehouderijen wordt gebruikt om de koeien binnen te houden. Maar dit was geen melkveehouderij. Een bordje op het hek vermeldde:

ALLIGATORBOERDRIJ BLALOCK
Indringers worden opgegeten

Dit leek me inderdaad een uitgelezen plek voor een alligatorboerderij, dat betekende niet per se dat dit het soort plek was waar ik wilde zijn. Tot mijn schaamte moet ik toegeven dat ik, hoewel ik al mijn hele leven in Miami heb gewoond, heel weinig van alligatorboerderijen weet. Bewogen de dieren zich vrijelijk door weilanden, of zaten ze op een of andere manier op een omheind terrein? Dat leek op dit moment een uitermate belangrijke vraag. Konden alligators in het donker zien? En hoe hongerig waren ze over het algemeen? Allemaal goede vragen, en heel relevant.

Ik deed de autolichten uit, zette de wagen stil en stapte uit. Ik hoorde de motor tikken, de muggen lamenteren en in de verte kwam er uit een blikkerige luidspreker muziek. Het klonk als Cubaanse muziek. Waarschijnlijk Tito Puente.

De dokter was thuis.

Ik liep naar het hek. De weg erachter was nog altijd recht en liep over een oude, houten brug naar een groepje bomen. Door de takken zag ik licht. Ik zag geen alligators die zich in het maanlicht koesterden.

Nou, Dexter, daar staan we dan. En wat wil jij vanavond doen? Op dit moment leek Rita's bank niet eens zo'n slechte plek. Zeker niet vergeleken met deze nachtelijke wildernis. Aan de andere kant van dit hek bevond zich een maniakale vivisector, hordes vraatzuchtige reptielen, en een man die ik moest zien te redden, ook al wilde hij me vermoorden. En nog wel in deze uithoek, Formidabele Dexter in zijn donkere sportbroekje.

Ik vraag dit geloof ik de laatste tijd heel vaak, maar waarom overkomt mij dit altijd? Ik bedoel, echt. Ik, die dit allemaal trotseert om uitgerekend brigadier Doakes te redden? Hallo? Is er niet iets mis met dat plaatje? Zoals het feit dat ik erop voorkom?

189

Niettemin was ik er, en dan kon ik maar net zo goed doorgaan. Ik klom over het hek en liep in de richting van het licht.

De gewone nachtgeluiden kwamen beetje voor beetje terug. Tenminste, ik nam aan dat ze in het wilde en ongerepte woud normaal waren. Ik hoorde geklik, gezoem en gebrom van onze insectenvrienden, en een klaaglijke roep waarvan ik hartelijk hoopte dat het slechts een soort uil was, en een kleintje alsjeblieft. Er ratelde iets in het struikgewas rechts van me en viel toen weer volkomen stil. En gelukkig voor mij schakelde ik, in plaats van als een normaal mens bang of zenuwachtig te worden, over op de nachtsluiperstand. Geluiden werden gefilterd, de bewegingen om me heen vertraagden en al mijn zintuigen kwamen iets meer tot leven. De duisternis lichtte wat op; details uit de nacht om me heen vielen me op en een traag, koud, zorgvuldig ingehouden gegrinnik kwam net onder de oppervlakte van mijn bewustzijn naar boven. Was die arme, onbegrepen Dexter soms uit zijn element en ging het hem boven de pet? Dan mocht de Zwarte Ruiter het roer overnemen. Hij zou niet alleen weten wat hij moest doen, hij zou het doen ook.

En waarom ook niet? Aan het eind van deze oprit, aan de overkant van de brug, zat dr. Danco op ons te wachten. Ik had hem willen ontmoeten en nu zou dat gebeuren. Harry zou alles goedkeuren wat ik met deze man zou uitspoken. Zelfs Doakes zou moeten toegeven dat Danco een eerlijke prooi was, hij zou me er waarschijnlijk zelfs voor bedanken. Het was duizelingwekkend; deze keer mocht ik mijn gang gaan. Beter nog, er zat poëzie in. Doakes had mijn demon zo verschrikkelijk lang in een flesje gevangengehouden. Er zat een zekere rechtvaardigheid in als door zijn redding weer vrijgelaten zou worden. En ik zou hem redden, absoluut, natuurlijk zou ik dat. En daarna...

Maar eerst.

Ik liep de houten brug over. Halverwege kraakte een plank en ik verstarde even. De nachtgeluiden veranderden niet, en vanuit de verte hoorde ik Tito Puente zeggen: 'Aaaaah-JUH!' voor hij naar zijn melodie terugkeerde. Ik liep verder.

Aan de overkant van de brug werd de weg breder en kwam uit op een parkeerterrein. Links stond een hek met hangslot en recht voor me zag ik een gebouwtje van één verdieping waar door een raam licht scheen. Het was oud en vervallen en kon wel een lik verf gebruiken, maar misschien gaf dr. Danco minder om uiterlijke schijn dan zou moeten. Rechts stond een indianenhut stilletjes weg te rotten naast een kanaal, stukken palmbladerdak bungelden als vodden ouwe kleren omlaag. Aan een verkrotte steiger die in het kanaal uitstak lag een propellerboot aangemeerd.

Ik glipte de schaduw van een rij bomen in en voelde dat de kille onverstoorbaarheid van een roofdier de controle over mijn zintuigen overnam. Ik liep voorzichtig om de parkeerplaats heen, naar links, langs het hek. Iets gromde naar me en plonsde daarna het water in, maar dat was aan de andere kant van het hek, dus ik negeerde het en ging verder. De Zwarte Ruiter stond aan het roer en die bleef voor zulke dingen niet staan.

Het hek eindigde in een rechte hoek, weg van het huis. Dit was het laatste stukje leeg terrein, niet meer dan zo'n vijftien meter, en een laatste groepje bomen. Ik glipte achter de laatste boom om het huis goed te kunnen bekijken, maar toen ik bleef staan en mijn hand op de stam legde, kraakte en fladderde iets in de takken boven me en een afgrijselijk luide alarmkreet doorkliefde de nacht. Ik sprong achteruit toen wat het ook was tussen de boombladeren omlaag stortte en op de grond belandde.

Terwijl hij nog altijd een geluid maakte als een krankzinnige, op hol geslagen trompet, keek het me aan. Het was een grote vogel, groter dan een kalkoen, en hij siste en blies zo naar me dat het zonneklaar was dat hij boos op me was. Hij deed een stap naar voren, terwijl hij een kolossale staart achter zich aan sleepte, en ik realiseerde me dat het een pauw was. Dieren mogen mij niet, maar dit beest leek wel een extreme en gewelddadige haat jegens mij te hebben opgevat. Ik vermoedde dat hij niet begreep dat ik veel groter en gevaarlijker was dan hij. Hij was kennelijk van plan me op te eten of weg te jagen, en aangezien het in mijn belang was dat het krijsen zo snel mogelijk zou ophouden, kwam ik hem met een waardige aftocht tegemoet en haastte me langs het hek terug naar de schaduwen bij de brug. Toen ik eenmaal veilig in een stille poel van duisternis zat, keek ik opnieuw naar het huis.

De muziek was opgehouden en het licht was uit.

Ik stond een paar minuten als versteend in de schaduw. Er gebeurde niets, alleen was de pauw opgehouden met toeteren en met een laatste gemeen gesputter naar mij weer in zijn boom teruggevlogen. En daarna kwamen ook de nachtgeluiden weer terug, het geklik en gejammer van de insecten en opnieuw het snuiven en plonsen van de alligators. Maar geen Tito Puente meer. Ik wist dat dr. Danco net zo keek en luisterde als ik, dat ieder van ons op een zet van de ander wachtte, maar ik kon langer wachten. Hij had geen idee wat zich daar in het donker ophield – het kon net zo goed een SWAT-team zijn als de Delta Rho Glee Club – en ik wist dat hij daar in z'n eentje zat. Ik wist waar hij was en hij kon niet weten of er iemand op het dak zat of dat hij zelfs was omsingeld. En dus was hij als eerste aan zet, en er waren slechts twee opties. Aanvallen of...

Aan de andere kant van het huis kwam plotseling een motor brullend tot leven en terwijl ik onwillekeurig verstrakte, sprong de propellerboot van de steiger weg. Het motorgeluid zwol aan en de boot scheurde het kanaal op. In minder dan een minuut was hij een bocht om en in de nacht verdwenen, en daarmee dr. Danco ook.

25

Ik stond daar een paar minuten alleen maar naar het huis te kijken, deels uit voorzorg. Ik had niet gezien wie de propellerboot bestuurde en de dokter kon zich nog altijd binnen schuilhouden en wachten wat er zou gebeuren. En eerlijk gezegd had ik ook geen zin om nog een keer belaagd te worden door die protserige roofkip.

Maar toen er na een paar minuten helemaal niets gebeurde, wist ik dat ik in het huis moest gaan rondkijken. En dus liep ik met een grote boog om de boom heen, waarin die duivelse vogel op stok zat, naar het huis toe.

Binnen was het donker, maar niet stil. Toen ik buiten naast de gehavende hordeur stond die op de parkeerplaats uitkeek, hoorde ik ergens binnen een soort zacht gebons, na een tijdje gevolgd door een ritmisch gekreun en zo nu en dan een jammerkreet. Het klonk helemaal niet als het soort geluid van iemand die in een dodelijke hinderlaag op de loer ligt. In plaats daarvan leek het heel erg op het geluid dat iemand maakt wanneer hij zit vastgebonden en probeert te ontsnappen. Was dr. Danco zo overhaast gevlucht dat hij brigadier Doakes had achtergelaten?

Opnieuw stroomde de kelder van mijn brein over van extatische verlokkingen. Brigadier Doakes, mijn Nemesis, daarbinnen vastgebonden, ingepakt als een cadeautje en me op de perfecte plek op een presenteerblaadje aangeboden. Met alle instrumenten en benodigdheden die ik maar wilde, mijlenver in de omtrek niemand in de buurt en als ik klaar was hoefde ik alleen maar te zeggen: sorry dat ik te laat hier was. Kijk nou eens wat die afschuwelijke dr. Danco met die arme brigadier Doakes heeft gedaan. Het was een bedwelmend idee, en ik geloof dat ik werkelijk een beetje op mijn benen zwaaide toen ik ervan proefde. Natuurlijk was het maar een gedachte, want ik zou zoiets absoluut nooit doen, toch? Ik bedoel, in het echt? Dexter? Hallo? Wat sta je nou te kwijlen, jochie?

Nee, zeer zeker niet, ik niet. Ik was tenslotte een moreel baken in de spirituele woestijn van Zuid-Florida. Meestal dan. Ik stond rechtop, schoon geschrobd, en ik bereed een Donker Strijdros. Ridder Dexter de Kuise snelde te hulp. Of in elk geval bijna zeker te hulp. Ik bedoel, alles in aanmerking genomen. Ik trok de hordeur open en ging naar binnen.

Zodra ik de deur door was, drukte ik me plat tegen de muur, voor de zekerheid, en tastte naar een lichtknopje. Ik vond er een op de plek waar die hoorde te zijn en knipte hem aan.

Net als in Danco's eerste zondige hol stonden hier ook weinig meubels. En opnieuw was het belangrijkste kenmerk van de ruimte een grote tafel in het midden. Aan de wand ertegenover hing een spiegel. Rechts was een deuropening zonder deur die leidde naar wat eruitzag als de keuken en links een dichte deur, waarschijnlijk een bad- of slaapkamer. Recht tegenover de plek waar ik stond, was een tweede hordeur naar buiten, waarschijnlijk de deur waardoor dr. Danco was ontsnapt.

En aan het uiteinde van de tafel lag iets, nu heftiger bonzend dan ooit, wat gehuld was in een lichtoranje overall. Het zag er relatief menselijk uit, zelfs vanaf de overkant van de kamer. 'Hierheen, o alsjeblieft, help me, help me,' zei het, en ik stak de kamer over en hurkte ernaast neer.

Zijn armen en benen waren met duct tape vastgebonden, uiteraard, de keus van elk ervaren, oordeelkundig monster. Toen ik het tape doorsneed, nam ik hem onderzoekend op, luisterde, maar hoorde niet echt zijn aanhoudende gejank: 'O, goddank, o, alsjeblieft, o god, maak me los, man, schiet op schiet op, in godsnaam. O christus, waar bleef je nou, jezus, dank je, ik wist dat je zou komen,' of woorden van gelijke strekking. Zijn schedel was helemaal kaalgeschoren, zelfs de wenkbrauwen. Maar de grove, mannelijke kin en het over het gezicht slingerende litteken waren onmiskenbaar. Het was Kyle Chutsky.

Het grootste deel van hem, althans.

Toen het tape was verwijderd en Chutsky erin was geslaagd om zich in een zittende positie te wrikken, zag ik dat hij zijn linkerarm tot aan de elleboog en zijn rechterbeen tot aan de knie miste. De stompen waren met schoon, wit verbandgaas verbonden waar niets doorheen lekte; puik werk, hoewel ik niet geloofde dat Chutsky de zorgvuldigheid waarmee Danco hem van zijn onderarm en -been had ontdaan kon waarderen. En hoeveel er aan Chutsky's geest ontbrak, was nog niet duidelijk, hoewel het aanhoudende gejammer me er bepaald niet van overtuigde dat hij klaar was voor het besturen van een passagiersvliegtuig.

'O, god, makker,' zei hij. 'O jezus. Goddank ben je gekomen,' en hij legde zijn hoofd op mijn schouder en huilde. Aangezien ik daar onlangs ervaring mee had opgedaan, wist ik precies wat ik moest doen. Ik klopte hem op zijn rug en zei: 'Kom, kom.' Het ging nog onbeholpener dan toen ik dit bij Deborah had gedaan, want hij bleef maar met de stomp van zijn linkerarm tegen me aan duwen en daardoor was het veel lastiger om te doen alsof ik met hem meevoelde.

Gelukkig duurde Chutsky's huilbui slechts een paar ogenblikken, en toen hij zich eindelijk van me afwendde en worstelde om rechtop te blijven zitten, was mijn mooie hawaïhemd helemaal doorweekt. Hij snoof krachtig zijn neus op, een beetje te laat voor mijn shirt. 'Waar is Debbie?' vroeg hij.

'Ze heeft haar sleutelbeen gebroken,' zei ik. 'Ze ligt in het ziekenhuis.'

'O,' zei hij en hij snoot opnieuw, een langgerekt, nat geluid dat ergens binnen in hem leek te weergalmen. Toen keek hij snel om zich heen en probeerde te gaan staan. 'We moeten hier weg. Misschien komt hij wel terug.'

Het was nog niet bij me opgekomen dat dr. Danco wellicht terug kon komen, maar hij had gelijk. Het is een aloude roofdierentruc: eerst ervandoor gaan en dan met een omtrekkende beweging terugkeren om te kijken wie je op het spoor is. Als Danco dat zou doen, zou hij een stel behoorlijk makkelijke prooien aantreffen. 'Oké,' zei ik tegen Chutsky. 'Maar laat me eerst even snel rondkijken.'

Hij stak een hand uit – zijn rechter uiteraard – en pakte me bij de arm. 'Alsjeblieft,' zei hij. 'Laat me hier niet alleen.'

'Ik ben zo terug,' zei ik, en ik probeerde me los te trekken. Maar hij verstevigde zijn greep, verrassend sterk, als je bedacht wat hij had moeten meemaken.

'Alsjeblieft,' herhaalde hij. 'Geef me dan tenminste je wapen.'

'Ik heb geen wapen,' zei ik, en hij zette grote ogen op.

'O, mijn god, wat dacht je wel niet? Christus, we moeten hier weg.' Hij raakte bijna in paniek, alsof hij elk moment weer in huilen zou uitbarsten.

'Goed dan,' zei ik. 'Laten we eens kijken of we jou weer op de... eh, je been kunnen helpen.' Ik hoopte dat mijn verspreking hem was ontgaan; het was niet mijn bedoeling om ongevoelig te klinken, maar met al die ontbrekende lichaamsdelen moest je je woordgebruik wat aanpassen. Maar Chutsky zei niets, stak alleen zijn arm uit. Ik hielp hem overeind en hij bleef tegen de tafel staan leunen. 'Geef me een paar seconden om de andere kamers te controleren,' zei ik. Hij keek me met vochtige, smekende ogen aan, maar zei niets en ik haastte me door het huis.

In de huiskamer was er op dr. Danco's instrumenten na niets te vinden. Hij had een paar heel mooie snij-instrumenten, en nadat ik zorgvuldig over de ethische implicaties had nagedacht, nam ik een van de beste mee, een prachtig lemmet dat was ontworpen om door het pezigste vlees te snijden. Er stonden een paar rijen medicijnen, de namen zeiden me heel weinig, behalve dan een paar potjes barbituraten. Ik vond totaal geen aanwijzingen, geen verfrommelde luciferboekjes met telefoonnummers erin, geen stomerijbonnetjes, niets.

De keuken was vrijwel een replica van de keuken in het eerste huis. Er stond een kleine, gedeukte koelkast, een kookplaatje, een opklaptafel met een klapstoel, en dat was het. Op het aanrecht stond een halfvolle doos donuts, en op een ervan deed een enorme kakkerlak zich daaraan te goed. Hij keek me aan alsof hij voor zijn donut bereid was te vechten, dus ik liet hem met rust.

Ik kwam terug in de woonkamer, waar Chutsky nog steeds tegen de tafel geleund stond. 'Schiet nou op,' zei hij. 'Laten we hier in jezusnaam weggaan.'

'Één kamertje nog,' zei ik. Ik liep de kamer door en opende de deur tegenover de keuken. Zoals ik had verwacht, was het een slaapkamer. Er stond een stretcher in een hoek, met daarop een stapel kleren en een mobiele telefoon. Het shirt kwam me bekend voor en ik had zo mijn gedachten over waar het vandaan zou kunnen komen. Ik pakte mijn telefoon en draaide het nummer van brigadier Doakes. De telefoon op de stapel kleren begon te rinkelen.

'O, nou ja,' zei ik. Ik verbrak de verbinding en ging Chutsky halen.

Hij was nog precies waar ik hem had achtergelaten, hoewel hij eruitzag alsof hij zou zijn weggerend als hij dat had gekund. 'Kom op, in jezusnaam, schiet op,' zei hij. 'Christeneziele, ik voel zijn adem zowat in mijn nek.' Hij keek naar de achterdeur en toen naar de keuken en terwijl ik mijn arm uitstak om hem te ondersteunen, schoten zijn ogen opeens naar de spiegel die aan de muur hing.

Een lang ogenblik staarde hij naar zijn spiegelbeeld en toen stortte hij in alsof alle botten uit hem getrokken waren. 'Jezus,' zei hij, en hij begon weer te huilen. 'O, mijn god.'

'Kom,' zei ik. 'Laten we gaan.'

Chutsky huiverde en schudde zijn hoofd. 'Ik kon me niet meer bewegen, lag daar alleen maar te luisteren naar wat hij met Frank deed. Hij klonk zo blij: "En? Wat denk jij? Nee? Oké dan, een arm." En toen het geluid van de zaag, en...'

'Chutsky,' zei ik.

'En toen hij me daarop gehesen had, zei hij: "Zeven," en: "Wat denk jij?" En toen...'

Het is natuurlijk altijd interessant om te horen over andermans technieken, maar het zag ernaar uit dat Chutsky het beetje controle dat hij nog had compleet zou verliezen, en ik kon me niet veroorloven dat hij de andere helft van mijn overhemd ook helemaal onder zou snotteren. Dus ik ging vlak naast hem staan en greep hem bij zijn goede arm. 'Chutsky. Kom op. Laten we 'm smeren,' zei ik

Hij keek me aan alsof hij niet wist waar hij was, met ogen zo groot als ze maar konden worden, en hij draaide zich weer om naar de spiegel. 'O, jezus,' zei hij. Toen haalde hij diep, raspend adem en stond op alsof hij op een denkbeeldig signaal reageerde. 'Het kon erger,' zei hij. 'Ik leef nog.'

'Inderdaad,' zei ik. 'En als we nu eindelijk eens in beweging komen, heb je kans dat we allebei in leven blijven.'

'Juist,' zei hij. Hij wendde zijn hoofd resoluut van de spiegel af en legde zijn goede arm om mijn schouder. 'Laten we gaan.'

Chutsky had duidelijk niet veel ervaring in het lopen op één been, maar hij steunde en stommelde voort, terwijl hij tussen elke hinkstap zwaar op mij leunde. Ook zonder de verwijderde lichaamsdelen was hij nog altijd een grote vent, en ik moest zwoegen. Vlak voor de brug bleef hij even staan en keek door het hek met hangslot. 'Daar heeft hij mijn been overheen gegooid,' zei hij, 'naar de alligators. Hij dwong me toe te kijken. Hij stak hem in de lucht zodat ik hem kon zien, gooide hem het water in en toen begon het water te borrelen als...' Ik hoorde een opkomende hysterie in zijn stem, maar hij hoorde het zelf ook en onderbrak zichzelf, haalde huiverend adem en zei een beetje bars: 'Oké. Laten we maken dat we hier wegkomen.'

We haalden het zonder verdere zijstapjes in het verleden tot het hek en Chutsky leunde tegen een hekpaal terwijl ik het hek openmaakte. Toen hinkte ik hem naar de passagiersstoel, ging achter het stuur zitten en startte de motor. Toen de koplampen aanflitsten, ging Chutsky in zijn stoel achterover zitten en deed zijn ogen dicht. 'Bedankt, makker,' zei hij. 'Ik sta gigantisch bij je in het krijt. Dank je wel.'

'Graag gedaan,' zei ik. Ik keerde en zette koers naar de Alligator Alley. Ik dacht dat Chutsky in slaap was gevallen, maar halverwege het zandpad begon hij weer te praten.

'Ik ben blij dat je zus hier niet was,' zei hij. 'Om me zo te zien. Het is... Moet je horen, ik moet mezelf behoorlijk bij elkaar rapen, voor...' Hij hield abrupt op en zei een halve minuut helemaal niets. In stilte hobbelden we over de donkere weg. De rust was een aangename verandering. Ik vroeg me af waar Doakes was en wat hij aan het doen was. Of wellicht wat er met hem werd gedaan. Nu we het daar toch over hebben, vroeg ik me ook af waar Reiker was en hoe lang het nog zou duren voordat ik hem ergens anders naartoe kon brengen. Naar een rustig plekje, waar ik kon mijmeren en ongestoord kon werken. Ik vroeg me af hoe hoog de huur van Blalock Alligatorboerderij zou zijn.

'Misschien een goed idee als ik haar niet meer lastigval,' zei Chutsky opeens, en het duurde even voor ik me realiseerde dat hij het nog steeds over Deborah had. 'Zoals ik nu ben, wil ze vast niets meer met me te maken hebben, en op medelijden zit ik niet te wachten.'

'Maak je geen zorgen,' zei ik. 'Deborah kent totaal geen medelijden.'

'Zeg maar dat ik in orde ben en dat ik naar Washington ben teruggegaan,' zei hij. 'Zo is het beter.'

'Voor jou misschien,' zei ik, 'maar mij gaat ze vermoorden.'

'Je begrijpt het niet,' zei hij.

'Nee, jíj begrijpt het niet. Ze heeft me gezegd om je terug te brengen. Ze heeft een besluit genomen en ik waag het niet dat in de wind te slaan. Ze kan heel hard slaan.'

Hij zweeg een poosje. Toen hoorde ik hem zwaar zuchten. 'Ik weet niet of ik dit aankan.'

'Ik zou je weer naar de alligatorboerderij kunnen terugbrengen,' zei ik opgewekt.

Daarna zei hij niets meer en ik reed de Alligator Alley op, nam de eerste de beste U-bocht en reed terug naar de oranje gloed aan de horizon die Miami was.

26

Zonder een woord te zeggen reden we terug naar de eerste ech-te signalen van beschaving, een huisvestingsontwikkelings-project met rechts van ons een rij winkels, een paar kilometer na de tolpoort. Daar ging Chutsky rechtop zitten en tuurde naar de ge-bouwen en lichtjes. 'Ik moet even bellen,' zei hij.

'Gebruik de mijne maar, als je tenminste de interlokale kosten vergoedt,' zei ik.

'Nee, ik moet een vaste telefoon hebben,' zei hij. 'Een telefoon-cel.'

'Je vergist je in het tijdsgewricht,' zei ik. 'Het zou wel eens lastig kunnen zijn om een telefooncel te vinden. Geen mens gebruikt die nog.'

'Neem deze afslag,' zei hij, en hoewel dat me niet dichter bij een welverdiende nachtrust bracht, reed ik de afslag op. Na anderhalve kilometer kwamen we bij een avondwinkel waar naast de ingang nog steeds een telefoon aan de muur hing. Ik hielp Chutsky naar de telefoon hinken, hij leunde tegen het scherm eromheen en pakte de hoorn van de haak. Hij keek me aan en zei: 'Wacht daar,' wat een beetje bazig overkwam voor iemand die niet eens zonder hulp kon lopen, maar ik liep terug naar mijn auto en ging op de motor-kap zitten terwijl Chutsky aan het babbelen was.

Een oude Buick kwam puffend op de parkeerplaats naast me staan. Een groep kleine, donkere mannen in smerige kleren stapte uit en zette koers naar de winkel. Ze staarden naar Chutsky die daar met zijn ene been en zijn zo grondig geschoren schedel stond, maar ze waren te beleefd om er iets van te zeggen. Ze gingen naar binnen, de glazen deur suisde achter hen dicht en ik voelde de hele lange dag over me heen rollen. Ik was moe, mijn nekspieren voel-den stijf aan en er viel niets te vermoorden. Ik voelde me zo gammel als wat, en ik wilde naar huis en naar bed.

Ik vroeg me af waar dr. Danco Doakes mee naartoe had genomen. Het leek eigenlijk niet belangrijk, ik was gewoon nieuwsgierig. Maar toen ik erover nadacht dat hij hem inderdaad ergens naartoe had gebracht en algauw nogal definitieve dingen met de brigadier zou gaan doen, realiseerde ik me dat dit het eerste goede nieuws was dat ik in lange tijd had gehad, en een warme gloed verspreidde zich door me heen. Ik was vrij. Doakes was weg. Stukje bij beetje verdween hij uit mijn leven en verloste hij me uit de onvrijwillige slavernij van Rita's bank. Ik kon weer leven.

'Hé, makker!' riep Chutsky. Hij zwaaide met zijn linkerstomp naar me en ik liep naar hem toe. 'Goed,' zei hij, 'Laten we gaan.'

'Natuurlijk,' zei ik. 'Waarheen?'

Hij tuurde in de verte en ik zag dat hij de spieren aan weerszijden van zijn kaken aanspande. De veiligheidsverlichting van de parkeerplaats bij de avondwinkel lichtte zijn overall op en reflecteerde op zijn hoofd. Verbazingwekkend dat een gezicht zonder wenkbrauwen er zo anders uitziet. Het heeft iets bizars, net als de make-up in een lowbudget sciencefictionfilm, en ook al had Chutsky er stoer en vastberaden uit moeten zien zoals hij daar naar de horizon stond te staren en zijn kaken op elkaar klemde, in plaats daarvan leek hij eerder op iemand die stond te wachten op een ijzingwekkend bevel van Ming de Genadeloze. Maar het enige wat hij zei, was: 'Breng me naar mijn hotel, makker. Ik heb werk te doen.'

'Wat dacht je van een ziekenhuis?' vroeg ik, en ik bedacht dat niet van hem verwacht kon worden dat hij een wandelstok uit een stevige taxusboom zou hakken en verder zou strompelen. Maar hij schudde zijn hoofd.

'Het gaat wel met me,' zei hij. 'Het komt wel goed.'

Ik keek nadrukkelijk naar de twee stukken verband waar zijn arm en been ooit hadden gezeten en trok een wenkbrauw op. Tenslotte waren de wonden nog zo vers dat ze verzorgd moesten worden, en Chutsky moest zich op zijn minst enigszins zwak voelen.

Hij keek naar zijn twee stompen, leek iets in elkaar te zakken en een beetje kleiner te worden. 'Het gaat prima,' zei hij, en hij rechtte zijn rug een beetje. 'Kom, we gaan.' Hij leek zo moe en verdrietig dat ik het hart niet had iets anders te zeggen dan: 'Oké.'

Hij hinkte weer aan mijn schouder naar de bijrijdersstoel van mijn auto, en terwijl ik hem hielp te gaan zitten, groepten de inzittenden van de Buick terug met bierblikjes en spekreepjes. De chauffeur lachte en knikte mij toe. Ik lachte terug en sloot de deur. '*Crocodilios*,' zei ik, met een knikje naar Chutsky.

'Ah,' zei de chauffeur terug. '*Lo siento*.' Hij ging achter het stuur zitten en ik liep om mijn auto heen om hetzelfde te doen.

Het grootste deel van de rit had Chutsky niets te zeggen. Maar vlak na de oprit naar de I-95 begon hij ineens hevig te trillen. 'O, shit,' zei hij. Ik keek zijn kant op. 'De medicijnen,' zei hij. 'Ze raken uitgewerkt.' Hij begon ook te klappertanden en klemde zijn tanden op elkaar. Hij ademde sissend uit en ik zag zweetdruppeltjes op zijn kale gezicht verschijnen.

'Misschien toch maar het ziekenhuis?' vroeg ik.

'Heb je drank bij je?' vroeg hij, een nogal abrupte overgang naar een ander onderwerp, vond ik.

Ik geloof dat er op de achterbank een fles water ligt,' zei ik behulpzaam.

'Drank,' herhaalde hij. 'Wodka of whisky...'

'Dat heb ik meestal niet in de auto,' zei ik

'Shit,' zei hij. 'Breng me dan maar naar mijn hotel.'

Dat deed ik. Om redenen die alleen Chutsky bekend waren, verbleef hij in het Mutiny hotel in Coconut Grove. Dat was een van de eerste luxe hoogbouwhotels in de omgeving geweest en werd ooit bezocht door modellen, regisseurs, drugskoeriers en andere beroemdheden. Het was nog altijd heel mooi, maar had iets van de allure verloren toen het eens zo rustieke Grove werd overspoeld door luxe hoogbouw. Misschien had Chutsky het nog in zijn hoogtijdagen gekend en verbleef hij hier om sentimentele redenen. Maar je moest de sentimentaliteit van een man die een roze ring had gedragen wel diep wantrouwen.

We sloegen van de 95 af naar Dixie Highway, ik draaide naar links Unity op en reed door naar Bayshore. Het Mutiny was slechts een klein stukje verderop aan de rechterkant en ik reed de parkeerplaats voor het hotel op. 'Laat me er hier maar uit,' zei Chutsky.

Ik staarde hem aan. Misschien hadden de medicijnen zijn hersenen aangetast. 'Zal ik niet even naar je kamer helpen?'

'Het gaat prima,' zei hij. Het mocht dan misschien zijn nieuwe mantra zijn, maar hij zag er niet prima uit. Hij zweette nu hevig en ik kon me niet voorstellen hoe hij op eigen kracht naar zijn kamer kon komen. Maar ik ben niet van het soort dat anderen ongewenste hulp wilde opdringen, dus ik zei gewoon oké, en keek toe hoe hij de deur opende en uitstapte. Hij hield zich aan het dak van de auto vast en bleef even onvast op zijn been staan tot de portier hem daar zag wankelen. Deze fronste zijn wenkbrauwen naar deze verschijning in oranje overall en de glimmende schedel. 'Hé, Benny,' zei Chutsky. 'Help me even, kerel.'

'Meneer Chutsky?' zei hij vertwijfeld, en zijn mond viel open toen hij de ontbrekende ledematen opmerkte. 'O, hemel,' zei hij. Hij klapte driemaal in zijn handen en er kwam een piccolo naar buiten rennen.

Chutsky keek me weer aan. 'Het komt wel goed,' zei hij.

En echt, als je aanwezigheid niet langer op prijs gesteld wordt, kun je niet veel anders doen dan vertrekken, en dat deed ik dan ook. Het laatste wat ik van Chutsky zag was dat hij op de portier leunde terwijl de piccolo een rolstoel uit de voordeur van het hotel naar hem toe reed.

Het liep tegen middernacht toen ik Main Highway uitreed en op huis aan ging, wat nauwelijks te geloven was na alles wat er vanavond was gebeurd. Het feestje van Vince leek weken geleden, maar waarschijnlijk had hij nog niet eens de stekker uit zijn punchfontein getrokken. Na mijn stripperbeproeving en de redding van Chutsky uit de alligatorboerderij had ik vanavond mijn rust wel verdiend en ik geef toe dat ik aan weinig anders dacht dan in mijn bed kruipen en de dekens over mijn hoofd trekken.

Maar er bestaat natuurlijk geen rust voor de verdorvenen, wat ik absoluut ben. Toen ik links afsloeg naar Douglas ging mijn telefoon. Er zijn maar heel weinig mensen die me bellen en zeker niet op dit late uur. Ik keek op het scherm: het was Deborah.

'Gegroet, mijn liefste zusje,' zei ik.

'Klootzak, je zei dat je zou bellen!' zei ze.

'Ik vond het een beetje laat,' zei ik.

'Dacht je verdomme nou echt dat ik kon slápen?' gilde ze, zo luid dat mensen in langsrijdende auto's er oorpijn van kregen. 'Wat is er gebeurd?'

'Ik heb Chutsky terug,' zei ik. 'Maar dr. Danco is ontkomen. Met Doakes.'

'Waar is hij?'

'Dat weet ik niet, Debs, hij is ontkomen in een propellerboot en...'

'Kyle idioot. Waar is Kyle? Is hij in orde?'

'Ik heb hem bij het Mutiny afgezet. Hij is eh... Hij is bijna helemaal in orde,' zei ik.

'Wat bedoel je, verdomme?' schreeuwde ze tegen me, en ik moest mijn telefoon tegen mijn andere oor houden.

'Deborah, het komt wel goed met hem. Hij is alleen... de helft van zijn linkerarm en zijn rechteronderbeen kwijt. En al zijn haar,' zei ik.

Ze zweeg een paar seconden. 'Breng me wat kleren,' zei ze ten slotte.

'Hij voelt zich erg onzeker, Debs. Ik denk niet dat hij...'

'Kleren, Dexter. Nu!' zei ze en ze hing op.

Zoals ik al zei, geen rust voor de verdorvenen. Ik zuchtte diep omdat alles zo onrechtvaardig was, maar gehoorzaamde. Ik was bijna bij mijn appartement en Deborah had daar wat spullen laten liggen. Ik rende naar binnen en hoewel ik bleef staan om verlangend naar mijn bed te kijken, verzamelde ik een schoon stel kleren voor haar en ging op weg naar het ziekenhuis.

Deborah zat op de rand van haar bed ongeduldig met haar voeten te tikken toen ik binnenkwam. Ze hield haar ziekenhuishemd dicht met de hand die uit gips stak en omklemde met haar andere hand haar badge en haar pistool. Ze zag eruit als een Wraakzuchtige Feeks na een ongeluk.

'Jezus christus,' zei ze, 'waar zat je verdomme? Help me in mijn kleren.' Ze liet haar hemd vallen en ging staan.

Ik trok een poloshirt over haar hoofd en werkte het onhandig om het gips heen. Het shirt zat amper op zijn plaats toen een kloeke vrouw in verpleegstersuniform zich de kamer in haastte. 'Wat denkt u te gaan doen?' zei ze met een zwaar accent van de Bahama's.

'Ik vertrek,' zei Deborah.

'Terug in bed of ik bel de dokter,' zei de zuster.

'Doe maar,' zei Deborah, die op een been stond te huppen terwijl ze worstelde om haar broek aan te krijgen.

'Daar komt niks van in,' zei de zuster. 'U gaat terug in bed.'

Deborah zwaaide met haar badge. 'Dit is een politienoodgeval,' zei ze. 'Als u me tegenhoudt mag ik u arresteren voor belemmering van de rechtsgang.'

De zuster wilde een streng antwoord geven, opende haar mond, keek naar de badge, toen naar Deborah en bedacht zich toen. 'Ik moet het de dokter vertellen,' zei ze.

'Wat u wilt,' zei Deborah. 'Dexter, ik krijg mijn broek niet dicht.' De zuster keek nog een paar seconden afkeurend toe, draaide zich toen om en schoot de gang in.

'Nou, nou, Debs,' zei ik. 'Belemmering van de rechtsgang?'

'We gaan,' zei ze en ze liep de deur uit. Ik liep plichtsgetrouw achter haar aan.

Op de terugweg naar de Mutiny was Deborah beurtelings gespannen en kwaad. Ze beet op haar onderlip, snauwde tegen me dat ik moest opschieten en in de buurt van het hotel werd ze heel stil. Ten slotte keek ze alleen uit het raam en zei: 'Hoe is het met hem, Dex? Hoe erg is het?'

'Hij is heel akelig geknipt, Debs. Dus hij ziet er behoorlijk raar uit. Maar dat andere... Hij lijkt zich wel aan te passen. Hij wil niet dat je medelijden met hem hebt.' Ze keek me aan en kauwde weer op haar lip. 'Dat zei hij tegen me,' legde ik uit. 'Hij ging nog liever naar Washington terug dan je medelijden te moeten verdragen.'

'Hij wil niemand tot last zijn,' zei ze. 'Ik ken hem. Hij moet op zijn eigen manier boeten.' Ze keek weer uit het raam. 'Ik kan me gewoon niet voorstellen hoe het moet zijn geweest. Voor een man als Kyle, om daar zo hulpeloos te liggen, als een...' Ze schudde langzaam haar hoofd en er rolde een enkele traan over haar wang.

Eerlijk gezegd kon ik me juist heel goed voorstellen hoe het was geweest en ik had het al vaak genoeg gedaan. Ik had alleen moeite met deze nieuwe kant van Deborah. Op haar moeders begrafenis had ze gehuild, en op die van haar vader ook, maar voor zover ik wist sindsdien nooit meer. En daar zat ze nu, de tranen stroomden praktisch de auto in vanwege iets wat ik was gaan beschouwen als een dwaze verliefdheid op iemand die min of meer een sukkel was. Erger nog, hij was nu een gehandicapte sukkel, wat zou moeten betekenen dat iemand met een beetje verstand op zoek ging naar iemand anders bij wie alle onderdelen intact waren. Maar nu Chutsky permanent was beschadigd, leek Deborah zich nog meer zorgen om hem te maken. Kon dit dan toch liefde zijn? Deborah verliefd? Het leek onmogelijk. Ik wist dat ze er theoretisch toe in staat was, uiteraard, maar... Ik bedoel, ze was tenslotte mijn zus.

Het had geen zin me dat af te vragen. Ik wist helemaal niets van liefde en dat zou ook nooit gebeuren. Het was geen verschrikkelijke tekortkoming van me, hoewel het daardoor wel lastig is om populaire muziek te begrijpen.

Aangezien ik er verder onmogelijk iets over kon zeggen, stapte ik maar op een ander onderwerp over. 'Zal ik hoofdinspecteur Matthews inlichten over het feit dat Doakes verdwenen is?' zei ik.

Deborah veegde met een vingertop een traan van haar wangen en schudde haar hoofd. 'Dat moet Kyle beslissen,' zei ze.

'Ja, uiteraard, Deborah, maar gezien de omstandigheden...'

Ze sloeg met haar vuist op haar been, wat even onzinnig als pijnlijk leek. 'Godverdómme, Dexter, ik wil hem niet kwijt!'

Soms krijg ik het gevoel dat ik maar één kant van een stereo-opname ontvang, en dit was zo'n moment. Ik had geen flauw idee wat... nou ja, eerlijk gezegd had ik zelfs geen idee waarover ik een idee moest hebben. Wat bedoelde ze? Wat had het in hemelsnaam te maken met wat ik had gezegd, en waarom reageerde ze zo fel? En hoe komt het dat zoveel dikke vrouwen denken dat ze er in een naveltruitje leuk uitzien?

Ik vermoed dat iets van mijn verwarring op mijn gezicht te lezen moest zijn geweest, want Deborah ontspande haar vuisten en haalde diep adem. 'Kyle moet gefocust blijven, aan het werk blijven. Hij moet de touwtjes in handen hebben, anders wordt dit zijn einde.'

'Hoe kun jij dat nou weten?'

Ze schudde haar hoofd. 'Hij is altijd de beste in wat hij doet. Dat is zijn hele... zo zit hij in elkaar. Als hij erover nadenkt wat Danco hem heeft aangedaan...' Ze beet op haar lip en er biggelde weer een traan over haar wang. 'Hij moet blijven wie hij is, Dexter. Anders raak ik hem kwijt.'

'Oké,' zei ik.

'Ik wil hem niet kwijt, Dexter,' zei ze opnieuw.

Een andere portier had dienst bij het Mutiny, maar kennelijk herkende hij Deborah en hij knikte eenvoudigweg toen hij de deur voor ons openhield. We liepen in stilzwijgen naar de lift en gingen naar de twaalfde verdieping.

Ik heb mijn hele leven in Coconut Grove gewoond, dus ik wist uit de dweperige krantenverslagen dat de kamer van Chutsky in de stijl van het Britse koloniale tijdperk was ingericht. Ik had nooit begrepen waarom, maar het hotel had besloten dat de stijl uit het Britse koloniale tijdperk nou eenmaal perfect paste om de ambiance van Coconut Grove over te brengen, ook al was dit bij mijn weten nooit een Britse kolonie geweest. Dus was het hele hotel in die stijl ingericht. Maar ik vond het moeilijk te geloven dat de binnenhuis-architect of welke Britse koloniaal ook zich ooit zoiets had kunnen voorstellen als een uitgevloerde Chutsky in het kingsize bed in het penthouse waar Deborah me naar binnen leidde.

In het afgelopen uur was zijn haar nog niet aangegroeid, maar hij had tenminste de oranje overall verruild voor een witte badstoffen kamerjas, en hij lag geschoren midden op het bed te rillen en hevig te zweten, met naast zich een halflege fles Skyy wodka. Deborah bleef zelfs niet op de drempel staan. Ze beende regelrecht naar het bed, ging naast hem zitten en pakte zijn enige hand in de hare. Liefde tussen de puinhopen.

'Debbie?' zei hij met een onvaste oudemannenstem.

'Ik ben er nu,' zei ze. 'Ga maar slapen.'

'Ik ben toch niet zo goed als ik dacht, hè?' zei hij.

'Ga slapen,' zei ze, en met zijn hand in de hare nestelde ze zich naast hem.

En zo liet ik ze achter.

27

De volgende dag sliep ik uit; dat had ik verdiend, nietwaar? Hoewel ik pas om tien uur op mijn werk verscheen, was ik er nog altijd veel eerder dan Vince, Camilla of Angel-zonder-iets, die zich blijkbaar allemaal doodziek hadden gemeld. Een uur en drie kwartier later kwam Vince eindelijk binnen, hij zag er groen en heel oud uit. 'Vince!' zei ik opgewekt, waarna hij ineenkromp en met zijn ogen dicht tegen de muur leunde. 'Ik wil je nog bedanken voor een heldhaftig feest.'

'Ja, maar doe het zachtjes,' kreunde hij.

'Dank je wel,' fluisterde ik.

'Graag gedaan,' fluisterde hij terug en hij wankelde stilletjes weg naar zijn kantoortje.

Het was een ongebruikelijk rustige dag, waarmee ik bedoel dat het, los van het uitblijven van nieuwe zaken, op het forensisch lab zo stil was als in een graftombe en er af en toe een bleekgroen spook voorbijschuifelde dat in stilte leed. Gelukkig was er ook niet veel te doen. Tegen vijven had ik mijn papierwerk bijgewerkt en al mijn potloden gesorteerd. Rita had tijdens lunchtijd gebeld om te vragen of ik 's avonds bij haar kwam eten. Ik denk dat ze wellicht wilde controleren of ik niet door een stripper was ontvoerd, dus ik zei dat ik na het werk langs zou komen. Van Debs hoorde ik niets, maar dat hoefde ook niet echt. Ik wist vrij zeker dat ze nog bij Chutsky in zijn penthouse zat. Maar ik maakte me wel een beetje zorgen, want dr. Danco wist hem te vinden en zou wellicht een bezoekje brengen aan zijn vermiste project. Aan de andere kant had hij brigadier Doakes als speelkameraadje, wat hem een paar dagen gelukkig en bezig zou houden.

Voor de zekerheid belde ik toch maar Deborahs mobiele nummer. Hij ging vier keer over voor ze opnam. 'Wat,' zei ze.

'Weet je nog dat dr. Danco de eerste keer ook geen moeite had om bij Chutsky binnen te komen?' zei ik.

'De eerste keer was ík er niet bij,' zei ze. Ze klonk zo verschrikkelijk bits dat ik maar moest hopen dat ze niet op iemand van de roomservice zou schieten.

'Oké,' zei ik. 'Maar houd je ogen open.'

'Geen zorgen,' zei ze. Ik hoorde Chutsky op de achtergrond iets bizars mompelen en Deborah zei: 'Ik moet ophangen. Ik bel je later.' Ze hing op.

Het was volop spitsuur toen ik zuidwaarts naar Rita reed en ik merkte dat ik opgewekt in mezelf ging neuriën toen een man met een rood hoofd in een open bestelwagen me sneed en zijn middelvinger naar me opstak; maar ik had niet alleen maar het gevoel er thuis te horen door het moorddadige stadsverkeer van Miami; ik had het idee dat er een grote last van mijn schouders was afgevallen. En dat was natuurlijk ook zo. Ik kon naar Rita toe gaan en er zou geen kastanjebruine Taurus aan de overkant van de weg staan. Ik kon naar mijn flat gaan zonder dat die knellende schaduw me achtervolgde. En belangrijker nog, ik kon weer een tochtje maken met de Zwarte Ruiter en we zouden een heerlijke tijd met z'n tweeën alleen zijn, waar we zoveel behoefte aan hadden. Brigadier Doakes was weg, uit mijn leven, en binnenkort, waarschijnlijk, ook uit dat van hem.

Ik was gewoonweg licht in het hoofd van plezier toen ik South Dixie afreed en de draai naar Rita's huis maakte. Ik was vrij, en ook van mijn verplichtingen bevrijd, want we konden er gerust van uitgaan dat Chutsky en Deborah nog wel wat tijd nodig hadden om te herstellen. En wat dr. Danco betrof... het is waar dat ik absoluut een zekere mate van interesse in hem had gehad, en zelfs nu zou ik met alle liefde een paar minuutjes in mijn drukke sociale agenda vrijmaken om samen met hem een echt kwaliteitsuurtje door te brengen. Maar ik was er behoorlijk zeker van dat Chutsky's mysterieuze werkgever in Washington iemand anders zou sturen om met hem af te rekenen, en ze zouden zeer zeker niet willen dat ik ze voor de voeten liep en ze van advies zou dienen. Nu ik dat kon wegstrepen, en met Doakes uit beeld, was ik weer terug bij plan A en kon ik in alle vrijheid Reiker met vervroegd pensioen sturen. Wie het probleem dr. Danco ook moest oplossen, het was niet de Zalig Verloste Dexter.

Ik was zo blij dat ik Rita een kus gaf toen ze opendeed, ook al zat er niemand te kijken. Toen Rita na het eten de tafel afruimde, ging ik opnieuw de achtertuin in om met de buurkinderen verstoppertje te spelen. Maar deze keer was het heel speciaal met Cody en Astor, want ons geheimpje gaf er een extra pikant tintje aan. Het was bijna leuk om ze achter de andere kinderen aan te zien sluipen, mijn eigen roofdieren in opleiding.

Na een halfuur sluipen en opduiken werd het duidelijk dat we zwaar in de minderheid waren ten opzichte van geniepiger roofdieren: muggen, een paar miljoen van die walgelijke vampiertjes, allemaal met een razende honger. En dus wankelden Cody, Astor en ik verzwakt door bloedverlies weer naar binnen en gingen om de eettafel zitten voor een spelletje galgje.

'Ik eerst,' kondigde Astor aan. 'Ik was toch aan de beurt.'

'Ikke,' zei Cody fronsend.

'Nietes. Hoe dan ook, ik heb er een,' zei Astor. 'Vijf letters.'

'C,' zei Cody.

'Nee! Ha, hoofd! Ha!' Ze kraaide van plezier en tekende het ronde hoofdje.

'Je moet met de klinkers beginnen,' zei ik tegen Cody.

'Wat,' fluisterde hij.

'A, e, i, o, u en soms de y,' zei Astor. 'Dat weet iedereen.'

'Zit er een e in?' vroeg ik, en ze keek beteuterd.

'Ja,' zei Astor knorrig en ze schreef een e op de middelste stip.

'Ha,' zei Cody.

We speelden tot een uur voor bedtijd door. Veel te snel liep mijn magische avond ten einde en daar zat ik opnieuw met Rita op de bank. Maar deze keer, bevrijd als ik was van priemende ogen, kon ik me met gemak uit haar tentakels losmaken en naar huis gaan, naar mijn eigen bedje, met de welgemeende smoes dat ik het gisteravond bij Vince te bont had gemaakt en ik morgen een zware dag had. En toen was ik ervandoor, helemaal alleen in de nacht, alleen mijn echo, mijn schaduw en ik. Over twee nachten zou het volle maan zijn, en deze keer vond ik het de moeite waard om daarop te wachten. Die volle maan zou ik niet met Miller Lite doorbrengen, maar met Reiker Photography Inc. Over twee nachten zou ik eindelijk de Zwarte Ruiter kunnen loslaten, in mijn ware zelf glippen en het bezwete kostuum van Dierbare Gedreven Dexter op de vuilnisbelt gooien.

Natuurlijk moest ik eerst bewijs verzamelen, maar op de een of andere manier had ik er veel vertrouwen in dat dat wel zou lukken. Tenslotte had ik daar de hele dag voor en als de Zwarte Ruiter en ik samenwerken, lijkt alles als vanzelf op zijn plaats te vallen. Met die vrolijke gedachten en donkere verrukkingen reed ik naar mijn comfortabele flatje terug, stapte in bed en sliep de diepe en droomloze slaap der rechtvaardigen.

Mijn bijna agressief opgewekte humeur hield de volgende dag aan. Toen ik onderweg donuts ging halen, kocht ik in een impuls een heel dozijn, met inbegrip van een paar die met room gevuld waren en een met chocoladeglazuur, een werkelijk extravagant gebaar dat Vince, die eindelijk weer de oude was, niet ontging. 'Tjonge jonge,' zei hij. 'Je hebt je best gedaan, o machtige jager.'

'De woudgoden waren ons gunstig gezind,' zei ik. 'Wil je met room of met frambozengelei?'

'Room, natuurlijk,' zei hij.

De dag ging snel voorbij en ik hoefde maar één keer naar een plaats delict in verband met moord, een routineklus waarbij iemand met tuingereedschap in stukken was gesneden. Het was puur amateurwerk; de malloot had met een elektrische heggenschaar zijn vrouw in stukken willen zagen en was er alleen maar in geslaagd om mij een hoop extra werk te bezorgen voordat hij zijn vrouw met een snoeischaar de genadeklap had gegeven. Echt een smerige knoeiboel, en het was zijn verdiende loon dat ze hem op het vliegveld te pakken kregen. Een goede amputatie is bovenal nétjes, zeg ik althans altijd. Zonder bloedplassen en aangekoekt vlees op de muren. Dit is echt een teken van gebrek aan stijl.

Ik was net op tijd klaar met de klus om naar mijn kantoortje op het forensisch lab terug te gaan en mijn aantekeningen op mijn bureau achter te laten. Die zou ik maandag wel uitwerken en het rapport afronden, er was geen haast bij. De moordenaar noch het vliegtuig zou ergens naartoe gaan.

Daar zat ik dan, buiten op de parkeerplaats achter het stuur van mijn auto, vrij om het hele land door te zwerven, waarheen ik maar wilde. Niemand zou me volgen of me bier voeren of me dwingen dingen te doen die ik liever vermeed. Er was niemand die ongewenst licht over Dexters schaduwen wierp. Ik kon mezelf weer zijn, de Ontketende Dexter, en dat was veel bedwelmender dan al Rita's bier en meegevoel. Het was te lang geleden dat ik me zo had gevoeld, en ik beloofde mezelf dat ik dat nooit meer vanzelfsprekend zou vinden.

Op de hoek van Douglas en Grand stond een auto in brand en er had zich een kleine maar enthousiaste menigte toeschouwers omheen verzameld. Ik deelde hun vrolijke stemming terwijl ik langzaam tussen de door de hulpdiensten veroorzaakte verkeersopstopping door naar huis reed.

Thuis bestelde ik een pizza en maakte een paar nauwgezette aantekeningen over Reiker; waar moest ik naar bewijs zoeken, wat zou genoeg moeten zijn... een paar rode cowboylaarzen zou absoluut een mooi begin zijn. Ik wist bijna zeker dat hij de dader was; pedofiele roofdieren vinden altijd een manier om zaken met plezier te combineren, en kinderfotografie was daar een perfect voorbeeld van. Maar 'bijna zeker' was nog niet zeker genoeg. Dus ordende ik mijn gedachten in een keurig dossier, niets bezwarends natuurlijk, en het zou binnenkort allemaal weer vernietigd worden. Maandagochtend zou er geen enkele aanwijzing meer te vinden zijn van wat ik had gedaan, behalve een nieuw glasplaatje in het kistje op mijn plank. Ik bracht al plannend een gelukkig uurtje door en at een grote pizza met ansjovis, en daarna, toen de bijna volle maan door het raam begon te murmelen, werd ik rusteloos. Ik voelde hoe de ijzige vingers van het maanlicht langs me heen streken, over mijn ruggengraat kriebelden, me aanmoedigden de nacht in te gaan om de roofdierenspieren te strekken die zo lang hadden gesluimerd.

En waarom ook niet? Het kon geen kwaad als ik de gniffelende avond in glipte om wat rond te kijken. Om te stalken, ongezien gade te slaan, sluipend Reikers spelletjes te volgen en de lucht op te snuiven, dat was verstandig en leverde ook pret op. Dexter de Duistere Verkenner moest Voorbereid Zijn. Bovendien was het vrijdagavond. Reiker kon net zo goed de deur uit zijn voor een of andere sociale activiteit, een bezoekje aan een speelgoedwinkel bijvoorbeeld. En als hij weg was, kon ik zijn huis binnenglippen en rondneuzen.

Dus hees ik me in mijn beste nachtstalkerskleren en maakte het korte ritje van mijn appartement, via Main Highway en door de Grove naar Tigertail Avenue, naar het bescheiden huis waar Reiker woonde. De buurt bestond uit kleine, van betonblokken vervaardigde huizen en dat van hem verschilde niet van alle andere, precies zo ver van de weg af dat er plaats was voor een korte oprit. Zijn auto stond daar geparkeerd, een kleine, rode Kia, wat me een vleug hoop gaf. Rood, net als de laarzen; het was zijn kleur, een teken dat ik op het goede spoor zat.

Ik reed twee keer langs zijn huis. Bij de tweede keer brandde de binnenverlichting van zijn auto en was ik net op tijd om een glimp van zijn gezicht op te vangen toen hij in zijn auto stapte. Het was geen al te indrukwekkend gezicht: smal, nagenoeg kinloos en gedeeltelijk verborgen door een pony en een groot brilmontuur. Ik kon niet zien wat hij aan zijn voeten had, maar te oordelen naar wat ik verder van hem kon zien, zou hij best cowboylaarzen aan kunnen hebben zodat hij een beetje groter leek. Hij stapte in de auto, deed het portier dicht en ik reed een blokje om.

Toen ik terugkwam was zijn auto weg. Ik parkeerde een paar straten verderop in een smalle zijstraat en liep terug, terwijl ik onder het lopen langzaam in mijn nachthuid glipte. In het huis van de buren waren alle lichten uit en ik stak de tuin door. Achter Reikers huis stond een klein gastenverblijf en de Zwarte Ruiter fluisterde in mijn innerlijke oor: studio. Het was inderdaad de perfecte plek voor een fotograaf, en een studio was ook de beste plek om naar belastende foto's te zoeken. Aangezien de Ruiter het met dit soort dingen zelden bij het verkeerde eind heeft, forceerde ik het slot en ging naar binnen.

De ramen waren allemaal geblindeerd, maar in het vage licht van de open deur kon ik duidelijk de contouren van doka-apparatuur zien. De Ruiter had gelijk gehad. Ik trok de deur dicht en knipte het licht aan. Een onheilspellend rood schijnsel verlichtte de ruimte, net genoeg om iets te kunnen zien. Bij een kleine gootsteen stonden de gebruikelijke bakken en flessen met chemicaliën, en links daarvan stond een heel mooie computer met digitale apparatuur. Tegen de achterwand stond een archiefkast met vier laden en ik besloot daar te beginnen.

Nadat ik tien minuten door de foto's en negatieven had gebladerd, had ik niets belastenders gevonden dan een stuk of zestig foto's van naakte baby's op een wit bontkleedje, foto's die over het algemeen als 'schattig' zouden worden beschouwd, zelfs door mensen die denken dat Pat Robertson nog te liberaal is. Voor zover ik kon zien, waren er geen geheime vakjes in de archiefkast en er was geen andere voor de hand liggende plek om foto's op te bergen.

Ik had niet veel tijd; ik kon niet riskeren dat Reiker simpelweg naar de winkel was om melk te gaan halen. Hij kon elk moment terugkomen en besluiten om zijn archief door te neuzen en verrukt te kijken naar de tientallen schattige kleine kaboutertjes die hij op de foto had gezet. Ik ging naar de computer.

Naast het beeldscherm stond een hoog cd-rek en ik liep ze een voor een door. Na een handvol installatieprogramma-cd's en een paar andere waar met de hand GREENFIELD of LOPEZ op geschreven was, vond ik het.

'Het' was een felroze juwelenkistje. Op de rug ervan stond in een keurig handschrift: NAMBLA, 4/9.

NAMBLA kon heel goed een zeldzaam voorkomende Spaanse naam zijn. Maar het staat ook voor North American Man/Boy Love Association, een warme en vage zelfhulpgroep die zich ervoor sterk maakt dat pedofielen een positief zelfbeeld houden door ze ervan te verzekeren dat wat ze doen volkomen natuurlijk is. Nou, dat is het uiteraard, maar dat geldt ook voor kannibalisme en verkrachting; maar echt. Zoiets moet je gewoon niet doen...

Ik nam de cd mee, deed het licht uit en glipte de nacht weer in.

In mijn appartement kostte het me slechts een paar minuten om erachter te komen dat de cd een verkoopinstrument was, waarschijnlijk had hij hem meegenomen naar een NAMBLA-bijeenkomst en hem aangeboden aan een selecte lijst van bruten die er verstand van hadden. De foto's waren gerangschikt in wat ze een 'thumbnail-galerij' noemen, een serie miniatuurfoto's, net zoiets als de stapeltjes plaatjes die door victoriaanse vieze ouwe mannen werden bekeken. Elke foto was strategisch wazig, zodat je je de details wel kon voorstellen, maar niet echt zag.

En, o ja: sommige plaatjes waren professioneel uitgesneden en bewerkte versies van de foto's die ik in MacGregors boot had ontdekt. Dus hoewel ik niet feitelijk de rode cowboylaarzen had gevonden, had ik absoluut genoeg om te voldoen aan de Wet van Harry. Reiker had de A-lijst. Met een lied in mijn hart en een lach om mijn mond rolde ik mijn bed in en verheugde me op wat Reiker en ik morgenavond zouden doen.

De volgende morgen, zaterdag, stond ik een beetje laat op en ging in de buurt een eindje joggen. Na een douche en een flink ontbijt ging ik een paar essentiële boodschappen halen, zoals een nieuwe rol duct tape, een vlijmscherp fileermes, alleen de basisspullen. En omdat de Zwarte Ruiter zich warmliep om goed wakker te worden, verorberde ik in een steakhouse een late lunch. Ik at een klein pondje New York biefstuk, uiteraard goed doorbakken, zodat er absoluut geen bloed in zat. Toen reed ik nog één keer langs het huis van Reiker om het bij daglicht te bekijken. Reiker was zijn gazon aan te maaien. Ik hield in om een achteloze blik op hem te werpen; helaas, hij droeg oude gympen, geen rode laarzen. Hij had geen shirt aan en behalve dat hij broodmager was, zag hij er week en bleek uit. Maakte niet uit: ik zou gauw genoeg wat kleur in hem terugbrengen.

Het was een uitermate bevredigende dag geweest, mijn Dag Ervoor. En ik zat rustig in mijn appartement over deugdzame gedachten te mijmeren toen de telefoon ging.

'Goedemiddag,' zei ik in de hoorn.

'Kun je hierheen komen?' zei Deborah. 'We moeten nog werk afmaken.'

'Wat voor werk?'

'Wees niet zo'n zak,' zei ze. 'Kom hierheen,' en ze hing op. Dit was niet een beetje irritant. In de eerste plaats wist ik niets van welk onafgemaakt werk ook, en in de tweede plaats: ik was me er niet van bewust dat ik een zak was. Een monster, ja, absoluut, maar over het geheel genomen een heel aangenaam en welgemanierd monster. En bovendien, zoals ze zomaar had opgehangen, alsof ze eenvoudigweg aannam dat ik het had gehoord en trillend zou gehoorzamen. De brutaliteit. Zus of niet, een gemene elleboogstoot of niet, ik trilde voor niemand.

Maar ik gehoorzaamde wel. Het korte ritje naar het Mutiny duurde langer dan normaal omdat het zaterdagmiddag was, wanneer de straten van de Grove worden overspoeld door doelloze mensen. Ik weefde langzaam tussen de menigte door en wenste voor deze keer dat ik eenvoudigweg plankgas kon geven en de horde kon verpletteren. Deborah had mijn perfecte stemming bedorven.

Ze maakte het er niet beter op toen ik in de Mutiny op de deur van het penthouse klopte en ze opendeed met haar dienst-tijdens-crisis-gezicht, waardoor ze op een slechtgehumeurde vis leek. 'Kom binnen,' zei ze.

'Ja, meesteres,' zei ik.

Chutsky zat op de bank. Hij zag er nog steeds niet Brits koloniaal uit – misschien kwam dat door de ontbrekende wenkbrauwen –

maar zo te zien had hij tenminste besloten om te leven, dus kennelijk ging het goed met Deborahs renovatieproject. Tegen de muur naast hem stond een kruk en hij nipte van een kop koffie. Op het bijzettafeltje naast hem stond een schaal Deense koekjes. 'Hé, makker,' zei hij, met zijn stomp gebarend. 'Pak een stoel.'

Ik ging in een Brits koloniale stoel zitten, nadat ik ook een paar Deense koekjes had weggegrist. Chutsky keek me aan alsof hij wilde protesteren, maar zeg nou zelf, dat was wel het minste wat hij voor me kon doen. Ik had tenslotte tussen vleesetende alligators gewaad en was door een pauw aangevallen om hem te redden, en nu gaf ik ook nog mijn zaterdagmiddag op voor wie weet wat voor afschuwelijk klusje. Ik verdiende een hele taart.

'Oké,' zei Chutsky. 'We moeten erachter zien te komen waar Henker zich schuilhoudt, en dat moet snel.'

'Wie is Henker?' informeerde ik. 'Bedoel je dr. Danco?'

'Zo heet hij, ja. Henker,' zei hij. 'Martin Henker.'

'En we moeten hem vínden?' vroeg ik met een onheilspellend voorgevoel. Ik bedoel, waarom keken ze naar mij en zeiden ze 'we'?

Chutsky snoof een beetje, alsof hij dacht dat ik een grapje maakte en hij het snapte. 'Ja, inderdaad,' zei hij. 'Dus waar denk jij dat hij uithangt, makker?'

'Eigenlijk denk ik daar helemaal niet over na,' zei ik.

'Dexter,' zei Deborah met een waarschuwende toon in haar stem.

Chutsky fronste zijn wenkbrauwen. Zonder wenkbrauwen werd dat een heel vreemde gezichtsuitdrukking. 'Hoe bedoel je?' zei hij.

'Ik bedoel, ik zie niet in waarom dat nog mijn probleem is. Ik zie niet in hoe ik of zelfs wíj hem moeten vinden. Hij heeft gekregen wat hij wilde, zou hij dat niet gewoon afmaken en naar huis gaan?'

'Neemt hij ons in de maling?' vroeg Chutsky aan Deborah, en als hij wenkbrauwen had gehad, zou hij ze nu optrekken.

'Hij mag Doakes niet,' zei Deborah.

'Goed, maar Doakes is een van ons,' zei Chutsky tegen me.

'Niet een van mij,' zei ik.

Chutsky schudde zijn hoofd. 'Oké, dat is jouw probleem,' zei hij. 'Maar we moeten die vent nog steeds vinden. Er zit een politieke kant aan dit hele verhaal en er komt een hoop gedonder van als we hem niet in de kraag vatten.'

'Oké,' zei ik. 'Maar waarom is het mijn probleem?' En mij leek dat een heel redelijke vraag, maar als je zijn reactie zag, zou je denken dat ik een bom op een basisschool wilde gooien.

'Jezus christus,' zei hij, en hij schudde spottend bewonderend zijn hoofd. 'Jij bent me er eentje, makker.'

'Dexter,' zei Deborah. 'Kijk ons aan.' Dat deed ik, naar Deb in haar gips en Chutsky met zijn beide stompen. Eerlijk gezegd zagen ze er niet verschrikkelijk kwaadaardig uit. 'We hebben je hulp nodig,' zei ze.

'Maar Debs, echt.'

'Alsjeblieft, Dexter,' zei ze, verdomd goed wetend dat ik het heel moeilijk vond om nee te zeggen als ze met dat woord aan kwam zetten.

'Debs, kom op, zeg,' zei ik. 'Daar heb je een superheld voor nodig, iemand die deuren kapot trapt en met vuurspuwende wapens binnenstormt. Ik ben slechts een aardige forensisch labrat.'

Ze liep door de kamer en bleef een paar centimeter voor me staan. 'Ik weet wat je bent, Dexter,' zei ze zacht. 'Weet je nog? En ik weet dat je dit aankunt.' Ze legde haar hand op mijn schouder en ging nog zachter praten, fluisterde bijna. 'Kyle heeft dit nodig, Dex. Dat Danco gepakt wordt. Anders zal hij zich nooit meer man voelen. Dat is belangrijk voor me. Dexter, alsjeblieft?'

Wat kun je doen als het grove geschut uit de kast wordt gehaald? Je spreekt je voorraad goede wil aan en wappert elegant met de witte vlag.

'Oké, Debs,' zei ik.

Wat is vrijheid toch broos en vluchtig, hè?

28

Hoe terughoudend ik ook was geweest, ik had mijn woord gegeven om te helpen en dus zou arme, Plichtsgetrouwe Dexter
onmiddellijk het probleem met alle vindingrijke sluwheid van zijn
machtige brein aanpakken. Maar de trieste waarheid was dat mijn
brein offline leek te zijn; hoe ijverig ik ook aanwijzingen intoetste,
er rolde niets uit.natuurlijk kon het zijn dat ik meer brandstof nodig had om op het hoogst mogelijke niveau te kunnen functione-
ren, dus ik haalde Deborah vleiend over om meer Deense koekjes
te bestellen. Terwijl zij de roomservice belde schonk Chutsky me
een zweterige en enigszins glazige glimlach en zei: 'Laten we het
maar gaan doen, oké, makker?' Omdat hij het zo vriendelijk vroeg
– en tenslotte moest ik toch wat te doen hebben terwijl ik op mijn
koekjes wachtte – stemde ik in.

Door het verlies van twee van zijn ledematen was er een soort
psychisch slot bij Chutsky geopend. Ondanks het feit dat hij wat
bibberig was, was hij veel opener en vriendelijker en hij popelde
zelfs om met informatie te komen, wat ondenkbaar was geweest
voor de Chutsky met vier complete ledematen en een dure zonnebril. Dus waar ik aanvankelijk alleen maar netjes wilde werken en
zo veel mogelijk details wilde weten, draaide het erop uit dat ik
profiteerde van zijn nieuwe opgewekte stemming en de namen van
het team uit El Salvador uit hem wist te krijgen.

Op zijn knie balanceerde hachelijk een geel schrijfblok, dat hij
met zijn pols stilhield terwijl hij de namen met zijn rechter-, en
enige, hand opschreef. 'Van Manny Borges heb je gehoord,' zei hij.

'Het eerste slachtoffer,' zei ik.

'Ja,' zei Chutsky zonder op te kijken. Hij schreef de naam op en
streepte hem door. 'En daarna Frank Aubrey?' Hij fronste zijn voorhoofd en stak onder het schrijven werkelijk het puntje van zijn tong

uit zijn mondhoek en ook die naam doorhaalde. 'Hij heeft Oscar Acosta gemist. Joost mag weten waar die nu is.' Hij schreef de naam toch op en zette er een vraagteken achter. 'Wendell Ingraham. Woont op North Shore Drive, bij Miami Beach.' Het schrijfblok viel op de grond terwijl hij de naam opschreef, en hij greep er nog naar toen die viel, maar miste compleet. Hij keek nog even naar de plek waar het schrijfblok had gelegen, boog zich toen voorover en raapte het op. Een zweetdruppel gleed van zijn kale hoofd op de grond. 'Klotemedicijnen,' zei hij. 'Ben er een beetje dizzy van.'

'Wendell Ingraham,' zei ik.

'Ja, ja.' Hij krabbelde de rest van de naam op en ging meteen door naar de volgende. 'Andy Lyle. Verkoopt nu auto's, in Davie.' En in een verwoede uitbarsting van energie schreef hij meteen daarna triomfantelijk de laatste naam op. 'Twee andere kerels dood, eentje loopt nog rond, en dan zijn we er, het hele team.'

'Weet een van die anderen dat dr. Danco in de stad is?'

Hij schudde zijn hoofd. Een volgende zweetdruppel viel omlaag en miste me op een haar na. 'We houden deze zaak liever onder de pet. Strikt geheim.'

'Hoe bedoel je, strikt geheim? Moeten ze niet weten dat iemand ze in een gillend kussen wil omtoveren?'

'Nee, dat moeten ze niet,' zei hij, terwijl hij zijn kaken opeen-klemde en eruitzag alsof hij nogmaals iets hards ging zeggen; mis-schien zou hij opperen om ze door te trekken. Maar hij keek me aan en bedacht zich toen.

'Kunnen we dan ten minste controleren wie van hen wordt ver-mist?' vroeg ik zonder echt hoop te hebben.

Nog voor ik was uitgesproken schudde Chutsky al zijn hoofd. Er vielen nog twee zweetdruppels, links, rechts. 'Nee, ah-a, geen spra-ke van. Die lui houden de boel altijd goed in de gaten. Als iemand vragen over ze begint te stellen, dan weten ze dat. En ik kan niet riskeren dat ze allemaal op de vlucht slaan, zoals Oscar.'

'Maar hoe vinden we dr. Danco dan?'

'Dat ga jij uitzoeken,' zei hij.

'Hoe zit het met dat huis bij Mount Trashmore?' vroeg ik hoop-vol. 'Waar jij met je klembord in bent geweest.'

'Debbie heeft er een patrouillewagen langs gestuurd. Er zit nu een gezin in. Nee,' zei hij, 'we zetten al onze fiches op jou, makker. Je verzint wel wat.'

Debs kwam de kamer weer binnen voordat ik daar een zinnig antwoord op kon bedenken, eerlijk gezegd was ik te verbaasd door Chutsky's vormelijke houding jegens zijn vroegere kameraden. Zou het niet aardig zijn om zijn oude vrienden een voorsprong te geven of tenminste te waarschuwen? Ik pretendeer zeker niet dat ik een toonbeeld ben van beschaafde deugdzaamheid, maar als een gestoorde chirurg het bijvoorbeeld op Vince Masuoka heeft voorzien, zou ik wel graag een manier zien te vinden om hem bij de koffieautomaat een hint te geven. Mag ik de suiker even? Trouwens, er zit een medische maniak achter je aan die al je ledematen wil afhakken. Wil je melk?

Maar zo werd het spel onder de mannen met de grote mannelijke kinnen kennelijk niet gespeeld, in elk geval niet door hun vertegenwoordiger Kyle Chutsky. Maakte niet uit; ik had nu tenminste een lijst namen, wat een startpunt was, ook al was dat dan ook het enige. Ik had geen idee waar ik mijn startpunt kon omvormen tot welke feitelijk behulpzame informatie ook en Kyle leek het met creativiteit beduidend minder goed te doen dan net met de informatie. Deborah droeg ook niet veel bij. Ze schudde omstandig Kyles hoofdkussen op, bette zijn koortsachtige voorhoofd en zorgde dat hij zijn pillen nam, een moederlijk soort gedrag dat ik bij haar voor onmogelijk had gehouden, maar het was er toch.

Het werd duidelijk dat in het penthouse van het hotel weinig echt werk gedaan zou worden. Het enige wat ik kon opperen was dat ik naar mijn computer zou teruggaan en kijken wat ik kon vinden. En nadat ik de twee laatste Deense koekjes uit Kyles overgebleven hand had gewurmd, ging ik naar huis en mijn trouwe computer. Er was geen garantie dat ik iets zou vinden, maar ik moest het wel proberen. Ik zou mijn beste beentje voorzetten, het probleem een paar uur lang van alle kanten bekijken en hopen dat iemand een steen met een geheime boodschap door mijn raam zou gooien. Misschien zou er een idee lostrillen als de steen mijn hoofd zou raken.

Mijn flat lag er nog net zo bij als ik hem had achtergelaten en dat was geruststellend. Omdat Deborah er niet meer verbleef, was zelfs het bed opgemaakt. Algauw zoemde mijn computer en begon ik aan mijn zoektocht. Eerst controleerde ik de onroerendgoeddatabase, maar er waren geen nieuwe transacties geweest die in het patroon van de andere pasten. Toch was het duidelijk dat dr. Danco ergens moest zijn. We hadden hem uit zijn van te voren geregelde schuilholen gejaagd en toch was ik er behoorlijk zeker van dat hij niet zou wachten om met Doakes en verder wie dan ook van Chutsky's lijstje te beginnen.

Hoe stelde hij trouwens de volgorde van zijn slachtoffers vast? Naar leeftijd? Hoe kwaad ze hem hadden gemaakt? Of was het willekeurig? Als ik dat wist, was er ten minste een kans dat ik hem kon vinden. Hij moest ergens heen, en zijn soort operaties was niet iets wat je in een hotelkamer deed. Dus waar zou hij heen gaan?

Uiteindelijk kwam het toch niet door een door het raam gegooide steen die op mijn hoofd afketste, maar een heel klein idee sijpelde op de bodem van Dexters brein. Het was duidelijk dat Danco ergens heen moest om met Doakes aan het werk te gaan, en hij kon niet wachten tot hij een ander veilig huis had geregeld. De plek waar hij heen was gegaan moest zich wel binnen de contreien van Miami bevinden, dicht in de buurt van zijn slachtoffers, en hij kon het zich niet permitteren om de onzekere factoren van een willekeurig gekozen huis te riskeren. Een ogenschijnlijk leegstaand huis kon de volgende dag plotseling door toekomstige kopers worden overspoeld en als hij een bewoond huis zou nemen wist je nooit of neef Enrico niet de volgende dag op de stoep zou staan. Dus waarom ging hij dan niet gewoon naar het huis van zijn volgende slachtoffer? Hij moest wel denken dat Chutsky, de enige die tot nu toe van de lijst wist, een tijdje was uitgeschakeld en niet achter hem aan zou zitten. Door met de volgende op de lijst te beginnen, kon hij om zo te zeggen twee ledematen met één scalpel afsnijden; hij gebruikte het huis van zijn volgende slachtoffer om het werk aan Doakes af te maken en begon dan op z'n dooie akkertje aan de volgende.

Daar zat wel wat in en het was een veel concreter uitgangspunt dan de lijst namen. Maar zelfs als ik gelijk had, wie van de mannen was dan nu aan de beurt?

Buiten rolde de donder. Ik keek weer naar de namenlijst en zuchtte. Waarom was ik niet ergens anders? Zelfs galgje spelen met Cody en Astor was nog veel beter dan dit frustrerend geestdodende werk. Ik zou Cody erop moeten blijven wijzen dat hij eerst de klinkers moest raden. Dan zou de rest van het woord vanzelf in beeld komen. En als hij dat beheerste, kon ik hem andere, interessantere dingen leren. Heel merkwaardig om uit te kijken naar het onderwijzen van een kind, maar eerlijk gezegd popelde ik om ermee te beginnen. Jammer dat hij zich al over de hond van de buren had ontfermd; die zou een perfecte gelegenheid zijn geweest, als startpunt om hem over zowel veiligheid als techniek te instrueren. De kleine deugniet had nog zoveel te leren... Al die aloude lessen van Harry, doorgegeven aan een nieuwe generatie.

Terwijl ik nadacht over hoe ik Cody verder kon helpen, realiseerde ik me dat daar een prijskaartje aan hing, dat ik mijn verloving met Rita moest accepteren. Kon ik daar werkelijk mee doorgaan? Mijn zorgeloze vrijgezellenbestaan aan de wilgen hangen en me nestelen in een leven vol huiselijke heerlijkheid? Gek genoeg dacht ik dat ik ermee weg zou kunnen komen. Natuurlijk waren de kinderen wel een beetje opoffering waard en door Rita als permanente vermomming te gebruiken, kon ik me nog meer op de achtergrond houden. Gelukkig getrouwde mannen zijn bepaald niet geneigd het soort dingen te doen waar ik voor leef.

Misschien moest ik het maar doorzetten. We zouden wel zien. Maar natuurlijk was dit maar uitstel. Ik kwam geen stap dichter bij mijn avondje uit met Reiker en ook niet dichter bij het vinden van Danco. Ik riep mijn verstrooide verstand weer bij elkaar en keek naar de namenlijst: Borges en Aubrey waren klaar. Acosta, Ingraham en Lyle nog te gaan. Zich er nog altijd niet van bewust dat ze een afspraakje met dr. Danco hadden. Twee gehad, drie te gaan. Daar zat Doakes niet bij, die voelde op dit moment vast het lemmet, met op de achtergrond Tito Puentes dansmuziek, terwijl de dokter zich over hem heen boog met zijn o zo glanzende scalpel en de brigadier meevoerde door zijn amputatiedans. Dans met me, Doakes. *Baila con migo, amigo*, zoals Tito Puente het zou zeggen. Natuurlijk een beetje lastig om zonder benen te dansen, maar het is de moeite meer dan waard.

Intussen danste ik hier net zo zeker in rondjes als had de menslievende dokter een van mijn benen verwijderd.

Goed, laten we eens aannemen dat dr. Danco in het huis van zijn huidige slachtoffer was, Doakes niet meegerekend. Uiteraard wist ik niet wie dat kon zijn. Dus wat moest ik nu? Als wetenschappelijk onderzoek was uitgesloten, bleef een gelukkige gok over. Zo makkelijk als wat, lieve Dexter. Iene, miene, mutte...

Mijn vinger landde op het schrijfblok op Ingrahams naam. Nou, dat was dan besloten, ja? Absoluut. En ik was koning Olaf van Noorwegen.

Ik stond op en liep naar het raam waardoor ik zo vaak naar briga-dier Doakes had staan kijken, aan de overkant geparkeerd in zijn kastanjebruine Taurus. Hij was er niet. En algauw zou hij feitelijk helemaal nergens zijn, tenzij ik hem vond. Hij wenste mij dood of in de gevangenis, en ik zou gelukkiger zijn als hij eenvoudigweg verdween, één stukje tegelijk of alles ineens, dat maakte niet uit. Daar stond ik dan overuren te draaien, maakte Dexters machtige mentale machinerie ontzagwekkende stappen om hem te redden – zodat hij me kon doden of in de gevangenis gooien! Is het nog een wonder dat ik het hele concept leven overgewaardeerd vind?

Wellicht getroffen door ironie gniffelde de bijna perfecte maan tussen de bomen door. En hoe langer ik naar buiten staarde, hoe meer ik het gewicht voelde van die verdorven ouwe maan, die het net onder de horizon zachtjes uitproestte en al heet en koud over mijn ruggengraat hijgde, me tot actie aanzette, tot ik merkte dat ik mijn autosleutels pakte en naar de deur liep. Waarom zou ik het tenslotte niet gewoon natrekken? Langer dan een uur zou het niet duren en ik hoefde mijn gedachtegang niet aan Debs en Chutsky uit te leggen.

Ik besefte dat ik het een aantrekkelijk idee vond, want het was gemakkelijk en snel, en als het iets opleverde zou ik op tijd terugke-ren naar mijn zwaarbevochten vrijheid voor het speelafspraakje met Reiker van morgenavond. Sterker nog, ik begon behoorlijk trek te krijgen in een voorgerecht. Waarom zou ik me met dr. Danco niet een beetje warmlopen? Wie kon het mij aanrekenen dat ik dingen met hem deed die hij maar al te graag met anderen deed? Als ik Doakes moest bevrijden om Danco te pakken te krijgen, nou ja, niemand heeft ooit gezegd dat het leven perfect was.

En zo reed ik via Dixie Highway naar het noorden, en daarna de I-95 helemaal af naar de 79th Street Causeway en verder naar de omgeving van Normandy Shores van Miami Beach, waar Ingra-ham woonde. Het was donker toen ik de straat inging en langzaam langs het huis reed. Op de oprit stond een donkergroene bestelbus geparkeerd, die heel erg leek op de witte die Danco een paar dagen geleden in de prak had gereden. Hij stond naast een zo goed als nieuwe Mercedes en viel in deze chique buurt erg uit de toon. Wel wel, dacht ik. De Zwarte Ruiter begon me mompelend aan te spo-ren, maar ik nam de bocht langs het huis en stopte pas bij een vrije parkeerplek.

Te oordelen naar het soort buurt hier, hoorde de groene bus hier niet thuis. Natuurlijk kon het zo zijn dat Ingraham wat stucwerk liet doen en dat de werklui hadden besloten te blijven tot de klus geklaard zou zijn. Maar dat leek me niet waarschijnlijk, en dat gold ook voor de Zwarte Ruiter. Ik pakte mijn telefoon en belde Deborah.

'Ik denk dat ik iets heb gevonden,' zei ik toen ze opnam.

'Waarom heb je er zo lang over gedaan?' zei ze.

'Ik denk dat dr. Danco vanuit Ingrahams huis in Miami Beach opereert,' zei ik.

Er viel een korte stilte waarin ik bijna kon zien dat ze haar wenkbrauwen fronste. 'Waarom denk je dat?'

Ik had niet zo heel veel zin om haar uit te gaan leggen dat mijn idee slechts een gok was, dus ik zei: 'Dat is een lang verhaal, zus. Maar ik denk dat ik gelijk heb.'

'Dat denk je,' zei ze. 'Maar je weet het niet zeker.'

'Over een paar minuten wel,' zei ik. 'Ik sta om de hoek van het huis geparkeerd, er staat hier een voor deze buurt een beetje misplaatst busje geparkeerd.'

'Blijf waar je bent,' zei ze. 'Ik bel je terug.' Ze hing op en ik keek weer naar het huis. Het was een onhandige hoek om het in de gaten te houden en dat ging niet zonder dat er een ernstige knoop in mijn nekspier zou ontstaan. Dus keerde ik de auto en reed naar de bocht in de weg terug waar het huis naar me stond te grijnslachen, en daar was hij weer. Prikte met zijn opgeblazen hoofd tussen de bomen door, goot zijn benevelde lichtstralen over het ranzige landschap. Die maan, die altijd lachende vuurtoren van een maan. Daar was hij.

Ik voelde de kille vingers van het maanlicht in me prikken, me porren, pestten, me tot iets dwaas en wonderschoons aanzetten, en het was zo heel lang geleden dat ik had geluisterd, dat de geluiden twee keer zo luid klonken als ooit. Ze spoelden over mijn hoofd langs mijn ruggengraat omlaag, en wees nou eerlijk, wat voor kwaad stak erin om er absoluut zeker van te zijn voordat Deborah me terugbelde? Nee, we hoefden geen stomme dingen uit te halen, natuurlijk, alleen uit de auto stappen en langs het huis lopen, een doodgewoon wandelingetje in het maanlicht door een rustige straat tussen de huizen. En als zich dan de mogelijkheid voordeed om een paar spelletjes met de dokter te spelen...

Het was enigszins verontrustend te merken dat ik een beetje beverig ademde toen ik uit de auto stapte. Foei, Dexter. Waar is je vermaarde ijzeren zelfbeheersing? Misschien was ze hem ontglipt omdat ze te lang in de mottenballen had gelegen, maar misschien werd ik juist door diezelfde leemte iets te gretig, en dat moesten we niet hebben. Ik haalde lang en diep adem om kalm te worden, en liep de straat door, gewoon een toevallig monster op een avondwandelingetje langs een geïmproviseerde vivisectiekliniek. Hallo, buurman, mooie avond voor een loopje, hè?

Met elke stap die ik dichter bij het huis kwam, voelde ik binnen in me Het Iets langer en harder worden, terwijl tegelijkertijd de oude, koude vingers het stevig op zijn plaats hielden. Ik was vuur en ijs tegelijk, springlevend van maanlicht en dood, en zelfs toen ik bij het huis kwam, begonnen de fluisteringen in me aan te zwellen toen ik de vage geluiden uit het huis hoorde, een koor van ritme en saxofoons dat heel erg leek op de muziek van Tito Puente, en ik had de oprijzende fluisteringen dan ook niet nodig om te weten dat ik gelijk had, op deze plek had de dokter inderdaad zijn kliniek ingericht.

Hij was hier, en hij was aan het werk.

En nu, wat ging ik daaraan doen? Natuurlijk was het wel zo wijs om naar mijn auto terug te wandelen en op Deborahs telefoontje te wachten, maar was dit echt een nacht voor wijsheid, met die lyrisch grijnslachende maan zo laag aan de hemel die ijs door mijn aderen goot en me aanspoorde door te gaan?

Ik liep langs het huis verder, glipte in de schaduw van het huis ernaast en sloop voorzichtig door de tuin tot ik de achterkant van Ingrahams huis zag. Door het achterraam scheen een heel fel licht de tuin in, ik sloop de schaduw in van een boom en schuifelde steeds dichterbij. Nog een paar sluipstapjes en ik kon bijna door het raam kijken. Ik sloop nog iets dichterbij, net buiten de lichtstraal op de grond.

Vanwaar ik nu stond, kon ik eindelijk door het raam kijken, iets in opwaartse hoek, naar binnen, naar het plafond van de kamer. Daar had je de spiegel waar Danco zo dol op leek te zijn en daar kon ik de helft van de tafel in zien...

... en iets meer dan de helft van brigadier Doakes.

Hij was stevig op zijn plek vastgesjord, onbeweeglijk, zelfs zijn pasgeschoren hoofd lag strak tegen de tafel. Ik zag niet al te veel details, maar voor zover ik kon zien, waren zijn beide handen vanaf de polsen verwijderd. Eerst de handen? Interessant, een heel andere benadering dan hij bij Chutsky had gevolgd. Hoe bepaalde dr. Danco wat voor elke individuele patiënt het meest geschikt was?

Ik merkte dat de man en zijn werk me steeds meer gingen intrigeren; er was hier een zeker grillig gevoel voor humor aan het werk, en ook al klinkt het gek, ik wilde meer weten over hoe dit in zijn werk ging. Ik deed nog een halve stap dichterbij.

De muziek pauzeerde en ik ook, en toen de salsaband weer inzette, hoorde ik achter me een metalig kuchje en ik voelde een tik op mijn schouder, die prikte en tintelde. Ik draaide me om en zag dat een kleine man met grote, dikke brillenglazen naar me keek. Hij hield iets in zijn hand wat leek op een paintballpistool, en ik had nog net tijd om verontwaardigd te zijn dat het op mij was gericht voordat iemand alle botten uit mijn benen verwijderde en ik op het met dauw bedekte, maanverlichte gras ineenzeeg, waar alles volslagen donker en vol dromen was.

29

Ik was opgewekt in een heel slecht sujet aan het snijden, dat ik stevig aan de tafel had vastgetapet, maar op de een of andere rare manier was het mes van rubber en wiebelde het alleen maar heen en weer. Ik stak mijn hand uit en greep in plaats daarvan een reusachtige botzaag en gaf de alligator die op de tafel lag ermee van langs, maar de ware vreugde wilde maar niet komen en in plaats daarvan had ik pijn en zag ik dat ik in mijn eigen armen lag te snijden. Mijn polsen brandden en worstelden, maar ik kon niet met snijden ophouden. Toen raakte ik een slagader en de afschuwelijke straal bloed spuugde alle kanten op, verblindde me met een vuurrood waas. En daarna viel ik, ik viel voor altijd door de duisternis van de doffe leegte die ik was, waar de gruwelijke gedaanten stuiptrekten, jammerden en aan me trokken tot ik de afgrijselijke rode poel op de vloer raakte, waar twee holle manen me nors aankeken en commandeerden: doe je ogen open, je bent wakker...

En alles kwam weer samen toen ik zag dat de holle manen in werkelijkheid een paar dikke brillenglazen waren, in een groot zwart montuur op de neus van een kleine, pezige man met een snor, die zich met een injectiespuit in de hand over me heen boog.

Dr. Danco, neem ik aan...?

Ik dacht niet dat ik het hardop had gezegd, maar hij knikte en zei: 'Ja, zo noemen ze me. En wie ben jij?' Hij had een ietwat afgemeten accent, alsof hij over elk woord iets te lang moest nadenken. Er zat een spoortje Cubaans in, maar het klonk niet alsof Spaans zijn moedertaal was. Om een of andere reden werd ik heel ongelukkig van zijn stem, alsof die een zweem Dexter-werend middel bevatte. Maar diep in mijn reptielenbrein verhief een oude dinosaurus zijn kop en brulde terug, en dus kromp ik niet voor hem ineen, zoals ik in eerste instantie had gewild. Ik wilde mijn hoofd schudden, maar merkte dat dat om een of andere reden heel moeilijk was.

'Nog niet bewegen,' zei hij. 'Dat haalt niets uit. Maar maak je geen zorgen, je kunt alles zien wat ik met je vriend op tafel doe. En dan ben jij gauw genoeg aan de beurt. Dan kun je jezelf in de spiegel zien.' Hij gaf me een knipoog, en zijn stem klonk nu eigenaardig. 'Dat is het mooie van spiegels. Wist je dat als iemand buiten het huis in de spiegel kijkt, je hem dan in het huis kunt zien?'

Hij klonk als een schoolonderwijzer die een grap vertelt aan een leerling die hij heel graag mag, maar wellicht te dom was om 'm te snappen. Ik voelde me juist dom genoeg om daar iets van te kunnen maken, omdat ik er regelrecht ingelopen was met geen diepere gedachte dan: jee, wat interessant. Ik was door mijn eigen, door de maan aangejaagde ongeduld en nieuwsgierigheid onvoorzichtig geworden en hij had me naar binnen zien gluren. Maar niettemin verkneukelde hij zich en dat was ergerlijk, dus voelde ik me geroepen om iets te zeggen, hoe onbeduidend dat ook was.

'Natuurlijk wist ik dat.' zei ik. 'En wist je dat dit huis ook een voordeur heeft? En deze keer staan er geen pauwen op wacht.'

Hij knipoogde. 'Moet ik me zorgen gaan maken?' zei hij.

'Nou, je weet maar nooit wie er ongevraagd binnenvalt.'

Dr. Danco trok zijn linkermondhoek misschien een halve centimeter op. 'Nou ja,' zei hij, 'als je vriend daar een mooi voorbeeld van is, dan geloof ik dat het wel meevalt, denk je niet?' Ik moest toegeven dat hij een punt had. De eerste spelers uit het team hadden bepaald geen indruk gemaakt, en wat had hij dan van de reservebank te vrezen? Als ik nou maar niet zo suf was van dat middel, wat het ook was, dat hij me had gegeven, ik wist zeker dat ik dan iets scherpzinnigers had gezegd, maar in werkelijkheid zat ik nog steeds wat in een chemische mist.

'Ik mag toch hopen dat ik niet word geacht te geloven dat er hulptroepen onderweg zijn?' vroeg hij.

Dat vroeg ik me ook af, maar het leek me niet bepaald slim om dat te zeggen. 'Geloof wat je wilt,' zei ik in plaats daarvan, in de hoop dat het zo dubbelzinnig was dat hij z'n mond even hield, terwijl ik het vervloekte dat mijn normaal zo snelle geest zo traag werkte.

'Oké dan,' zei hij. 'Volgens mij ben je alleen hierheen gekomen. Hoewel ik nieuwsgierig ben waarom je dat hebt gedaan.'

'Ik wilde je techniek bestuderen,' zei ik.

'O, mooi,' zei hij. 'Die laat ik je met alle plezier zien, uit eerste hand.' Dat glimlachje flitste weer even over zijn gezicht en hij vervolgde: 'En dan uit eerste voet.' Hij wachtte even, misschien om te kijken of ik zou lachen om zijn jolige woordspeling. Het speet me heel erg hem te moeten teleurstellen, maar misschien vond ik hem later grappiger als ik hier eenmaal levend uit was gekomen.

Danco klopte op mijn arm en boog zich iets voorover. 'We moeten weten hoe je heet, weet je. Anders is er geen lol aan.'

Ik stelde me voor dat hij mijn naam noemde terwijl ik op tafel lag ingesnoerd, en dat was geen vrolijk beeld.

'Wil je zeggen hoe je heet?' vroeg hij.

'Repelsteeltje,' antwoordde ik.

Hij staarde me aan, zijn ogen waren reusachtig achter de dikke lenzen. Toen graaide hij naar mijn heupzak en wurmde mijn portefeuille eruit. Hij klapte hem open en vond mijn rijbewijs. 'O. Dus jíj bent Dexter. Gefeliciteerd met je verloving.' Hij liet mijn portefeuille naast me vallen en tikte me op mijn wang. 'Kijk, geniet en leer, want ik ga al snel met jou hetzelfde doen.'

'Wat heerlijk voor je.'

Danco keek me met gefronst voorhoofd aan. 'Je zou wel wat banger mogen zijn,' zei hij. 'Waarom ben je dat niet?' Hij tuitte zijn lippen. 'Interessant. De volgende keer zal ik de dosis wat verhogen.' Hij kwam overeind en liep weg.

Ik lag in een donkere hoek naast een emmer en een bezem, en keek naar hem terwijl hij in de keuken druk in de weer was. Hij maakte een kop Cubaanse oploskoffie voor zichzelf en roerde er een enorme schep suiker doorheen. Hij liep weer naar het midden van de kamer en staarde naar de tafel, intussen van zijn koffie nippend.

'Nahma,' zei het ding op de tafel dat ooit brigadier Doakes was geweest. 'Nahana. Nahma.' Zijn tong was uiteraard verwijderd, een voor de hand liggende symboliek voor de persoon die volgens Danco hem had verlinkt.

'Ja, dat weet ik,' zei dr. Danco. 'Maar je hebt er nog altijd niet één geraden.' Hij leek er bijna bij te glimlachen toen hij dat zei, hoewel er op zijn gezicht geen andere uitdrukking te lezen was dan bedachtzame belangstelling. Maar het was genoeg om Doakes in een jammerklacht uit te laten barsten terwijl hij verwoed aan zijn ketenen probeerde te ontsnappen. Dat ging niet zo heel goed, en het leek dr. Danco niet veel te kunnen schelen, die van zijn koffie nippend wegliep en vals met Tito Puente meeneuriede. Terwijl Doakes lag te spartelen, kon ik zien dat zijn rechtervoet weg was, evenals zijn handen en tong. Chutsky had gezegd dat zijn hele onderbeen in één keer was geamputeerd. De dokter wilde duidelijk van deze laatste wat langer werk maken. En als ik aan de beurt was, hoe zou hij dan beslissen wat en wanneer hij dat zou weghalen?

Stukje bij wazig beetje trok de mist in mijn hoofd op. Ik vroeg me af hoe lang ik bewusteloos was geweest. Het leek me niet iets om met de dokter te bespreken.

De dosis, had hij gezegd. Hij had een spuit vastgehouden toen ik wakker werd, was verbaasd dat ik niet banger was. Natuurlijk! Wat een schitterend idee, door zijn patiënten een of ander psychotroop middel toe te dienen, werd hun gevoel van machteloze doodsangst versterkt. Ik wilde dat ik wist hoe je dat deed. Waarom had ik geen medische opleiding gehad? Maar uiteraard was het wat laat om me daar zorgen om te maken. Hoe dan ook, zo te horen was de dosis voor Doakes precies goed.

'Nou, Albert,' zei de dokter op heel aangename gesprekstoon tegen de brigadier, waarna hij van zijn koffie dronk, 'wat denk jij?'

'Nahana! Nah!'

'Volgens mij is dat niet goed,' zei de dokter. 'Hoewel dat misschien wel zo zou zijn geweest als je nog een tong had gehad. Nou, hoe dan ook,' zei hij en hij boog over de tafelrand, waar hij op een stukje papier een kleine aantekening maakte, bijna alsof hij iets wegstreepte. 'Oei, het is een behoorlijk lang woord,' zei hij. 'Zeven letters. Maar ja, je moet zowel het goede als het slechte accepteren, vind je niet?' En hij legde zijn potlood neer en pakte een zaag op, en terwijl Doakes wild in zijn boeien spartelde, zaagde de dokter Doakes' linkervoet net boven de enkel af. Dat deed hij heel snel en netjes, waarna hij de afgezaagde voet naast Doakes' hoofd zette terwijl hij over zijn rij instrumenten heen reikte en iets oppakte wat op een grote soldeerbout leek. Die zette hij tegen de verse wond en een vochtig sissende stoom golfde omhoog toen hij de stomp dichtbrandde om het bloeden tot een minimum te beperken. 'Zo,' zei hij. Doakes maakte een gesmoord geluid en verslapte toen de stank van verschroeid vlees door de kamer dreef. Met een beetje geluk zou hij een tijdje bewusteloos blijven.

Gelukkig kwam ik steeds een beetje meer bij bewustzijn. Terwijl de chemicaliën uit het verdovingspistool van de dokter uit mijn brein wegsijpelden, begon er een soort troebel licht binnen te druppelen.

Ah, het geheugen. Is dat niet geweldig? Ook al maken we de gruwelijkste tijden door, we hebben onze herinneringen om ons op te vrolijken. Ik lag daar bijvoorbeeld hulpeloos, kon alleen maar toekijken welke afschuwelijke dingen met brigadier Doakes gebeurden in de wetenschap dat ik weldra aan de beurt zou zijn. Maar evengoed had ik mijn herinneringen.

En ik moest nu denken aan iets wat Chutsky had gezegd toen ik hem kwam redden. Toen hij me daarop gehesen had, zei hij: 'Zeven,' en: 'En wat denk jij?' Ik had het toen vreemd gevonden dat hij zoiets zei en me afgevraagd of Chutsky het zich had verbeeld door de bijwerkingen van de medicijnen.

Maar zojuist had ik de dokter tegen Doakes hetzelfde horen zeggen: 'Wat denk jij?' en 'Zeven letters'. Daarna had hij de aantekening gemaakt op het papiertje dat op de tafelrand geplakt was.

Net zoals er naast ieder slachtoffer zo'n zelfde papiertje was geplakt, steeds met een enkel woord. En de letters waren een voor een doorgestreept. EER. TROUW. Het was natuurlijk ironisch bedoeld: Danco herinnerde zijn vroegere kameraden aan de deugden die ze hadden verloochend door hem aan de Cubanen uit te leveren. En die arme Burdett, de man uit Washington, die we in het casco van dat huis in Miami Shores hadden gevonden. Hij was geen echte mentale inspanning waard geweest. Slechts een snelle vijf letters: POGUE. Zijn armen, benen en hoofd waren van zijn romp gescheiden. P-O-G-U-E. Arm, been, been, arm, hoofd.

Was het werkelijk waar? Ik wist dat mijn Zwarte Ruiter gevoel voor humor had, maar dat was heel wat duisterder dan dit. Dit was speels, grillig en zelfs onnozel.

Net zoals de KIES VOOR HET LEVEN-kentekenplaat dat was geweest. En zoals alles wat ik van het gedrag van de dokter had gezien.

Het leek zo volslagen onwaarschijnlijk, maar...

Dokter Danco speelde een spelletje tijdens het in stukken en plakken snijden. Misschien had hij dat in die lange jaren dat hij in de Cubaanse gevangenis op Isle of Pines met anderen gespeeld en was dat precies geschikt gebleken voor zijn grillige wraak. Want het leek er sterk op dat hij dat spel nu speelde, met Chutsky, met Doakes en met de anderen. Het was ongelooflijk absurd, maar het was het enige wat ergens op sloeg.

Dokter Danco speelde galgje.

'En?' vroeg hij toen hij weer op z'n hurken naast me kwam zitten. 'Hoe gaat het met je vriend, denk je?'

'Volgens mij heb je hem afgestompt,' zei ik.

Hij hield zijn hoofd een beetje schuin en zijn kleine, droge tong schoot over zijn lippen, terwijl hij me zonder met zijn ogen te knipperen door zijn dikke brillenglazen aanstaarde. 'Bravo,' zei hij, en hij klopte me op de arm. 'Volgens mij geloof je niet echt dat dit ook met jou gaat gebeuren,' zei hij. 'Misschien zal een tien je overtuigen.'

'Zit er een e in?' vroeg ik, en hij deinsde een beetje terug alsof er een agressieve geur uit mijn sokken was opgestegen.

'Nou,' zei hij, nog steeds zonder met zijn ogen te knipperen, en met iets wat te maken kon hebben met een glimlachje in zijn mondhoek. 'Ja, twee e's. Maar je spreekt natuurlijk voor je beurt, dus...' Hij haalde heel licht zijn schouders op.

'Je kunt het als een verkeerde gok van brigadier Doakes beschouwen,' stelde ik voor, heel behulpzaam, vond ik.

Hij knikte. 'Ja, je mag hem niet. Ik begrijp het,' zei hij, en hij fronste zijn wenkbrauwen een beetje. 'Maar toch, als ik jou was zou ik banger zijn.'

'Waarvoor?' zei ik. Pure bravade, natuurlijk, maar hoe vaak krijg je de kans een echte schurk uit te dagen? En het shot leek thuis te blijven; Danco staarde me een lang ogenblik aan voor hij ten slotte heel licht zijn hoofd schudde.

'Nou, Dexter,' zei hij. 'Ik begrijp dat we voor ons werk geknipt zijn.' En hij schonk me zijn kleine, bijna onzichtbare glimlachje. 'Onder andere,' voegde hij eraan toe, en terwijl hij dat zei, rees achter hem een vrolijke donkere schaduw op, die een verheugde uitdaging naar mijn Zwarte Ruiter bulderde, die naar voren schoof en terugbulderde. Even hadden we een krachtmeting en toen knipperde hij met zijn ogen, slechts één keer, en stond op. Hij liep terug naar de tafel waar Doakes zo vredig lag te dommelen, ik zonk weer in mijn knusse hoekje en vroeg me af met welk mirakel Dexander de Grote deze keer moest komen om zijn grootste ontsnapping ooit te bewerkstelligen.

Ik wist natuurlijk dat Deborah en Chutsky onderweg waren, maar ik merkte dat ik dat zorgelijker vond dan wat ook. Chutsky zou per se zijn gekrenkte mannelijkheid willen herstellen door op krukken en met een pistool in zijn enige hand naar binnen te stormen, en zelfs als Deborah zou toestaan hem dekking te geven, had zij een groot gipskorset om dat haar in haar bewegingen belemmerde. Bepaald geen reddingsteam dat tot vertrouwen inspireerde. Nee, ik moest ervan uitgaan dat mijn hoekje in de keuken eenvoudigweg druk bevolkt zou gaan worden, en dat als we hier straks alle drie ingetapet en gedrogeerd zouden liggen, er voor geen van ons allen hulp zou komen.

En eerlijk gezegd, was ik, ondanks mijn korte heroïsche dialoog, nog altijd wat wazig van wat er in Danco's slaappijltje had gezeten. Dus was ik gedrogeerd, stevig vastgebonden en helemaal alleen. Maar als je maar goed genoeg zoekt, heeft elke situatie ook haar positieve kant, en als ik nou maar hard genoeg zocht, en nadat ik even over een kant had nagedacht, realiseerde ik me dat ik moest toegeven dat ik tot dusverre niet door razende ratten was aangevallen.

Tito Puente hervatte zijn muziek, iets milders, waar ik filosofischer van werd. Op een bepaald moment was het allemaal onze tijd. Maar toch, dit haalde niet mijn toptienlijstje met manieren waarop ik het leven zou willen laten. Gewoon in slaap vallen en niet meer wakker worden was nummer één op mijn lijstje, en daarna werd het al snel steeds onsmakelijker.

Wat zou ik zien als ik stierf? Ik kan mezelf er echt niet toe brengen in een ziel te geloven, in de hemel en hel, of al die andere plechtige onzin. Maar hoe dan ook, als menselijke wezens een ziel hebben, waarom had ik er dan ook niet een? En reken maar dat ik er niet een heb. Hoe kan dat ook, als je bedenkt wat ik ben? Ondenkbaar. Het is al moeilijk genoeg om gewoon mezelf te zijn. Mezelf zijn met een ziel, een geweten en de dreiging dat er ook nog een leven is na de dood zou onmogelijk zijn.

Maar te bedenken dat mijn unieke zelf voor altijd zou verdwijnen en nooit meer zou terugkomen... heel triest. Tragisch bijna. Misschien moest ik toch maar reïncarnatie in overweging nemen. Maar daar ging je natuurlijk niet over. Voor hetzelfde geld kwam ik terug als mestkever, of erger nog, kwam ik terug als een ander monster. Het was wel zeker dat niemand om me zou rouwen, zeker niet als Debs tegelijk ging. Egoïstisch genoeg hoopte ik dat ik als eerste mocht. Dan hadden we het maar gehad. Deze hele vertoning had lang genoeg geduurd. Tijd om er een eind aan te maken. Misschien maar goed ook.

Tito begon aan een nieuw lied, heel romantisch, iets over 'Te amo', en nu ik erover nadacht, zou het heel goed kunnen dat Rita verdriet over me zou hebben, de dwaas. En Cody en Astor zouden me absoluut ook op hun eigen beschadigde manier missen. Op de een of andere manier was ik de laatste tijd zomaar op een stoet emotionele verbintenissen aangegaan. Waarom blijft me dat maar achtervolgen? En had ik niet veel te kort geleden steeds dezelfde gedachtegang gehad, toen ik ondersteboven in Deborahs over de kop gerolde auto hing? Waarom besteedde ik de afgelopen dagen zoveel tijd aan doodgaan en kreeg ik de zaken maar niet op de rails? Ik wist maar al te goed dat daar niet veel voor nodig was.

Ik hoorde Danco rommelen op een blad met instrumenten en draaide mijn hoofd om om te kijken. Bewegen ging nog steeds heel moeilijk, maar het leek iets beter te gaan en ik wist hem in beeld te krijgen. Hij had een grote injectiespuit in zijn hand en liep op brigadier Doakes toe alsof hij gezien en bewonderd wilde worden. 'Tijd om wakker te worden, Albert,' zei hij opgewekt en hij stootte de naald in Doakes' arm. Even gebeurde er niets, toen kwam Doakes stuiptrekkend bij en stiet hij een bevredigende reeks kreten en kreunen uit. Dr. Danco stond naar hem te kijken en genoot van het moment, terwijl hij de spuit weer omhoogstak.

Er bonsde iets tegen de voordeur van het huis, Danco draaide zich met een ruk om en zocht haastig naar zijn paintballpistool op het moment dat de kale gedaante van Kyle Chutsky de kamerdeuropening vulde. Zoals ik had gevreesd, leunde hij op zijn kruk en had hij een pistool vast in iets waarvan zelfs ik zag dat het een zweterige, onvaste hand was. 'Klootzak,' zei hij, en dr. Danco schoot één, twee keer op hem met het paintballpistool. Chutsky keek hem woedend aan, zijn mond viel open en Danco liet zijn wapen zakken terwijl Chutsky op de vloer in elkaar zakte.

En vlak achter Chutsky, onzichtbaar tot hij op de vloer viel, stond mijn geliefde zus Deborah, het mooiste wat ik ooit had aanschouwd, op het Glock-pistool na dat ze in haar vaste rechtervuist geklemd hield. Zij bleef niet staan zweten of schold Danco uit. Ze spande slechts haar kaakspieren aan en vuurde twee schoten af die dr. Danco midden in de borst troffen, hij werd van zijn voeten getild en tuimelde achterover boven op de hysterisch schreeuwende Doakes.

Een lang ogenblik was alles heel stil en bewoog niets, op de niet-aflatende Tito Puente na. Toen gleed Danco van de tafel, Debs knielde naast Chutsky neer en voelde zijn pols. Ze legde hem in een comfortabelere houding, kuste hem op zijn voorhoofd en wendde zich ten slotte tot mij. 'Dex,' zei ze. 'Alles goed?'

'Met mij komt het goed, zus,' zei ik, en ik voelde me wat licht in het hoofd, 'maar zet alsjeblieft die verschrikkelijke muziek af.'

Ze liep naar de aftandse gettoblaster en rukte de stekker uit het stopcontact, terwijl ze in de plotselinge, reusachtige stilte naar brigadier Doakes omlaag keek en haar gezicht in de plooi probeerde te houden. 'We halen je hier nu weg, Doakes,' zei ze. 'Alles komt goed.' Toen hij begon te snotteren, legde ze een hand op zijn schouder, draaide zich plotseling om en liep met tranen over haar wangen naar me toe. 'Jezus,' fluisterde ze toen ze me lossneed. 'Doakes is een puinhoop.'

Maar toen ze de laatste tape van mijn polsen trok vond ik het moeilijk om enige verdriet voor Doakes te voelen, want eindelijk was ik vrij, helemaal vrij, van de tape en de dokter en van het mensen een plezier moeten doen, en, ja, het zag ernaar uit dat ik eindelijk ook bevrijd was van brigadier Doakes.

Ik stond op, wat niet zo eenvoudig was als het klonk. Ik strekte mijn arme, verkrampte ledematen toen Debs haar radio tevoorschijn haalde om onze vrienden van de Miami Beach politiemacht op te roepen. Ik liep naar de operatietafel. Het was maar iets kleins, maar ik kon mijn nieuwsgierigheid niet bedwingen. Ik stak mijn hand uit en griste het papiertje dat aan de tafelrand bevestigd was weg.

In de bekende, spinachtige blokletters had Danco geschreven: VERRAAD. Vijf van de letters waren doorgestreept.

Ik keek naar Doakes. Hij keek met wijd open ogen terug, waarin een haat te lezen stond die hij nooit meer zou kunnen uitspreken.

Ziet u wel, happy endings bestaan echt.

Epiloog

Het is heel mooi om de zon boven het water op te zien komen in de stilte van South Florida's subtropische ochtend. Maar nog veel mooier is het als die grote, gele volle maan ertegenover zo laag aan de horizon hangt, en langzaam tot zilver verbleekt voordat hij in de golven van de open oceaan wegzinkt en de hemel overlaat aan de zon. En nóg mooier is dit machtige schouwspel als er nergens land in zicht is, vanaf het dek van een zesentwintigvoets kajuitboot en je de laatste knopen uit je arm- en nekspieren wrijft, moe maar voldaan en o zo heel gelukkig na een nachtelijke arbeid waar je net iets te lang op hebt moeten wachten.

Straks zou ik in mijn eigen bootje stappen, dat nu achter ons aan sleepte, ik zou de sleeplijn losgooien en terugvaren in de richting van waar de maan was verdwenen en slaperig naar huis varen, naar een spiksplinternieuw leven als een weldra getrouwd man. En de *Osprey*, de geleende zesentwintigvoeter, zou langzaam op de motor in tegengestelde richting naar Bimini varen, de golfstroom in, die grote, blauwe, bodemloze rivier die zo handig door de oceaan langs Miami stroomt. De *Osprey* zou Bimini niet eens halen, zou zelfs de golfstroom niet kunnen oversteken. Lang voordat ik mijn ogen gelukzalig in mijn bedje zou sluiten, zou de motor vastlopen, vollopen met water, en dan zou de hele boot volstromen en lui op de golven wiegen voordat hij zou zinken, ondergaan in de eindeloze, kristalheldere diepten van de golfstroom.

Misschien zou hij uiteindelijk ver onder de oppervlakte zachtjes op de bodem landen, tussen rotsblokken, reusachtige vissen en gezonken schepen, en het was een eigenaardig prettig idee dat ergens in de buurt een keurig ingebonden pakketje zachtjes in de stroming heen en weer wiegde terwijl de krabben dat tot op het bot zouden afknagen. Ik had vier ankers voor Reiker gebruikt, nadat ik de stukken met touw en kettingen had omwonden, en de keurige, bloedeloze bundel met die afzichtelijke rode cowboylaarzen was snel uit het zicht verdwenen, alles, op een enkele snel stollend bloeddruppeltje op het glasplaatje in mijn zak na. Dat was bestemd voor het kistje op mijn plank, vlak achter dat van MacGregor. Reiker zou voer voor de krabben zijn en het leven zou eindelijk zijn gang hernemen, met zijn vrolijke ritme van doen alsof en daarna toeslaan.

Over een paar jaar zou ik Cody meenemen en hem alle wonderen laten zien die zich in een Nacht van het Mes voltrokken. Hij was er nu nog veel te jong voor, maar hij zou klein beginnen, leren plannen en zich langzaam omhoog werken. Dat had Harry me geleerd, en nu zou ik het Cody leren. En wie weet zou hij op een dag in mijn schimmige voetsporen treden en een nieuwe Donkere Wreker worden, zodat het Plan Harry aan een nieuwe generatie monsters zou worden doorgegeven. Zoals al ik al zei, het leven gaat door.

Ik zuchtte, tevreden en gelukkig, ik kon alles weer aan. Zo prachtig. De maan was nu achter de horizon verdwenen en de zon begon de ochtendkoelte weg te branden. Het was tijd om naar huis te gaan.

Ik stapte in mijn eigen boot, startte de motor en gooide de sleeplijn los. Ik keerde mijn boot en volgde de maan, naar huis, naar bed.

Dankwoord

Zonder Hilary is niets ook maar in de verste verte mogelijk.

Ik wil ook Julio, de Broccoli's, Deacon en Einstein bedanken en, zoals altijd, Bear, Pook en Tinky.

Bovendien sta ik in het krijt bij Jason Kaufman, voor zijn niet-aflatende en wijze helpende hand, en bij Nick Ellison, die al het verschil heeft gemaakt.